Hannelore Friesen • Die Brücke nach drüben

Hannelore Friesen

Die Brücke nach drüben

Ein deutsch-deutscher Roman

FRIELING

Bibliografische Information der Deutschen Nationalbibliothek
Die Deutsche Nationalbibliothek verzeichnet diese Publikation
in der Deutschen Nationalbibliografie; detaillierte bibliografische Daten
sind im Internet über http://dnb.d-nb.de abrufbar

Rheinstraße 46, 12161 Berlin
Telefon: 0 30 / 76 69 99-0
www.frieling.de

ISBN 978-3-8280-2559-2
1. Auflage 2008
Umschlaggestaltung: Michael Reichmuth
Bildnachweis: Hannelore Friesen

Printed in Germany

Inhalt

Silvester 1989

Draußen ist es dunkel. Ab und zu huscht der Zug an Lichtern vorbei. Er rattert durch die Nacht, schuckelt über Bahnschwellen, im gleichmäßigen Takt. Immer wieder und wieder.

Ich muss verrückt sein, diese Fahrt von Wolfenbüttel nach Berlin zu machen, um „dabei" zu sein. Verrückt, anstatt mich bei meiner alten Mutter im Warmen aufzuhalten. Ich fliehe vor meinen Gefühlen, die ich dort um so mehr spüren würde. Ich will vergessen.

Um abzuschalten, schließe ich meine Augen. Es geht nicht, ich bin wie aufgedreht.

Die Leute ziehen im Gänsemarsch durch die Gänge. Einige grölen laut, mit Bierdosen in den Händen. Sie rufen und schreien: „Berlin, Berlin! Berlin hat keine Mauern! Berlin, Berlin! Die Mauer muss weg! Die Mauer muss weg! Die Mauer muss weg!"

Von überall aus der Bundesrepublik sind sie gekommen. Alle wollen, wie ich, den Jahresbeginn 1990 am Brandenburger Tor erleben.

Draußen geht ein Mann mit einem Pappteller in den Händen vorbei, mit zwei knackigen Würstchen darauf. Ich bekomme Hunger. Vielleicht kann auch ich etwas Essbares auftreiben.

Das Mädchen gegenüber sieht hoch, als ich mich an ihr vorbeiquetsche. Sie schweigt und vertieft sich in ihr Buch.

Auf dem Gang ist ein Stau entstanden. Die Gruppe, die das Mauerlied erneut anstimmt, ist noch nicht durch. Sie singen immer wieder:

„Die Mauer muss weg! Die Mauer muss weg! Berlin, Berlin …"

Zwei Ostbeamte verlangen meinen Ausweis. Während ich das Papier aus der Handtasche nehme, starrt mich der eine an und sagt: „Haben Sie da hinten einen Bart?" Er verzieht sein hageres Gesicht zu einem gequälten Lächeln.

Wahrscheinlich soll das ein Witz sein. Ich habe in meinem Angorapullover fransige Wolle verarbeitet. So was hat er sicher noch nicht gesehen. „Ich trage eben einen männlichen Pullover", sage ich.

Sein stämmiger Begleiter studiert mein Passbild gründlich. Aufmerksam mustert er mich. Zögernd gibt er mir den Ausweis zurück. „Nichts für ungut", sagt er und wendet sich ab.

Der Speisewagen befindet sich am Ende des Zuges. Ich frage nach heißen Würstchen. Es gibt dort keine. Ich bestelle mir Rührei mit Brot. Den Teller mit Inhalt bekomme ich in die Hand gedrückt. Unschlüssig sehe ich mich um. Hier schwankt der Boden wie auf einem Schiff. Es sind noch Plätze frei.

Gegenüber sitzt ein Mann, der mich mit stechenden Augen fixiert. Unangenehm davon berührt blicke ich zu den Fenstern. Sie sind mit buntkarierten Vorhängen dekoriert. Ich esse mein Rührei mit Schinken und ein Stück hartes Brot dazu. Dabei steigt mir die Erinnerung an meine gebratene Weihnachtsgans in den Kopf. Ich habe zu Hause kaum etwas davon angerührt.

Als ich fortgehe, folgt mir der Mann, der mich mit den Augen ausziehen will. Er schlüpft hinter mir ins Abteil und setzt sich schräg gegenüber. Ich wage einen Blick zu ihm. Er trägt eine sexy eng anliegende Hose. Sein Unterkörper zeichnet sich aufdringlich mit all seinen Formen daraus ab. Ich wende mich peinlich berührt ab und sehe hinaus. Überall ist es hell und betriebsam. Längst haben wir die ländliche in eine städtische Gegend getauscht. Draußen entsteht Tumult. Wir haben Berlin erreicht. Endlich!

Bahnhof Zoo. Ich steige aus. Die Uhr am Gebäude zeigt kurz nach zehn. Mir ist komisch, so mutterseelenallein. Ein wenig unsicher mache ich die ersten Schritte durch das nasskalte Berlin. Die Straßen sind noch weihnachtlich geschmückt. Strahlende Girlanden hängen über mir. Ich genieße die bunten Lichter und irgendwie wird mir heimelig zumute. Schließlich bin ich hier geboren.

Meine Vorfahren liegen irgendwo in der Nähe auf dem Friedhof. Womöglich gesellen sie sich gerade unsichtbar zu mir und freuen sich, dass ich da bin.

Ich gehe um die Gedächtniskirche herum, kaufe mir einen heißen

Punsch. Der vertreibt die nasse Kälte und bringt mein Blut in Wallung. Leicht angeheitert erstehe ich am Ku'damm zwei Würstchen vom Verkaufsstand. Die esse ich einfach auf der Straße, während ich weitergehe.

An der Haltestelle fährt die 69 ab. Im Pulk von Leuten steht ein Mann in grauer Uniform und schwenkt mit den Armen in der Luft herum.

„Sie können den Bus zum Brandenburger Tor nicht nehmen!", schreit er in die Menge. „Da ist alles blockiert! Der Bus kann am Reichstag nicht mehr wenden. Fahren Sie mit der S-Bahn zum Bahnhof Friedrichstraße. Das sind nur zwei Stationen zu fahren!"

Ich lasse mich mit dem Pulk von Menschen weiterschieben, folge ihnen artig, lande beinahe im Sexkino. Im letzten Moment biege ich links ab, Richtung S-Bahn.

Zwei Stationen, dann aussteigen. Schon bin ich dem Ziel nahe. Im Dunkeln ist es schwer, sich zurecht zu finden, wenn man nicht Bescheid weiß. Die Fenster des Reichstagsgebäudes sind nicht erleuchtet, aber das Haus wird von Scheinwerfern bestrahlt.

Ich nehme den Fußweg zum Brandenburger Tor. Große Menschenansammlung herrscht überall. An der Straße des 17. Juni ist kein Durchkommen. Ich zwänge mich durch das Gewühl und gehe ein Stück zurück, wo ich freier bin.

Da sitzt einer auf der Mauer und meißelt Stücke heraus. Ein kleiner Brocken davon fällt auf den Boden. Ich bücke mich und stecke ihn mir in die Manteltasche. Sehnsuchtsvoll blicke ich nach oben. Da klettern sie über die Mauer. Dort oben mit den anderen stehen, das wär's! Ralf hätte mich für verrückt erklärt. Mich mit allen Mitteln daran zu hindern versucht, auf die Mauer zu gelangen. Wie gut, dass Ralf nicht hier ist.

Ein sympathischer Dicker sieht mich an und schreit: „Willste auch?"

„Ja, ich will. Ich will!", schreie ich zurück und raffe meinen Mantel zusammen.

Ich muss auf die Mauer, egal was dabei rauskommt. Womöglich falle ich hinunter, aber egal, ich will.

Mit vereinten Kräften werde ich geschoben, und von oben gezogen. Ich denke, ich schaff' es nicht, aber ich schaffe es. Dann stehe ich oben am Rand, sehe auf die wogende Menschenmasse hinab. Sie reicht so weit, wie das Auge blicken kann. Ich fühle mich dazugehörig, bin eine von ihnen, und nicht mehr allein.

Das ist einfach wunderbar!

„Lasst uns weitergehen", ruft ein Mädchen mit langen, dunklen Haaren, das neben mir steht. „Wohin geht ihr", frage ich.

„Na, rüber auf die andere Seite", sagt sie.

Ich folge ihr und ihren Freunden. „Muss man dann wieder von der Mauer nach unten?", frage ich naiv.

„Klar", erklärt die Dunkelhaarige, „was denn sonst."

„Und … geht das sehr tief nach unten?"

„Ich denke schon", meint sie.

Ich habe Angst, hinunter zu springen. Oh, Himmel, ob ich das schaffe? Egal, ich will den Jahreswechsel auf der Seite der DDR erleben. Und dabei das Brandenburger Tor betrachten. Ja, das will ich.

Erstaunlich, wie breit die Mauer ist, wenn man sich darauf aufhält. Ich setze mich auf den harten Boden. Jemand wirft meine Tasche hinunter und schreit:

„Die muss zuerst runter, und jetzt du!"

Was bleibt mir übrig, als meiner Tasche zu folgen?

Von oben wird mein Sprung gebremst und da ist jemand der mich auffängt. Hilfreiche Hände, die von irgendwoher kommen und wieder verschwinden, als sei nichts gewesen. Ich bin dankbar dafür.

Ein paar blaue Flecke habe ich vom Raufsteigen, und einen Riss im Mantel. Das merke ich aber erst viel später. Da waren so viele Nägel, aber alles nicht so wichtig.

Jetzt bin ich auf der anderen Seite der Mauer. Auf der anderen Seite!

Oben wird gerade unter dem Jubel der Menge die DDR-Fahne heruntergerissen. Eine Lautsprecherstimme mahnt die Leute zur Vernunft. Glücklich gehe ich durchs Brandenburger Tor. Einfach rüber. So wie ich es mir immer erträumt habe. So, als sei das die selbstverständlichste Sache der Welt. Als ich hier geboren wurde, war es so, und so ist es wieder geworden.

Einige Leute sitzen unter dem Tor, andere versuchen an dem dünnen Gestänge, das eine Leinwand hält, emporzuklettern. Sie wollen auf die Quadriga. Ein waghalsiges Risiko. Das wird kurze Zeit später einigen zum Verhängnis.

Ein herrliches Gefühl, hier so einfach rüber zu gehen. Hinter dem Tor sind Menschentrauben um ein provisorisches Studio versammelt. Das DDR-Fernsehen sendet live.

Unter dem Jubel der Massen werden jetzt oben die westdeutsche und die Europa-Fahne gehisst. Ich umgehe den Pulk, will was zum Trinken kaufen. Schließlich naht Mitternacht.

Unter den Linden gibt es einen Getränkestand. Er ist der einzige weit und breit. Ich schließe mich der Schlange von Wartenden an. Man muss Geduld haben. Hoffentlich bekomme ich noch was vor zwölf.

Eine ältere Frau mit dunkler Mütze steht vor mir an. „Wenn ich in den Westen gehe", sagt sie zu mir, „dann esse ich mich zu Hause vorher immer richtig satt. Damit ich da drüben nicht immer so viel Hunger kriege. Und dann kriege ich doch immer Hunger, wenn ich die schönen Sachen sehe, die es da gibt. Komisch, da kriege ich immer Hunger. Sonst habe ich zu Hause nie Hunger. Dabei ist alles so teuer im Westen. Man kann nicht viel kaufen. Man kann nur angucken."

Ich warte und trete nervös von einem Bein aufs andere. Es ist fast zwölf. Gleich bin ich dran.

Endlich bekomme ich meinen Punsch. Es hätte auch Sekt sein können, aber der ist hier am Stand unerschwinglich. Das Feuerwerk kann ich von hier aus sehen. Es ist in vollem Gange. Überwältigend ist das! – Das Brandenburger Tor ist in taghelle bunte Farben getaucht. Darüber entfalten sich unzählige glühende Punkte zu leuchtenden Fontänen.

Die Menschen um mich herum nehmen keine Notiz von mir. Sie fallen sich in die Arme und wünschen sich ein gutes neues Jahr. Die Frau, die im Westen immer Hunger hat, ist fort.

Ich stehe abseits mit meinem Becher Punsch, trinke ihn und denke an zu Hause, an Ralf, der sich vielleicht genauso einsam fühlt. Noch ein Schluck, dann ist der Becher leer. Ich werfe die Pappe in den nächsten Müllkübel. Ich gehe Unter den Linden ein Stück weiter.

„Ein frohes neues Jahr!" Ein junger Mann lacht mir freundlich zu: „Möchten Sie einen Schluck Sekt?"

Irgendwie kommt er mir bekannt vor, doch sehe ich anfangs nicht genau hin, nehme von dem Sekt, den mir der Bursche anbietet. Nach einem kräftigen Schluck gebe ich ihm die Flasche zurück. „Ein frohes neues Jahr", sage ich kleinlaut, noch ganz erfüllt von meiner Einsamkeit.

„Ich heiße übrigens Thorsten", erklärt er mir, aber dann ist er schon wieder bei den Leuten, die ihm zuhören. Ich bleibe stehen.

„Es ist schlimm", sagt Thorsten, „weil alles so unsicher ist. Keiner weiß, wo's richtig langgeht. Wir sind führungslos, das ist das Schlimmste."

Der Alkohol löst mir die Stimme. „Ich finde es toll, dass die DDR so gewaltlos demonstriert", sage ich. „Ich glaube nicht, dass die Leute bei uns damit so viel erreicht hätten."

Ein Mann aus dem Rheinland, der ungefähr in meinem Alter ist, nickt zustimmend: „Komm, trink aus meiner Pulle auch einen mit." Er reicht mir die Flasche, und ich nehme sie.

Eine junge Frau, die bisher zugehört hat, kommt näher: „Was heißt hier gewaltlos?", ruft sie aufgebracht. „Wo die Truppen schon bereit standen! Meinecke hätte nur den Befehl geben brauchen. Die haben doch schon darauf gewartet …"

„Ach so läuft der Hase", sagt der Mann aus dem Rheinland.

Alle diskutieren jetzt wild durcheinander. Ich merke, wie mir der Alkohol zu Kopf steigt. Ich frage ihn, ob er auch extra wegen der Feier am Brandenburger Tor angereist sei.

„Na klar“, sagt er.

Ich freue mich, dass es Menschen in meinem Alter gibt, die dieselben Interessen haben wie ich. Die so verrückte Sachen machen, auch wenn sie nicht mehr 20 Jahre, sondern mehr als doppelt so alt sind.

Unentwegt fahren jetzt die Krankenwagen Ich achte anfangs nicht so darauf, denke es ist so üblich, wegen der vielen Menschen, die sich hier aufhalten.

Man redet davon, dass Unter den Linden im Gebüsch ein Toter gefunden wurde. Außerdem gibt es viele Verletzte, die versucht haben, auf die Quadriga zu steigen. Das Gestänge des Gerüstes hat das nicht überstanden und ist zusammengebrochen.

Die Zeit ist wie im Fluge vergangen. Das Feuerwerk ist vorbei. Den Rheinländer verlieren wir in einer Menschenansammlung, als wir weitergehen. Wir bewegen uns in Richtung des Brandenburger Tores.

„Es tut mir leid, dass ich dir den letzten Schluck Sekt ausgetrunken habe“, sage ich zu Thorsten und wir bleiben stehen. Zum erstenmal sehe ich ihm richtig ins Gesicht. Es ist mir seltsam bekannt und vertraut. Ein Gefühl kommt in mir hoch, das ich längst verdrängte. Etwas aus der Vergangenheit brodelt aus den Tiefen meines Unterbewusstseins hoch. Es verschlägt mir den Atem.

Thorsten kommt näher, zieht eine Flasche Weinbrand aus seiner blauen Beuteltasche. „Ick hab noch mehr. Komm, trink!“

Wir stehen da. Er hält mir die Flasche hin. Ich will die aufkommenden Gefühle verdrängen und nehme einen kräftigen Schluck. Ich wende mich ab und sehe, dass die Menschen um uns sich verstreuen. Einige bilden kleine Gruppen. Langsam gehe ich weiter. Nur nicht nachdenken.

„Wo bloß unser Freund geblieben ist, der aus dem Rheinland“, sage ich ablenkend, „er ist schon 45.“

„Du bist schließlich ooch nicht mehr die Jüngste“, stellt Thorsten fest und grinst.

„Du sagst wenigstens ehrlich, was du denkst“, bemerke ich.

Thorsten bleibt erneut stehen. „Ick will nur meine Kontaktlinsen einmachen. Im Westen will ick Kontaktlinsen tragen. Da kann ick besser sehen."

Er bückt sich, steckt seine Brille weg und holt eine kleine rote Schachtel aus dem Taschenbeutel. Es dauert nicht lange und er hat die Linsen eingesetzt. „Sie sind aus Plaste", sagt er, „und schon ein bisschen abjenutzt. Müsste mir mal neue besorjen. Sie verrutschen mir dauernd."

Ich betrachte Thorsten im Licht. Er ist ein hübscher Junge mit dunkelblondem, etwas fülligem Haar. Eine widerspenstige Strähne fällt ihm ins Gesicht.

Ich beginne zu zittern. Es ist nicht von der Kälte. Das Zittern kommt von innen.

Gerau wie … wie … Martin sieht er aus.

Nein, nicht möglich. Unmöglich! Der Boden dreht sich unter mir.

„Darf ich dich ein bisschen beschützen", fragt Thorsten, „es sind so viele Leute unterwegs."

Ich schlucke. „Wenn du willst …"

Thorsten ist Martin wie aus dem Gesicht geschnitten; aber er ist nicht Martin. Was ist mit Martin geschehen …, damals?

Plötzlich schrumpft die Zeit zusammen. Ich bin 15 und ich lerne Martin kennen, weil das große Unglück geschah …

Das Unglück

Im Jahre 1956 am 30. Mai heulten die Sirenen ohne Unterlass durch Wolfenbüttel. Das war ungewöhnlich für unser kleines Städtchen und machte mich unruhig, als ich mittags aus der Schule kam. Die Glocke von Schrolls Feinkostladen bimmelte, als ich eintrat. Es roch undefinierbar nach getrockneten Gewürzen, die sich mit fremden Gerüchen vermischten, die ich nicht kannte. Auf der Verkaufstheke reihten sich Gläser mit Bonbons und Dauerlutschern in zahlreichen Farben. Die fixierte ich mit begehrlichen Blicken. Dabei hatte ich nur das Geld für Sago im Portemonnaie. Das Sago brauchte meine Schwester, um damit ihre Spezialität zu kochen: „Pflaumensuppe".

Eine üppige Blondine mit grellrot geschminkten Lippen war die einzige Kundin. „Haben Sie den Unfallwagen gehört", fragte sie Frau Schroll aufgeregt.

Die Ladeninhaberin nickte und sah der Blonden zu, die einen Taschenspiegel nahm und sich die Lippen nachzog.

„Es soll Verletzte und sogar Tote gegeben haben."

Frau Schroll winkte ab. „Man weiß noch nichts Genaues. Die Leute reden viel." „Wird schon was dran sein an dem Gerede. Wären sonst so viele Krankenwagen gefahren? Die ganze Stadt ist blockiert. Der Verkehr ist total zusammengebrochen."

„Furchtbar", sagte die Kauffrau und wandte sich an mich.

„Was möchtest du denn?"

„Für zwanzig Pfennig Sago."

Frau Schroll nahm eine kleine silberfarbene Schaufel, mit der sie das weiße Sago aus einem großen Glas in eine braune Papiertüte füllte.

„Was ist denn überhaupt passiert", fragte ich in die Stille hinein und warf einen Blick auf die Blonde, die noch immer in den Spiegel sah.

Frau Schroll reichte mir die Tüte über den Verkaufstresen. „Hast du es noch nicht gehört? In der Konservenfabrik ist eine Mauer eingestürzt.

Arbeitet deine Mutter nicht da?" Ich starrte sie entgeistert an. Meine Knie waren plötzlich wie aus Watte.

Die Kauffrau verzog das Gesicht. „Macht zwanzig Pfennig, mein Mädchen."

Mein Herz pochte rasend, als ich ihr das Geld auf den Tresen legte.

Wie im Traum verließ ich den Laden und kam in tiefe Gedanken. Was sollte ich tun? Zur Fabrik gehen? Schrecklich, wenn Mutter was passiert war! Schrecklich, sich das vorzustellen.

Vielleicht waren die Verunglückten schon längst alle ins Krankenhaus abtransportiert worden. Überhaupt, wenn man vernünftig überlegte, warum sollte gerade *meiner* Mutter etwas passiert sein? Wo doch zweihundert Frauen in der Fabrik arbeiteten.

Also ging ich heim. Wir wohnten damals in einem vierhundert Jahre alten Fachwerkhaus. Der hohe Flur war zur Sommerzeit immer herrlich kühl. Am Boden lagen unförmige glatte Steinplatten. In einer Ecke des gewölbeartigen Raumes befand sich eine mächtige Standuhr aus Mahagoni, daneben ein Tisch mit Sitzbank. Ein riesiges Ölgemälde hing darüber, auf dem es eine idyllische Parklandschaft mit See gab. Dort lustwandelten Herren und Damen in altmodischen Gewändern umher. Spielende Kinder dazwischen warfen sich bunte Bälle zu.

Manchmal blieb ich davor stehen, beeindruckt von den satten Farben und der Ruhe, die das Bildnis ausstrahlte. Heute war ich aufgeregt und eilte die drei knarrenden Treppen empor, zu der Etage, in der wir seit dem Kriegsende wohnten.

Ich klopfte an der Eingangstür, dann fiel mir ein, dass niemand zu Hause war. Vater hatte heute seinen ersten Arbeitstag in der hiesigen Metallfabrik, nachdem er zwei Jahre stempeln gegangen war. Ich zog den großen schmiedeeisernen Schlüssel aus der Tasche und schloss die Tür zum Wohnzimmer auf.

Ich stellte meine Schultasche in dem kleinen Raum ab, den ich mir mit Doris teilte, und sah missmutig auf die Unordnung, die hier herrschte. Natürlich hatte Doris ihre getragene Wäsche wieder überall verstreut.

Ihr schmutziger Berufskittel lag auf dem blanken Holzfußboden. Man konnte Blutflecken darauf erkennen. Sie stammten von dem Hasen, den sie gestern ausnehmen musste.

Ich räumte auf, glättete die Betten und öffnete die alten Fensterflügel, die immer klemmten. Der laue Wind trug den Duft wild wachsender Rosen aus dem Garten herauf. Ein alter runder Tisch und Stühle standen dort unten am Haselnussstrauch. Weiter hinten gab es einen knorrigen Apfelbaum, vor dem Gartentor zwei hohe Birken. Daneben befand sich das alte Seitengebäude, wo früher die Knechte und Mägde gehaust hatten. Darunter, wo heute die Waschküche ist, waren Stallungen gewesen. In den oberen Räumen lagerten jetzt alte Bücher, Zeitschriften und zahlreiche getrocknete Käfer und Schmetterlinge.

Ich wandte mich vom Fenster ab und begab mich in die Küche. Im Kühlschrank waren nur Flomenschmalz, Margarine und Marmelade. Sicher gab es jetzt bald, da Papa Arbeit hatte, auch wieder Wurst zur Auswahl.

Ich setzte mich in den alten Korbsessel vom Sanitätsrat und aß mein Schmalzbrot. Gedankenverloren blickte ich auf den großen Kochtopf, der auf dem Gasherd stand. Papa, der sehr geschickt war, hatte ihn selbst hergestellt, als es nichts zu kaufen gab nach dem Krieg. Er machte überhaupt vieles selbst. Auch die Türklinke in der Küche, die jetzt einen Innenriegel hatte. Niemand bekam die Tür von außen auf, wenn man den Riegel vorschob. Früher hatte es da überhaupt keine Klinke gegeben. Weil das hier eine Küche war, aus der sich jeder Wasser holen konnte, der welches brauchte. Das war nach dem Krieg gewesen, als wir nur ein Zimmer bewohnten. Als der Sanitätsrat tot war, bekamen wir seine Räume dazu.

Mir fiel ein, dass ich das Sago noch in der Tasche hatte. Ich legte es in den Schrank und lauschte. War da nicht ein Geräusch an der Tür? Vielleicht kam Mutti heute früher. Weil das Unglück passiert war.

Klopfenden Herzens ging ich in den Wohnraum. Jemand machte sich an der Tür zu schaffen.

Es war Papa, ungehalten wie immer. „Warum siehst du mich so an?“

Ich seufzte. „Ich dachte, Mutti kommt."

Kopfschüttelnd musterte er mich, durchquerte das Zimmer und ging nach nebenan, wo er seine Arbeitstasche abstellte und das Jackett auszog. Ich ging in die Küche zurück.

Mein Vater kam herein und setzte sich ächzend auf einen der alten Holzstühle an den Tisch. Er strich sich nervös übers glatte dunkle Haar mit den Geheimratsecken.

„Mutti ist verunglückt", sagte er kurz.

Blankes Entsetzen stand in meinen Augen.

Papa räusperte sich, dann sprach er weiter. „In der Fabrik ist eine Mauer eingestürzt. Das Krankenhaus hat mich benachrichtigt." Er starrte auf seine geröteten, rauen Hände und schwieg.

Tief in mir war ein Schmerz. Er wollte raus. ‚Nur nicht heulen', dachte ich, ‚Papa mag das nicht. Er kann es nicht ausstehen, wenn ich heule.'

Verstohlen wischte ich mir mit dem Handrücken über die Augen.

„Aber es ist doch nicht so schlimm, oder?"

„Ich weiß nicht. Man hat mir weiter nichts gesagt."

„Wir müssen hingehen."

„Wird nicht viel Zweck haben", sagte mein Vater, „vor dem Krankenhaus ist ein Menschenauflauf. Die haben mich da nicht durchgelassen."

„Wir können es doch noch mal versuchen."

„Wir gehen nachher, wenn Doris vom Geschäft zurück ist", sagte er und starrte auf die Tischplatte, „Ich hab' gestern Kohlsuppe gekocht. Die reicht für drei Tage. Da brauchen wir uns vorläufig nicht ums Kochen zu kümmern."

Ich schluckte. „Soll ich dir welche warm machen?"

„Wär' nicht schlecht."

Meine Hände zitterten. Es dauerte heute etwas länger als sonst, bis das Gas aufflammte. Ich verbrannte mich und steckte den Finger in den Mund, dann rührte ich im Topf herum. Vater saß schweigend da und starrte vor sich hin.

Ich holte die Teller aus den Küchenschrank und füllte sie mit Suppe.

Als ich mich zu ihm an den Tisch setzte, legte ich schüchtern meine Hand auf seinen Arm. „Deine Suppe schmeckt prima“, sagte ich, „der Kohl ist so richtig knackig. Mutti lässt ihn oft verkochen.“

Eigentlich wollte ich Papa nur aufmuntern. Dabei war es egal, ob der Kohl verkocht war oder nicht. Wenn Mutter nur hier wäre und nicht leiden brauchte …

„Was bildest du dir ein“, fragte Doris und sah vom Spiegel auf, „jetzt, wo Mutti verunglückt ist und ich noch nicht mal weiß, wie es ihr geht, kann ich doch keine Pflaumensuppe kochen!“

„Sag bloß, du kommst wirklich mit ins Krankenhaus!“, fragte ich aufgeregt. Seit langem ging sie als ältere Schwester nirgendwo mit mir hin.

„Natürlich komme ich mit. Denkst du, ich will nicht wissen, wie es ihr geht?“

„Und Willi? Ich denke, Willi kommt.“

„Und Willi, und Willi“, äffte Doris mich nach, „dann kommt er eben mal umsonst, der Willi.“

Sie malte ihre Lippen korallenrot und tupfte sie mit dem Taschentuch ab. „Ich bin fertig. Nun mach’ schon.“

Ungeduldig sah ich zu, wie meine Schwester ihre blaue Bluse aus dem Schrank holte und sie überstreifte. „Unser Vater ist bestimmt schon unten auf der Straße. Er rennt uns weg, wenn du so lange machst.“

Unsere Sandalen klapperten auf der alten Holztreppe.

Ich merkte beim Hinuntergehen, dass Doris ihre Bluse verkehrt herum angezogen hatte und kicherte.

„Ich weiß überhaupt nicht, was es da zu albern gibt“, beschwerte sich Doris, „hast du vergessen, dass Mutti verunglückt ist und wir nicht mal wissen, wie es ihr geht? Du bist heute reichlich vergnügt, find’ ich.“

Die Brustabnäher ihrer Bluse saßen bei Doris auf dem Rücken. Dort wo sie aufhörten, zog das Kleidungsstück Falten wegen des fehlenden Inhalts.

„Du hast …, du hast…!“

„Was hab’ ich denn, verdammt noch mal? Hör endlich auf zu grinsen!“

„Och, nichts hast du, absolut nichts."

„Dann benimm dich. Wenn wir auch nicht so vornehm sind wie die Lorenzen, können wir uns doch ordentlich benehmen, denke ich", erklärte Doris.

Als wir am Städtischen Krankenhaus in der Jägerstraße ankamen, hatten wir unseren Vater eingeholt. Die Menschenmenge, die am Nachmittag für Besucher ein Durchkommen unmöglich gemacht hatte, war verschwunden. Eine kleine Gruppe Leute hielt sich an der gelben Backsteinmauer in der Nähe des Haupteingangs auf und diskutierte heftig.

Im Hause herrschte noch immer Hektik. In den Gängen waren zahlreiche Betten aufgestellt worden, da man nicht alle verunglückten Frauen in den Zimmern hatte unterbringen können.

Ich schaute den dort Liegenden ins Gesicht. Mutter war nicht unter ihnen.

In der oberen Etage blieben wir vor einer Tür stehen, aus der eine Schwester kam, die gerötete Wangen hatte. Sie trug mehrere Stechbecken auf einmal.

„Ich glaube, sie ist in Raum neun. Schauen Sie da mal nach", sagte die Schwester.

„Arbeitsraum" stand an der Tür, die sie aufstieß und dahinter verschwand.

Doris rümpfte die Nase. „Einfach ekelhaft, dieser Krankenhausgeruch. Ist ja fast so, als ob man selbst chloroformiert wird", sagte sie und beobachtete unseren Vater, der Raum neun als Erster entdeckte und hineinging.

Wir Mädchen folgten ihm.

„Puh, das ist ja ein richtiger Saal", flüsterte ich meiner Schwester zu, „ein Saal mit zehn Betten drin."

Mutter lag im vierten Bett an der Wand, sah uns entgegen und verzog den Mund zu einem gequälten Lächeln.

Unser Vater trat ans Bett und streichelte Mutters Hand, die wie ein großes welkes Blatt auf der Zudecke lag.

Papa betrachtete sie aufmerksam. „Was machst du bloß für Sachen, Mädchen, was machst du bloß für Sachen!“ Er fand sie immer noch schön, wie damals im Kriege, als er sie umwarb. Ihr ebenmäßiges Gesicht mit der fein geschnittenen Nase war makellos geblieben. Im fahlen Schein der Nachttischlampe konnte man erste Fältchen in ihrem Gesicht erkennen. „Dein Haar sieht heute so anders aus, so weiß“, sagte er verlegen.

Mühsam hob sie die Hand und strich darüber. „Ich hab's gesehen. Meine Kollegin Leni Ott gab mir vorhin ihren Taschenspiegel. Darin hab' ich es gesehen. Ich würde mir gern die Haare waschen. Sie müssen total verstaubt sein, so weiß, wie die sind, total verstaubt. Aber ich darf nicht aufstehen. Mein Rücken, Erich, oh, mein Rücken tut so weh!“

„Mir ist so übel. Ach, es war so schrecklich“, stöhnte Mutter, „So schrecklich. Wenn ich die Augen schließe, dann sehe ich die Mauer kommen. Die Mauer! Es krachte und staubte, als würde was brennen. Aber es waren keine Flammen. Es war Staub, Staub nichts als Staub, was da auf uns zukam …“

Sie hielt sich die Ohren zu. „Und dann die Schreie! Ich höre immer noch die Schreie!“, stöhnte sie, schloss die Augen und sah sicher in Gedanken wieder die Mauer kommen. Ich ging ums Bett herum und fasste nach ihren kalten Händen. Schweigend ließ sie das geschehen.

Doris betrachtete unsere Mutter vom Stuhl aus. „Ich hole die Schwester“, bot sie sich an. „Soll ich?“

Mutter öffnete die Augen. „Lass man, es wird schon besser. Setz dich zu mir aufs Bett, wenn du willst.“

„Tu es nicht“ sagte Papa, „Möglich, dass es nicht gut ist, nach der Verletzung, die du erlitten hast.“

„Ja, vielleicht ist es besser, du lässt es“, lenkte Mutti ein, „weil die Untersuchungen noch nicht abgeschlossen sind.“

Eine Weile schwiegen wir. Das Jammern einer Frau war zu hören. Es kam aus einem der in der Nähe stehenden Betten. Jemand schnarchte laut.

Doris fächelte sich mit einer Zeitung Kühlung zu. „Diese Luft hier! Einfach entsetzlich. Wie können die Patienten bloß diese stickige Luft ertragen, einfach entsetzlich!"

Ich stieß meine Schwester von der Seite an und sie schupste mich.

Papa beugte sich ein wenig über das Bett. „Hast du starke Schmerzen?"

„Es geht", sagte Mutter leise und strich in Gedanken über ihre Zudecke. „Ich sah sie kommen, die Mauer, Erich!" Sie starrte Papa entsetzt an. „Erich, ich sah sie kommen! Ich seh' sie immer wieder kommen!"

Mutter verbarg ihr Gesicht in den Händen. Nach einer Weile streckte sie sich aus und wirkte etwas ruhiger. „Dabei hab' ich noch Glück gehabt. Weil ich instinktiv meine Arme vor mich hielt, als die Mauer kam. Um Renate Harms soll es nicht gut stehen", flüsterte sie, „Leni hat es mir erzählt. Sie soll in einem Einzelzimmer liegen. Renate hat an der Wand gestanden, die eingestürzt ist … und sie hat zu Leni gesagt, dass sie glaubt, dass sie sterben muss. Sie fühlt das, sagt sie."

Papa strich Mutter sanft über die Schulter, wo das Operationshemd verrutscht war. Sie zuckte zurück.

Seine Augen weiteten sich, als er an der Stelle, wo er Anita berührt hatte, tiefe Wunden entdeckte.

„Sie hat keine Familie, die Renate", sagte Mutter gepresst. Sie meint, dass es besser ist, dass es sie so schlimm getroffen hat, als eine, die Mann und Kinder hat. Stell dir vor, Erich, das sagt sie."

„Du brauchst jetzt Ruhe", sagte Papa und erhob sich, „und morgen wird es dir besser gehen. „Mach dir nicht so viele Gedanken."

„Kommt ihr auch zu Hause zurecht", flüsterte Mutti, „Doris muss ja arbeiten. Sie kann euch kaum helfen."

„Du wirst sehen, wie gut es klappen wird", sagte ich, „Brauchst dir wirklich keine Gedanken zu machen. Werde man schnell wieder gesund."

Mutter nickte. „Du hast recht. Bist ja ein tüchtiges Mädchen. Hab' ich ganz vergessen."

Doris verabschiedete sich stumm von Mutter, drückte ihr nur die Hand, aber sie kämpfte mit den Tränen. Doris konnte manchmal eben so wenig aus sich heraus wie Papa.

„Morgen bring' ich dir Kaffee mit", versprach er, „aber keinen Nachgebrühten. Den brauchen wir jetzt nicht mehr zu trinken, wo ich Arbeit habe."

„Ich freue mich jetzt schon auf deinen Kaffee", flüsterte Anita, „hier kriegt man ja keinen vernünftigen. Höchstens Malzkaffee."

„Da steht Willi vor der Tür und wartet schon sehnsüchtig auf dich", sagte ich, als wir das Haus sehen konnten, „und der Willi wird sich kaputtlachen, wie du aussiehst".

Doris tippte sich an die Stirn. „So was Blödes kann auch dir nur wieder einfallen. Warum soll er sich denn kaputtlachen, der Willi?"

„Na, der wird lachen, weil du dich heute so merkwürdig angezogen hast. Seit wann trägst du deine Brust hinten?"

Meine Schwester begutachtete ihre Kleidung. Sie sah mich böse an. „So lässt du mich rumlaufen? Das hast du doch absichtlich nicht gesagt, weil du mich ärgern willst. Das ist gemein von dir! Was soll Willi denn jetzt von mir denken?", schimpfte sie.

„Vielleicht sieht Willi das gar nicht", vermutete ich „vielleicht ist er so verknallt in dich, dass er das gar nicht merkt."

„Hoffentlich" sagte Doris stirnrunzelnd, „hoffentlich merkt er das nicht, dass ich so schlampig angezogen bin."

Ich grinste. „Na, so schlimm ist es ja nun auch nicht. Und wenn, dann kochst du ihm seine geliebte Pflaumensuppe, damit er zufrieden ist."

„Das heißt, wenn du nicht wieder das Sago verlegt hast, sowie neulich. Vielleicht finde ich es diesmal im Schuhschrank." „Schuhschrank! Schuhschrank! Noch nie hab ich das Sago im Schuhschrank versteckt! Wie kannst du so was behaupten! Du ärgerst dich ja nur …"

„Sei ruhig. Der hört das sonst noch." Doris versuchte, mir den Mund zuzuhalten. Wir lachten, bis wir vor Willi standen.

Der rückte seine Brille zurecht und begrüßte uns ein wenig linkisch. Höflich öffnete er uns die Tür und ließ Doris vorangehen.

Ein bissiger Nachsitzer

Ich schlenderte neben Carla auf dem Schulhof umher, wo sich zwei Jungen im Staub balgten. „Schrecklich", sagte Carla, „einfach schrecklich. Ich hab' was für dich. Komm, lass uns in die Ecke gehen. Da kannst du es lesen."

Carla kramte in ihrer schweren Aktenmappe herum und reichte mir eine Zeitung. „Hier, die hab' ich von zu Hause geklaut und dir die Seite schon aufgeschlagen. Einfach schrecklich."

„Im Sommer tragen die Damen Rohseide", las ich. „Eine Nesselkollektion wurde vorgeführt (vorherige Ausführung), die noch einmal die Frühjahrsmode 1956 präsentiert. Die ausschwingende Weite nach hinten und die Empire-Linie waren das Kennzeichen dieser Modelle, die durch zahlreichen Samtbandeinsatz noch verziert wurden. Andere Modelle zeigten viel Raffung ..." Irritiert sah ich zu Carla, die gerade mit einem schwarzhaarigen Jungen tiefe Blicke tauschte.

„Was ist eigentlich so schrecklich an der Mode?"

„Wieso Mode?"

Carla blickte auf das Geschriebene und lachte schrill.

„Quatsch, ich hab' mich vertan", rief sie, „das ist ja die falsche Zeitung!"

Sie kramte erneut in ihrer Schultasche herum, bis sie gefunden hatte, was sie suchte. „Innen steht auch noch ein ausführlicher Bericht."

„Einstürzende Wand begräbt 26 Frauen. 31. Mai 1956. In einer Konservenfabrik stürzte gestern Mittag in einem Arbeitsraum eine Wand ein und begrub 26 Frauen unter sich. Sechs von ihnen wurden schwer verletzt. In einem Nebenraum waren an der Wand große Kohlevorräte bis unter die Decke gestapelt, die vermutlich die Wand eingedrückt haben. Das Unglück ereignete sich in einem Fabrikationsraum, in dem 40 Frauen beschäftigt waren. Die meisten konnten sich in Sicherheit bringen, bevor Mauerteile und Kohlevorräte in den Saal stürzten. Angehörige der Fabrik, Rettungsmannschaften und die sofort alarmierte

Feuerwehr bildeten eine Kette, um die Trümmer zu beseitigen, weil vermutet wurde, dass noch Verletzte darunter lagen. Das Gewerbeaufsichtsamt prüft zur Zeit, ob die 13 Meter lange und 8,5 Meter hohe Mauer stark genug war, dem Druck der Kohlen standzuhalten."

Carla sah dem schwarzhaarigen Jungen nach, der jetzt fortging. „Du hattest gestern recht mit deiner Ahnung, dass was passiert sein könnte. Und ich dachte, du spinnst, weil ich mir das nicht vorstellen konnte. Gehst du heute wieder ins Krankenhaus?"

„Hm", brummte ich lesend.

„Grüß sie schön von mir."

„Wen?"

„Na, deine Mutter. Sie war immer ganz in Ordnung. Aber dein Vater ist komisch." Ich sah auf. „Wieso komisch?"

„Ich weiß auch nicht. Er redet so wenig und lacht nie. Der kann bestimmt keinen Spaß verstehen."

„Quatsch, er ist nur ernster als wir", sagte ich verstimmt.

Als die Schulglocke bimmelte, zuckte ich zusammen. „Jetzt auch noch nachsitzen", beschwerte ich mich, „ausgerechnet heute. Hier hast du die Zeitung wieder."

„Mach dir keine Gedanken um das Nachsitzen" sagte Carla, „wer weiß, ob wir überhaupt müssen. Ich hab' da so einen schönen Einfall." Sie steckte die Zeitung weg. Wir gingen in Richtung des Schulportals.

„Ich hab' 'ne Überraschung, Hanna. Ich komme gleich wieder. Geh nicht weg. Wir müssen zusammen reingehen, sonst funktioniert das nicht."

Ich wartete ungeduldig. Die Schulglocke bimmelte erneut, was bedeutete, dass die Pause zu Ende war. Eigentlich müsste ich jetzt hineingehen. Welche Dummheit hatte sich Carla wieder ausgedacht? Ich selbst konnte mir keinen Schnitzer mehr erlauben, wo ich mich demnächst um eine Lehrstelle bewerben wollte. Peinlich, wenn Lehrer Otto mir einen Verweis ins Zeugnis schriebe.

Carla kam jetzt zurück. Ihr rot-weiß gestreifter Rock bauschte sich im Wind. Neben ihr trottete ein ausgewachsener Bernhardiner. Meine Freundin beugte sich zu ihm hinab, sprach freundlich auf ihn ein und klopfte seinen Rücken. Jetzt begann sie zu laufen. „Komm Hasso, komm zu Frauchen, komm zu Frauchen!"

Mein Herz schlug schneller, als das große Tier heranpreschte und vor mir stehen blieb. Meine Hand, mit der ich die Schultasche hielt, schwitzte. Ich rannte wie verfolgt auf das Schulportal los, Carla mit Hasso hinterher.

„Warum hast du es denn auf einmal so eilig?"

„Es hat schon längst gebimmelt", keuchte ich. „Willst du den da etwa mit **rein nehmen?**"

„Klar", sagte Carla grinsend, „der ist doch die Hauptperson."

Carla eilte mit dem Hund durch den langen Flur ins Klassenzimmer, wobei ich mich in respektvoller Entfernung hielt.

Otto Linde, den die Mädchen in seiner Abwesenheit nur „Otto" nannten, saß am Pult, blickte uns entgegen und trommelte ungeduldig mit den Fingern auf der Tischplatte herum. „Ihr kommt reichlich spät" sagte er, dann weiteten sich seine Augen. „Was soll das denn?"

Er zog sein schneeweißes Taschentuch aus der Hosentasche und fuhr sich damit über die schweißnasse Stirn. „Was soll der Köter hier? Soviel ich mich erinnere, habe ich euch zum Nachsitzen bestellt und nicht den Köter da." Carla grinste und klopfte Hasso den Rücken. „Platz, Hasso, Platz", rief sie, „Herr Linde, ich muss auf Hasso aufpassen. Meine Eltern sind nicht da. Ich darf den Hund nicht allein lassen. Keiner will ihn haben, seitdem er … unseren Briefträger gebissen hat …" Ich rückte ein Stück von Carla und Hasso ab.

Durch das geschlossene Fenster konnte man gedämpft das Klingeln des Milchmannes hören, der mit seiner Ladung Flaschen den Hof verließ.

Wenn Hasso Herrn Linde beißen würde, bekämen die Mädchen sicher schulfrei, überlegte ich, aber der arme Otto …, er würde dann vielleicht Tollwut bekommen … Otto Linde betrachtete das Tier abwägend. „Und dann bringst du den hierher, wenn der bissig ist?"

Carla wirkte etwas zerknirscht und streichelte Hassos Hals.

„Nachsitzen mit einem Bernhardiner", sagte Otto, „so was ist mir überhaupt noch nicht untergekommen. Und dann auch noch mit einem bissigen!" Misstrauisch beobachtete er das Tier, dessen Bellen jetzt in Knurren überging.

„Brav, Hasso, brav!", sagte Carla und klopfte ihm den Rücken.

„Am Besten macht ihr, dass ihr nach Hause kommt und wir vergessen das Nachsitzen. Halt, da fällt mir ein, Hanna, du kannst hier bleiben."

„Sie hat keine Zeit", erklärte Carla und machte ein trauriges Gesicht, „weil ihre Mutter verunglückt ist."

Otto Linde strich sich nervös über den spärlichen Haarwuchs und musterte mich. „Und? Ist sie schwer verletzt?"

„Ja, Herr Linde."

„Klar, die ist schwer verletzt, ihre Mutter", verkündete Carla mit lauter Stimme, „Sie liegt im Krankenhaus, ihre Mutter. Hanna muss da hin und ihr was bringen." „Na gut, ich will mal nicht so sein und es für heute gut sein lassen. Macht, dass ihr rauskommt. Und benehmt euch in Zukunft anständig, dann braucht ihr nicht mehr nachzusitzen. Und du Carla, lass dir für deinen Hund das nächste mal was anderes einfallen. Hier ist doch kein Hundeasyl", ermahnte uns Lehrer Otto zum Abschied.

Als wir mit Hasso auf dem Schulhof standen, begann Carla laut zu lachen. „Warum gehst du immer soweit von mir ab, Hanna", fragte sie, als sie sich beruhigt hatte.

Ich griff mir ins Haar, um mein buntes Chiffontuch zu binden, das sich gelöst hatte. „Och, ich weiß nicht. Ich kenn' mich mit Hunden nur nicht so aus", sagte ich ausweichend. „Da muss ich mich aber wundern, Hanna, dass du Angst vor Hasso hast."

„Angst! Was heißt Angst? So ein Blödsinn. Immerhin hat Hasso euren

Briefträger gebissen. Übrigens habe ich bei dir zu Hause noch nie einen Hund gesehen."

„War doch auch gelogen. Ist nicht unser Hasso. Er gehört Jonny. Hab' mir Hasso von ihm geliehen."

„Ach so."

„Und das mit dem Beißen hab' ich nur gesagt, damit Otto uns gehen lässt. Ich hoffte, dass er Angst vor dem Hund kriegt, wenn ich das sage. Hat doch toll geklappt, oder?"

„Ja, das war Klasse, wie du das gemacht hast. Danke."

„Brauchst dich nicht zu bedanken. War doch selbstverständlich."

Sie klopfte Hasso erneut den Rücken, drehte sich dann zu mir um. „Ich hoffe, du hast mehr Zeit, wenn deine Mutter aus dem Krankenhaus entlassen wird."

Gleich hinter der Schule ist die Enge Straße, in die wir jetzt einbogen. Hier standen alte Fachwerkhäuser, deren Fassaden farblos und verwittert waren.

„Hasso wohnt hier", verkündete Carla, „Ich muss ihn nach Hause bringen. Komm doch mit."

„Hab keine Zeit."

„Überlege, wann du in der nächsten Zeit überhaupt Zeit hast. Ich fahre in den Ferien weg. Nach Sylt. Wenn ich wiederkomme, stellen wir was Tolles an." „Wenn es was mit Jungs zu tun hat, mach' ich nicht mit."

„Und warum nicht?"

„Weil die doof sind."

„Und warum sind die doof?"

„Ich weiß nicht. Sie sind es eben", sagte ich.

Im Krankenhaus

„Wenn ich nur besser dran wäre“, jammerte Mutter, „die ersten Gehversuche fallen mir so schwer. Dabei hab’ ich mich so gefreut, dass ich aufstehen darf.“ „Pass auf, es wird jeden Tag besser“, tröstete Leni, „und pass auf, es dauert nicht mehr lange und du wirst entlassen. Mit dir liegen jetzt nur noch vier verletzte Kolleginnen von uns hier. Alle anderen sind schon wieder zu Hause.“

Eine feine Röte überzog Lenis Gesicht, wie immer, wenn sie schwitzte oder aufgeregt war. Mit einer Zeitung fächelte sie sich Kühlung zu und betrachtete Mutter aufmerksam. Ihr Blick wanderte durch den tristen Raum, von dessen grauen Wänden die Farbe blätterte, weiter zu den Betten, die alle belegt waren und blieb an mir hängen. Ich saß am Tisch und war in ein Buch vertieft. Ich las für mein Leben gern, immer wenn ich Gelegenheit dazu hatte. Man konnte so viele Bücher leihen, wie man wollte. Alles kostenfrei, von der städtischen Leihbücherei.

„Ich will endlich nach Hause“, sagte Mutter laut, „das Essen schmeckt mir nicht mehr. Riechst du es? Erbsensuppe gibt’s heute. Ich kann’s nicht mehr riechen, das Essen. Ich krieg’ nichts mehr runter.“

Sie kramte in ihrem Nachttisch herum und entnahm ihm etwas, das in Silberfolie gewickelt war. „Wenn du willst, kannst du meine Schokolade haben. Erich hat sie mir gestern erst mitgebracht. Ich habe auf nichts mehr Appetit.“

Leni schüttelte den blonden Wuschelkopf und sah zu mir hinüber. „Schenk sie lieber deinem Mädchen. Ich krieg’ dauernd von meinem Freund welche. Bin sowieso schon zu dick. Übrigens, sag mal, du hast doch zwei große Töchter. Die können sich doch zu Hause um alles kümmern. Da brauchst du dir doch wirklich keine Sorgen zu machen.“

„Das sagst du so. Ich mach’ mir trotzdem Gedanken. Und es ist auch wegen Erich“, flüsterte sie, stockte, sah wieder zu mir hinüber.

„Wird schon werden, Anita. Pass auf, es geht rapide aufwärts, wo du jetzt schon aufstehen kannst“, tröstete Leni und tätschelte ihr die

Wange. „Wär' schön, wenn es bei dir nur der Blinddarm gewesen wär' wie bei deiner Bettnachbarin. Mit den Knochen ist eben nicht zu spaßen. Wenn ich an Renate Harms denke, die jetzt auf dem Friedhof liegt …; ich komme einfach nicht drüber weg, dass sie an meinem Platz gestanden hat, weil ich eine rauchen wollte."

„Und als alle Frauen sangen: „Am dreißigsten Mai ist der Weltuntergang", da war es für unsere Renate wirklich der Weltuntergang", sinnierte Mutter „Ich komm' da einfach nicht drüber weg", erklärte Leni.

Mutter nickte. „Sie war an dem Tag noch so lustig, was man sonst nicht von ihr kannte und hat das blöde Lied angestimmt."

„Und ich hab' da grade mit Oskar gequatscht. Oskar hatte grade die Kohlen gebracht, weißt du, die Kohlen, die die Wand eindrückten. Wer hat jetzt Schuld an Renates Tod? Der Oskar oder ich?"

Mutter richtete sich auf und sah Leni entrüstet an. „Keiner ist schuld, keiner von euch beiden!"

Ich betrachtete meine Mutter erstaunt. Es kam selten vor, dass sie sich so ereiferte.

„Der Oskar hat nur seine Arbeit gemacht, die ihm aufgetragen wurde", fuhr Mutter fort, „und du? Konntest du vorher wissen, dass die Mauer einstürzen würde? Nein, das konntest du nicht. An der Wand, die an die Küche grenzt, hätten nie Kohlen gelagert werden dürfen; weil sie nicht stark genug war, dem Druck der Kohlen standzuhalten. Dafür sind die Leute verantwortlich, die den Auftrag gaben, das Brennmaterial da zu lagern. Die Leute, die es hätten wissen müssen, dass sich diese Wand für so was nicht eignet. Natürlich hat keiner damit gerechnet, dass so was passieren wird. Aber es ist passiert."

Leni winkte ab: „Du hast ja recht, Anita, aber manchmal grüble ich eben herum …" Mutter schlug die Zudecke zurück. Sie stöhnte, als sie die Beine aus dem Bett hatte. „Hilf mir, Leni, damit ich ein paar Schritte gehen kann. Wenn die Schwestern sehen, wie gut ich mich bewege, werden sie mich sicher bald nach Hause schicken."

Ich erhob mich vom Stuhl, nahm den Bademantel und legte ihn ihr über die Schultern. Wir stützten Mutter und langsam, Schritt für Schritt, gingen wir mit ihr den Flur entlang.

„Siehst du,“, sagte ich, „es geht doch schon ganz gut.“

Mutter, die sich noch sehr schwach fühlte, lächelte ermutigt.

Mit Carla und Ede auf dem Wall

Mein Zeugnis war besser ausgefallen, als ich vermutet hatte. Es war außerdem kein Verweis wegen schlechten Benehmens eingetragen. „Du solltest weiter zur Schule gehen. In Deutsch bist du sogar sehr gut. Du könntest die Handelsschule besuchen und dann einen Büroberuf erlernen“, schlug mir Otto Linde vor. „Das würde sich für dich lohnen, überlege es dir gut, was du in Zukunft machen willst.“

Der Gedanke, einen Büroberuf zu erlernen, so wie Carla, war nicht schlecht. Aber noch weiter zur Schule? Nein, danke. Dann wollte ich lieber in Sellmanns Fabrik gehen und Hemden nähen lernen. Vorher hatte ich versucht, in einer Schneiderei unterzukommen, was mir lieber gewesen wäre. Es gab nur zwei Betriebe dieser Art in unserer Stadt. Die stellten momentan keine Lehrlinge ein.

Als ich am letzten Tag das verhasste rote Backsteingebäude verließ, habe ich Carla gefragt: „Spürst du es auch, dieses herrliche Gefühl?“ „Was denn? Was meinst du denn?“, fragte sie leicht irritiert. „Na, das ungeheuer leichte Gefühl der Freiheit. Nie wieder Schule. Endlich frei!“, rief ich erleichtert, „Ich fühle mich, als wäre mir ein Stein vom Herzen gefallen.“

Carla hatte mich skeptisch angesehen. „Ich denke an das Büro, in das ich bald muss. Ich glaube nicht, dass das besser als Schule ist. Das ist bestimmt nicht besser.“

„Bis dahin vergehen noch einige Wochen. So schlimm wie die Schule kann nichts werden“, hatte ich behauptet. Carla hatte schulterzuckend „Ich weiß nicht“ gesagt, und „wir werden es ja erleben.“

Ich putzte die Wohnung und räumte auf, so wie Mutter das immer getan hatte. Am mühsamsten war es, die Küche sauber zu bekommen. Der Holzfußboden musste hell gescheuert werden. Das ging mit einer Bürste und heißer Lauge, war aber eine Quälerei. Hinterher war ich mit dem Ergebnis zufrieden, musste mich aber nach getaner Arbeit eine Weile verschnaufen.

Wir hatten uns seit der Schulentlassung nicht mehr gesehen. Carla wollte mich heute um elf im Park treffen, dort, wo die alten Wallanlagen sind.

Der Park liegt in der Altstadt. Er ist ein beliebter Treffpunkt für junge Leute, vor allem der Liebespärchen. Es gibt dort zahlreiche Bänke, und Gebüsch, das vor neugierigen Blicken schützt.

Die Luft lag feucht und schwer über der Stadt. Meine blaue Strickjacke ließ ich zu Hause. Es war unangenehm, die Wolle auf der Haut zu spüren.

Carla wartete ungeduldig, obwohl es gerade erst elf schlug. Wir gingen oberhalb des Walles entlang. Ich musterte meine Freundin von der Seite. Carla war braungebrannt und sah trotz ihrer ein wenig zu stark ausgeprägten Nase gut aus. Ihr neuer Petticoat raschelte unter ihrem rot-weiß gestreiften Kleid, als wir etwas schneller bergauf gingen. „Es kann nur noch besser werden", sagte sie und fuhr sich durch die frisch gewaschenen blonden Haare, „komm, wir setzen uns auf diese Bank da. Oder hast du heute schon wieder keine Zeit?"

„Doch, ich muss erst heute Nachmittag ins Krankenhaus."

„Dauert doch länger, das mit deiner Mutter, was?"

„Noch ungefähr zwei Wochen, sagt der Arzt."

Carla räkelte sich. „Toll hier oben, nicht? Da drüben kannst du den Garnisonsberg zwischen den Büschen sehen. Auf dem Platz da hinten spiele ich manchmal mit meinem Vater Tennis … das Grün hier ist toll. Und der Stadtgraben …"

„Du bist ja richtig romantisch", stellte ich bewundernd fest.

„Wenn du wüsstest", sagte Carla und warf mir einen schnellen Seitenblick zu. „Was glaubst du, wie viele von den Mädchen aus unserer Abgangsklasse noch unschuldig sind?"

Das Thema behagte mir durchaus nicht. „Keine Ahnung."

„Na, höchstens drei sind nicht mehr unschuldig. Mit mir natürlich."

„Oh, wenn das bei dir Romantik ist, das meine ich nicht", murrte ich, „ich meine, das ist etwas anderes."

„Oh Gott, es müsste blöd sein, noch unschuldig rumzulaufen und …“, fuhr sie fort, „und nicht Bescheid zu wissen …“

Gewitterwolken hingen schwer am Himmel. Ich blickte auf die Fliederbüsche, deren verwelkte Dolden herabhingen. Der See leuchtete grau zu mir herüber. Auf dem Wasser glitzerte es golden, als die Sonne für Sekunden hervorkam.

„Hab’ mir bis jetzt keine Gedanken drüber gemacht. War mir egal. Außerdem stell ich es mir furchtbar vor“, sagte ich bedächtig.

„Was stellst du dir furchtbar vor?“

„Na, wenn man die Unschuld verliert.“

„Und warum grade furchtbar?“

Ich blickte Carla irritiert an, als ich bemerkte, dass ihre Mundwinkel belustigt zuckten. „Na, zum Beispiel furchtbar peinlich. Und furchtbar demütigend.“

Carla schlug sich auf die Schenkel und lachte schrill. „Du bist ulkig. Du bist vielleicht ulkig!“

„Ich mag das nicht, wenn du so redest.“

Carla hörte sofort auf zu lachen und schwieg.

„Und außerdem, du weißt, dass mich Jungen überhaupt nicht interessieren. Sie sind einfach doof …“

„Ich hab’s vergessen“, sagte Carla. Sie fasste sich an die Stirn. „Ich hab’s wirklich vergessen, dass du das nicht verstehst. Ehrlich, ich hab’s vergessen. Vielleicht bist du noch zu jung. Schließlich bin ich ein Jahr älter als du.“

„Was hat das damit zu tun, dass ich Jungs ekelhaft finde?“ „Irgendwie hat es vielleicht damit zu tun“, sinnierte Carla.

„Sieh dir lieber mal den Himmel an“, sagte ich, „es gibt gleich ein Gewitter.“

„Jeden Tag Gewitter, jeden Tag Gewitter“, murrte Carla, „mein Vater meint, das kommt von den Atombombenversuchen, die jetzt dauernd in Amerika gemacht werden.“

„Kann ich mir nicht vorstellen“, sagte ich nachdenklich, „dass es von so weit herkommt, das Unwetter, dass es sich bei uns so auswirkt.“

„Viele meinen das aber. Mein Vater ist nicht der Einzige, der diese Ansicht hat." „Kann ja sein. Es gibt vieles, was man manchmal nicht begreift."

Carla winkte ab. „Wir fahren aber trotzdem nach Sylt. Wenn das Wetter nicht besser wird, wird das stinklangweilig. Dann könnte man lieber mal zu Hause bleiben, so wie du."

„Ich bleibe nicht zu Hause. Ich fahre für vier Wochen in die Ostzone", sagte ich. „Nicht möglich", staunte Carla, „und was willst du da?"

„Ferien machen natürlich. Mit gleichaltrigen Jungen und Mädchen. Mit welchen von da drüben."

Carla krauste die Stirn und blickte zum dunklen See hinüber. „In der DDR? Und wie kommst du drauf?"

„Meine Mutter hatte doch den Unfall."

„Na und?"

„In Magdeburg da gibt's auch so eine Konservenfabrik wie bei uns in der Stadt. Die hat mich eingeladen. Weil sie von dem Unglück gehört haben und ihnen **das Leid tut**. In Mecklenburg haben sie ein Haus. Da können die Jugendlichen aus der Ostzone Ferien machen. Und ich bin dabei."

„Und warum grade du? Da waren doch noch mehr Verletzte."

„Außer mir will keiner da hin."

„Keiner hat Lust, in die Ostzone zu fahren? Warum eigentlich nicht?"

„Ich weiß nicht."

„Da gibt es vielleicht nicht genug zum Essen."

„Ich glaub' schon, dass die da genug zum Essen haben. Sonst hätten die mich doch nicht eingeladen."

„Ich kann mir nicht vorstellen, dass das Spaß macht."

„Ist aber mal was anderes."

Carla sah mich skeptisch an. „Die da drüben hetzen doch immer im Radio." „Stimmt schon. Möglich, dass es mir nicht gefällt. Aber schließlich ist das da drüben auch Deutschland. Nur eben Ostdeutschland.

Ich habe auf der Karte nachgesehen, wo das liegt, weil ich an so einen See fahre, von dem ich noch nichts gehört habe."

„Und wie heißt der?"

„Tollensesee. Liegt bei Neubrandenburg."

„Da hab' ich auch noch nichts von gehört, von dem See", sagte Carla und zog die Stirn kraus. „Wahrscheinlich ein kleines Nest, wo du da hinfährst."

„Möglich."

„Also, ich würde einen langweiligen Urlaub auf Sylt vorziehen, bevor ich mich in ein Land begebe, in dem ich hungern muss", erklärte Carla.

Ich lachte. „Das ist noch viel besser, als nach Sylt fahren, was ich mache." „Wieso?"

„Weil das nicht langweilig wird. Es muss wahnsinnig interessant sein."

„Kann sein."

Wir schwiegen eine Weile, bis ich mich umdrehte und auf die Wiese zeigte, die hinter der Bank liegt. „Sieh mal, in dem Gras da wär' ich beinah' mal ertrunken", eröffnete ich ihr. Carla folgte meinem Blick und tippte sich an die Stirn.

„Du spinnst ja. Auf einer Wiese ist noch nie einer ertrunken."

„Das kannst du nicht wissen. Früher war hier mal ein Schwimmbad an der Oker. Da, wo die Steinstufen ins Wasser führen. Und wo die viereckige Vertiefung in der Wiese ist, da war das Planschbecken für Kleinkinder."

Carla lehnte sich an und lachte. „Das hör' ich zum ersten Mal, dass man im Planschbecken ertrinken kann. Du willst mich verkohlen, was?"

„Man kann. Ich war damals vier. Ich rutschte auf den glitschigen Holzbohlen aus. Die waren mit so glatten, grünen Pflanzen bewachsen. Um mich herum waren nur Beine, an denen ich mich festhalten wollte. Aber alle zogen ihre Beine fort, wenn ich sie umfassen wollte.

Ich schluckte Wasser und immer mehr Wasser und in mir war nur noch Panik. Da packte mich jemand und zog mich an meiner Badehose hoch. Das war meine Schwester Doris. Sie hat mir das Leben gerettet."

Carla sah mich beeindruckt an. „Komisch ist das manchmal im Leben. Ich wär' froh, wenn ich eine Schwester hätte. Auch wenn sie manchmal ein Biest wär'. Es muss schrecklich für dich gewesen sein. Ich meine, als du unter Wasser warst." „War es auch. Deswegen hab' ich es auch nicht vergessen. Wenn Doris auch manchmal zickig ist."

Ich fasste mich an die Stirn. „Ich hab eben einen Tropfen abgekriegt. Wollen wir nicht lieber gehen?"

„Ich glaube, da kommt Ede", sagte Carla aufgeregt und wies auf eine Gestalt, die vom See heraufkam.

„Hast du dich etwa hier mit dem verabredet?", fragte ich pikiert.

„Nicht direkt. Was ist denn los mit dir? Wenn du einen Jungen siehst, bist du immer gleich angegangen." „Bin ich nicht. Ich dachte, du hättest ihn extra herbestellt. Wo du dich doch mit *mir* treffen wolltest." „Ich hab' nur zu ihm gesagt, wenn er Lust hätte, könnte er mal hier vorbeikommen. Der Ede kommt manchmal hier vorbei, weil er oft in dieser Gegend ist. Ein scharfer Bengel, dieser Ede."

„Sag nicht *scharf*. Rede nicht so."

Carla winkte ab. „Ich weiß, du denkst, dass es ein unanständiges Wort ist. Das denkst du doch. Aber es wird immer moderner, so zu reden. Bald sagst du es auch."

„Meine Mutter sagt, es sei unanständig. Was bedeutet *scharf* eigentlich?"

„Ist doch egal, was es bedeutet. Warte, bis du in Mecklenburg warst. Vielleicht findest du da den Mann deiner Träume." Sie lachte schrill. „Es ist jetzt zu mühsam, dir das Wort zu erklären, weil Ede gleich da ist. Der braucht das ja nicht zu hören."

„Du bist gemein. Ich hab' überhaupt keine Träume von einem Mann. Also kann ich den Mann meiner Träume auch nicht finden. Du weißt, dass ich keinen will", sagte ich und warf einen Blick auf Ede, „außerdem muss ich jetzt nach Hause.“ Carla hielt mich am Ärmel meines karierten Baumwollkleides fest. „Bitte renn nicht gleich weg. Ede beißt dich doch nicht.“

„Ist gut. Ich bleib’ noch einen Moment. Aber es kann passieren, dass wir nass werden.“

„Ede ist ein Mitglied der Garni-Bande. Neulich hat von denen was in der Zeitung gestanden. Die locken Mädchen in ihre Höhle und demolieren die Lokale, diese Halbstarken“, sagte Carla grinsend.

Ede war dunkelhaarig und schlaksig. Seine verwaschenen Jeans waren der letzte Modeschrei. Sie kam aus Amerika, diese Mode. Er hatte sich eine Schmalzlocke gekämmt, wie Elvis.

„Hallo Scheißerchen“, rief er mir zu. Er sah mir gebannt in die Augen und kaute unentwegt auf einem Kaugummi herum.

Abrupt wandte ich mich von ihm ab und starrte auf die Stelle im Gras, wo ich beinahe einmal ertrunken wäre. Ich hörte mein Blut in den Schläfen pulsieren und spürte, dass mein Gesicht rot anlief. Diesen Kerl, ich kannte ihn vom Sehen. Schon ein paar mal hatte er mich *Scheißerchen* genannt, wenn ich ihm auf der Straße begegnet war. Ich hatte dann immer so getan, als sei ich nicht gemeint gewesen.

„Wie geht’s denn so Carla?“, fragte Ede, „Toll braune Haut hast du. Ist sicher nicht von der Lötlampe so braun, oder?“

Er strich ihr über den nackten Arm. Sie ließ es sich eine Weile gefallen und kicherte, dann machte sie eine schnelle Bewegung mit dem Kopf, wobei ihre blonden Locken nach hinten flogen. „Es wäre nett von dir, wenn du meine Freundin anders anreden würdest.“

„Wie denn?“, fragte Ede. Er stellte sich vor mich und kaute Kaugummi. „Komm doch mal in unsre Höhle. Ich zeig’ dir da was Tolles. Was Scharfes. Was du noch nicht gesehen hast. Ist das ein Vorschlag?“

Ich blickte zu Boden und wäre gern darin versunken. Carla zog mich an sich. „Mach’ dir nichts draus. Die sind alle ein bisschen plemplem, die Boys.“

Ede spazierte gemächlich um die Bank herum und stellte sich vor Carla. „Ich hoffe, das war ein Kompliment."

„Klar ist das ein Kompliment. Plemplem ist doch Klasse. Oder?"

„Das will ich doch hoffen!", sagte Ede und grinste.

Carla machte bereitwillig Platz. Er setzte sich zwischen uns und legte seine Hand auf meinen Arm. Ich fuhr wie elektrisiert hoch und er ließ los. „Mimose", sagte er bedächtig, „überleg dir's trotzdem. An mir soll's jedenfalls nicht liegen. Ich lade dich zur Besichtigung ein."

Er fasste sich an die Stirn, wobei seine sorgsam frisierte Haartolle in Unordnung geriet. „Oh Gott, siehst du süß aus, wenn du rot wirst! Doch nicht wegen mir! Oh Gott!" Er griff sich ins Haar. „Puh, jetzt beginnt's aber zu pissen!"

„Ich gehe jetzt", sagte ich entschlossen und erhob mich von der Bank.

Ede versuchte, mir das Chiffontuch aus den Haaren zu ziehen. Es misslang ihm, weil ich zurückwich.

„Geh noch nicht", rief er, „ich mag den Stummelschwanz so gern, den du aus deinem Haar gemacht hast!" Ich warf ihm einen vernichtenden Blick zu. „Ich melde mich bei dir, Hanna!", rief Carla, „Oder du kommst vorbei, wenn du zurück bist!" „Bis demnächst, Scheißerchen", Ede winkte mir zu, „und denk über mein Angebot nach!" Er konnte nicht weitersprechen, weil Carla ihm den Mund zuhielt. „Lass das!", rief sie, „du kannst dich überhaupt nicht benehmen, Ede! Du magst sie wohl wirklich, was?"

Er kratzte sich am Kopf. „Möglich, aber sie ist mir zu borniert", erklärte er und spuckte sein Kaugummi ins Gras.

„Sie kann es nun mal auf den Tod nicht ausstehen, wenn einer sie *Scheißerchen* nennt. Ich sehe das auch nicht grade als Kompliment an, wenn das wer sagt."

„Was soll ich denn sagen, dass sie auf mich sieht? Man muss die Leute aufrütteln, von denen man beachtet werden will."

„Aber doch nicht so, du Quatschkopf. Sag lieber *Süße* zu ihr. Das hört jede Frau gern." „Du auch?" „Klar doch!"

Hans

Es begann heftiger zu regnen. Ich eilte durch die Straßen der Altstadt nach Hause und war voller Frust. Dieser blöde Ede hatte mich wieder *Scheißerchen* genannt. Wie ich diesen Kerl hasste!

Ein Donnerschlag ließ mich zusammenfahren. Jetzt zuckte ein Blitz über den dunklen Himmel. Er verlor sich zwischen den Dächern.

Das warme Nass fühlte sich angenehm auf der Haut an. Fast wie eine Dusche. Man könnte bei Gewitter schwimmen gehen, erwog ich, und sich dabei von dem Ärger erholen. Im Wasser war es jetzt am schönsten. Wenn die Blitze nicht wären und einschlagen könnten. Ich hielt dem Regen mein Gesicht hin und spürte, wie das warme Wasser daran herunterlief und aus meinen Haaren tropfte. Ein wundervolles Gefühl, sich der Nässe auszuliefern, einfach so. Ohne Bedenken. Ich genoss den warmen Guss, der auf mich einprasselte, noch eine Weile, bis ich mich entschloss, hineinzugehen.

Als ich im Haus war, stand das Gewitter direkt darüber.

Die Nässe quoll mir aus den Schuhen, die bei jedem Schritt quietschten. Ich brauchte etwas Trockenes, wenn ich nachher ins Krankenhaus ging. In der Küche bildeten sich überall Wasserflecke, wo ich auch hintrat.

Nachdenklich blickte ich darauf. Wie oft hatte Mutter auf den Knien gelegen, um den Holzfußboden mit heißer Seifenlauge wieder weiß zu bekommen, so, wie ich es ihr heute nachgemacht hatte.

Schnell schlüpfte ich aus den nassen Kleidern. Ich ging an die Kommode nach nebenan und nahm mir frische Wäsche aus der oberen Schublade, die nur mir gehörte. Unter den Chiffontüchern fühlte ich den Brief von Tante Anna. Das dünne, zartblaue Papier knisterte, als ich es anfasste. Auf dem Luftpostbrief aus Amerika klebte eine seltene Briefmarke, auf die Willi, der Freund von Doris, scharf war. Tante Anna war die einzige, die an meinen Geburtstag gedacht hatte. Schließlich lag Mutter seit Wochen im Krankenhaus. Tante Anna war damals mit Onkel Arthur, der Jude war, ausgewandert. Damals, bevor der Krieg begann. In Amerika ging es ihnen gut. Sie bekamen drei Kinder miteinander, die jetzt im Alter von mir und Doris waren. Nach dem Kriege hatten sie uns häufig mit Lebensmittelpaketen bedacht. Ich erinnere mich gut daran, wie es war, als wir die darin enthaltenen Köstlichkeiten auspackten. Es war jedes Mal wie Weihnachten. Da gab es Schmalz, Schokoladensirup, Fleisch in Dosen, Trockenmilch und viele Dinge mehr. Nur einmal hatte sich Großmutter beschwert. Sie wollte nicht, dass wir Kaugummi geschickt bekommen. Das schrieb sie damals Tante Anna; weil Oma den Kaugummi überall und nirgends wiederfand, wo er nicht hingehörte. Großmutter war schon seit 1949 nicht mehr unter uns. Manchmal vermisste ich sie noch.

Ich strich die Wäsche glatt und dachte an die zehn Dollar im Brief. Ich würde dafür fünfzig Mark bekommen, wenn ich das Geld umtauschte. Das war eine Menge. Davon konnte sich eine Familie immerhin eine Woche lang ernähren.

Vor dem halbblinden Spiegel frottierte ich mein dunkles Haar. Vor mir auf der Glaskonsole standen zwei Kerzenleuchter mit Kristallbehang, die bei jedem Luftzug klimperten. Sie stammten aus dem Bestand vom Sanitätsrat.

Ich betrachtete mich kritisch. Meinen Haaransatz fand ich zu hoch. Darum verdeckte ich ihn stets mit Pony. Meine Nase fand ich zu kräftig, wie die von Papa. Mein Teint war zu blass. Ich fühlte mich unschön.

Eine ganze Weile kämmte ich mich und blickte dabei missmutig auf die Sommersprossen auf meiner Nase. Ich band mir ein leichtes blaues Chiffontuch ins Haar. Es sah nicht so gut aus, weil der Pferdeschwanz so kurz war. Wenn es nur nicht so lange dauerte, das Wachsen. Alles was man sich wünscht, dauert länger als sonst …

Im Kühlschrank war noch Linsensuppe. Doris hatte sie gestern gekocht. Ich wärmte sie mir auf dem Herd. Mit dem gefüllten Teller ging ich ins Wohnzimmer hinüber und stellte ihn auf den schweren Eichentisch, der am Fenster stand. Hier wollte ich essen und das Unwetter beobachten.

Die Blitze zuckten, aber der Donner kam nicht mehr sofort nach. Das Gewitter war weitergezogen. Es regnete noch immer stark. An dem gegenüber liegenden Haus war die Dachrinne undicht. Von dieser Stelle aus klatschte das Wasser wie aus Eimern auf den Asphalt.

Ich sah auf meine Linsensuppe und rührte unlustig darin herum. Ich hatte keinen Appetit. Vielleicht dann, wenn ich selber kochte und es so machte, dass es mir schmeckte …

Bestimmt war Carla noch mit Ede zusammen. Ob er ihr die Höhle zeigte? Man erzählte Schlimmes von den Jungen, die mit ihren Mopeds die Gegend unsicher machten. Überall, wo sie sich sehen ließen, störten sie die Leute mit ihren überlauten Kofferradios. Die von der „Garnibande" sollten auf Mädchen „aus" sein, die sie in ihre Höhle lockten um sie zu verführen. Ob das überhaupt stimmte, was die Leute sagten? Aber zuzutrauen war es diesem Ede. Um Carla brauchte ich mir keine Sorgen zu machen. Die wusste Bescheid.

Eigentlich ging es mich ja nichts an, was die anderen Leute machten. Bloß bei Carla war das anders. Schließlich vertraute ich meiner Freundin alles an, worüber ich sonst mit niemandem redete. Und ich konnte Carla alles fragen, was ich wissen wollte. Aber alles wollte ich nicht wissen.

Sollte ich es einfach übersehen, dass Carla so auf Jungs „aus" war, wie die Garnibande auf Mädchen? So, wie ich es bisher übersehen hatte? Carla war immerhin ein prima Kumpel. Der einzige, den ich hatte.

Ich erhob mich, brachte meinen Teller in die Küche und spülte ihn unter dem Strahl des kalten Wassers ab.

Als ich ins Wohnzimmer zurückkehrte, stellte ich das Radio an. Flotte Rockmusik stand auf dem Programm. „Tutti Frutti" mit Elvis wurde gerade gespielt. Ich drehte das Radio lauter, doch es begann zu schnarren. Dieses Geräusch wurde dadurch behoben, dass man mit der flachen Hand auf den Volksempfänger schlug. So machte es Papa, wenn er nicht richtig funktionierte.

Jetzt war das Schnarren weg.

Der Rhythmus ging mir wie Sekt durch die Adern. Arme und Beine bewegten sich wie von selbst im Takt. Jetzt war ich so richtig in Fahrt, zog Schuhe und Strümpfe aus und tanzte **barfuß** auf dem kühlen Linoleum. Ich wiegte mich in den Hüften, drehte Kreise und versuchte dann, das obere Ende des Wohnzimmerschrankes mit den Zehenspitzen zu ereichen, alles im Takt.

Ich musste mich dabei weit emporrecken, weit … noch weiter … Wahnsinn, sich so gehen zu lassen … Wahnsinn, es ging mir gut. Ich spürte mein Blut in den Adern pulsieren …

Es klopfte an der Tür. Erst leise, dann dringlicher. Ich hielt erschrocken inne. Wer mochte das sein? Ich wurde rot, als sei ich bei etwas Unanständigem erwischt worden. Da, wieder das Klopfen!

Noch außer Atem öffnete ich die Wohnzimmertür, die in den öffentlichen Flur mündete. Hans, der Enkel des Sanitätsrats, stand vor mir.

Er sah mir ins erhitzte Gesicht und strich sich verlegen übers schwarze Kraushaar. „Hab' ich dich bei was gestört?"

„Nein."

„Ich dachte schon."

„Was hast du denn da für ein dickes Buch?"

„Vom Winde verweht."

„Toll, das wollte ich schon immer mal lesen", sagte ich und nahm es ihm ab.

„Ich hab's für dich organisiert. Mein Tante hatte es sich ausgeborgt. Sie hat es gestern zurückgebracht. Da dachte ich gleich an dich."

Wir standen immer noch auf der Schwelle. Hans lugte neugierig an mir vorbei, ins Wohnzimmer, aber ich machte die Tür nicht weiter auf. „Ich würde dich ja reinlassen, aber ich muss gleich weg."

„Macht nichts. Ich dachte schon, ich hätte dich bei was gestört, oder es wär' jemand da."

Ich tippte auf das Buch. „Wenn ich es gelesen habe, melde ich mich wieder, ja?" Er nickte. „Ich bring' dir dann ein neues." „Wenn's dir nichts ausmacht." „Ich borg' dir gern Bücher. Das weißt du doch." „Ja, ich weiß."

„Bis dann“, sagte Hans und hob die Hand, „vielleicht meld' ich mich mal, bevor du es aus hast.“

„Danke für das Buch“, sagte ich hastig, ging ins Wohnzimmer zurück und drehte das Radio leiser.

Ich musste an Hans denken, als er fort war. Früher hatten wir oft miteinander gespielt, obwohl seine Mutter immer dagegen war. Den Dachboden hatten wir durchgestöbert, waren auf alte Fotos und Schriftstücke gestoßen, die wir eifrig studierten. Manches hatte Hans zerstört, was ihm nicht gefiel. So wie einige Lagen Schmetterlinge, die aufgespießt in Regalen zu finden waren. „Tote Schmetterlinge sind widerliche Mumien“ hatte er gerufen, „und widerliche Mumien muss man zerstören!“ Er hatte die Schaukästen demonstrativ zerstückelt und dafür von seinem großen Bruder eine Tracht Prügel bekommen. Seitdem durften wir den Boden nicht mehr betreten. Hans sollte nicht mehr mit mir reden. Er tat es trotzdem und lud mich zu seinem Geburtstag ein. Frau Lorenzen war ausnahmsweise damit einverstanden. Ich war sein einziger Gast, obwohl in den anderen Jahren nur seine Freunde kommen durften.

Im Dunkeln machte er dann den Versuch, mich zu küssen. Dabei presste er mich an sich. Die Gefühlsaufwallung, die mich dabei überfiel, war unerträglich. Ich konnte mir nicht erklären, was da mit mir vorging. Seitdem vermied ich es, mit ihm allein zu sein.

Im Radio brachten sie Nachrichten. Im Bundestag wurde über die Einführung der allgemeinen Wehrpflicht debattiert. Die meisten Leute, die ihre Meinung dazu sagten, waren dagegen, aber Carla würde es gefallen, wenn so viele „Boys“ die kleine Garnisonstadt bevölkerten, in der wir leben. Es wurde berichtet, dass Marilyn Monroe gerade den Schriftsteller Arthur Miller geheiratet hat. Ich fand, dass beide unmöglich zusammenpassen konnten. Aber ich und Carla passten auch nicht zusammen, zumindest was die Jungen betraf, und hingen trotzdem aneinander. Vielleicht war das mit Arthur Miller und Marilyn Monroe genauso.

Von draußen strömte kühle Luft herein, als ich das Fenster öffnete.

Das Gewitter war vorüber und der Regen hatte nachgelassen. An der Stelle, wo die Straße einen Knick machte, war alles überflutet. Das Wasser stand dort bis zur Hauswand und lief in die Kelleröffnungen. Man konnte die Sirene der Feuerwehr hören, die nach dem starken Regen alle Hände voll zu tun hatte, um die Keller der alten Häuser leer zu pumpen, wie schon so oft in diesem Sommer.

Mutters Irrtum

Mutter wies auf das Nebenbett. Da lag die fünfzehnjährige Maria in den Kissen. Sie wirkte noch sehr müde und geschwächt. „Gestern Abend hat sie geweint. Sie hatte solche Angst davor. Dabei hat sie die Blinddarmoperation so gut überstanden, unsere Maria. Sie hatte Angst, dass es schief geht und sie nicht mehr wach wird."

Ich sah meine Mutter traurig an. Sie machte sich Sorgen um ein fremdes Mädchen. In meiner Brust entwickelte sich ein Gefühl wie Neid, das anwuchs, als ich sah, dass Mutter immer noch zu Maria hinübersah. Ich schwieg.

Jetzt wandte Mutter sich mir zu. „Und du meinst, du schaffst es, allein deine Koffer zu packen und so? Ich weiß nicht, ob ich schon aus dem Krankenhaus bin, wenn du fährst. Es dauert alles länger als ich dachte ..."

Ich schluckte. Dabei wusch ich mir sogar meine Leibwäsche selbst ..., seitdem ich meine Tage bekommen hatte. Wer sollte das denn wohl auch tun? Doris wurde mit sich selbst kaum fertig, weil sie täglich ins Geschäft musste. „Das Kofferpacken ist doch ein Klacks für mich", sagte ich gespielt lässig. „Hätte mir denken können, dass du das sagst. Du bist ja schon so selbständig. Du brauchst mich nicht mehr."

Maria öffnete jetzt die Augen. Ich lächelte ihr aufmunternd zu. Die frisch Operierte lächelte zurück und schloss die Lider.

Ich setzte mich an Mutters Bett, fasste nach ihrer Hand, die auf der Bettdecke ruhte und drückte sie. „Wirst du ohne mich zurecht kommen, wenn du aus dem Krankenhaus kommst?"

„Ich werde ohne dich zurechtkommen, Hanna." Mutter zog ihre Hand zurück. „Mach dir keine Gedanken um mich. Und Papa ist ja auch noch da. Wenn ich was Schweres tragen muss, das wird er mir schon abnehmen. Bestimmt wird er das."

„Ach, Papa! Was wird er sagen, dass ich so einfach wegfahre? Ich hab' ihn noch nicht gefragt ..." Als Mutter sich aufrichtete, stöhnte sie.

„Hab' ihn schon eingeweiht. Er hat nichts dagegen. Nur die Lippen darfst du dir nicht anmalen."

Ich musste lächeln, als ich daran dachte, wie ich neulich Doris' Lippenstift ausprobiert hatte, nur mal so. Aus Neugier, wie ich wohl damit aussehen würde. Papa war dazugekommen und sehr böse geworden.

„Er wird es mir nicht immer verbieten können", sagte ich, „Doris färbt sich auch die Lippen."

„Ich tu das nie", erklärte Mutter, „weil Papa das nicht mag. Außerdem: Doris ist älter als du und hat schon einen Freund."

Jetzt kamen einige Leute herein, unter ihnen Leni Ott. Es entstand ein Stimmengewirr. Leni trat ans Bett und wies auf Maria. „Sie schläft."
„Maria ist ein tapferes Mädchen", sagte Mutter und lächelte gedankenverloren.

„Sie war sehr ruhig vor der Operation, und als sie danach aufwachte, auch." Lenis Blicke wanderten von Maria zu mir. „Jetzt geht es bald los mit der Fahrt nach Mecklenburg", sagte sie, „hast du denn schon Reisefieber?" Ihre Wangen waren wie immer gerötet, als würde sie sich über etwas ziemlich stark aufregen. „Eigentlich nicht."

„Das kommt sicher noch", sagte Leni. „Nächste Woche holen dich zwei Leute von der **O+G KONSERVE** aus Magdeburg ab. Am nächsten Tag geht es dann mit dem Zug weiter nach Mecklenburg. Ich geb' deiner Mutter später die Adresse des Ferienortes. Alles Weitere wirst du noch erfahren."

Mutter bat mich, ihr das Kopfkissen aufzuschütteln, was ich bereitwillig tat.

„Es wird Zeit für mich, zu gehen", sagte ich dann. „Ehe ich es vergesse: Papa kommt dich heute nicht besuchen. Weil ein Fußballspiel im Radio übertragen wird."

Mutter lächelte. „Ich weiß. Er hat es mir gestern Abend gesagt." Bei Lebensmittel-Schroll kaufte ich zwei Flaschen Bier für Papa und für mich selbst saure Himbeeren, meine Lieblingsbonbons. Ich hatte dafür einen Groschen zur Verfügung. Immerhin bekam man zehn Bonbons dafür. Frau Schroll wickelte sie in eine kleine braune Tüte.

Papa freute sich schon auf das zu erwartende Fußballspiel. Er rieb sich die Hände, als ich kam und öffnete zur Feier des Tages die erste Flasche Bier.

„Es gibt erst Essen, wenn Doris kommt“, verkündete er. „Sie bringt was Schönes mit.“

Ich holte mir meine blaue Jacke aus dem Zimmer und zog sie über. „Ich hab’ heute schon was gegessen“, sagte ich zu Papa, „ich geh’ zu Carla.“

Papa sah mir ungehalten ins Gesicht. „Das passt heute ziemlich schlecht.“

„Bitte“, sagte ich und sah ihm in die Augen. Er konnte mir nichts abschlagen, wenn ich das machte.

„Bleib nicht solange. Vor zehn bist du aber wieder zu Hause“

„Du weiß doch, dass ich nie so spät komme“, sagte ich pikiert.

Heimliche Sehnsucht

Carla war nicht zu Hause. Schade. Wo ich sie gerade heute mal gebraucht hätte.

Möglich, dass sie noch immer mit diesem blöden Ede zusammenhockte. Zuzutrauen war ihr das. Die Straßen waren menschenleer. Sicher lag das am Fußballspiel, das gerade übertragen wurde.

Warum nur waren die meisten Männer so wild drauf, zu wissen, wo die Fußballer hinrannten? Dabei liefen sie doch immer nur hinter einem kleinen Ball her. Und wenn der Gegner Tore schoss, ärgerten sie sich maßlos. Papa hatte jedenfalls immer schlechte Laune, wenn die Mannschaft verlor, für die er die Daumen drückte. Dann musste man ihm aus dem Weg gehen, wollte man nicht seine Wut spüren.

Selbst das „Affenkaffee" war leer. Sonst herrschte hier immer reger Betrieb. Die Tür war geöffnet. Man konnte bis oben in die erste Etage sehen. Da standen die Affenkäfige. Doris und Willi waren mit mir einmal dort gewesen. Sie hatten Kaffee und Kuchen spendiert.

Dort unten im Keller sollte es eine Musikbox und Tanz geben. Man brauchte nur Geld in die Musikbox zu stecken. Eine Taste war zu drücken. Schon konnte man das Lied hören, das man wollte. Die Idee, Musikboxen aufzustellen, kam aus Amerika. Alles kam aus Amerika, was modern wurde. Vor kurzem habe ich einen Rock von Tante Anna aus Amerika bekommen. Doris überließ ihn mir großzügig. Willi hatte ihr gerade einen neuen gekauft. Sonst trug Doris die Sachen aus Amerika als erste. Ich bekam die von Doris, wenn sie ihr nicht mehr passten. Dann taugten sie nicht mehr viel …

Der Rock von Cousine Caroline ist jeansblau und glockig geschnitten. Unten hat er breite Rüschen. Am Saum sind rote Spitzenbesätze angenäht.

Niemand hier trägt solch einen Rock. Eines Tages, wenn ich Mut dazu habe, werde ich ihn anziehen und alle Leute werden mir nachsehen. Ob das glücklich macht, wenn einem die Leute nachsehen? Oder zufrieden? Wahrscheinlich ist es nur wieder furchtbar peinlich, angestarrt zu werden. Also lasse ich das mit dem Rock noch eine Weile. Die Stadt wirkte heute wie ausgestorben. Dabei war es noch hell draußen. Der Himmel gab etwas Blau zwischen den Dächern frei. Es sah aus, als würde sich die Bewölkung auflösen.

Aus einem baufälligen Haus tönte die Stimme von Elvis. Ich verlangsamte meinen Schritt und lauschte der Musik, die jemand angestellt hatte, der, wie ich, auch kein Interesse an Fußball hatte.

Zu gern hätte ich gewusst, wo Carla sich an so einem Abend herumtrieb …

In der Küche stand Doris am Herd und strich sich das dauergewellte Haar aus dem erhitzten Gesicht. „Es gibt Kartoffelbrei und Leber", kündigte sie an. „Du musst auch was essen. Bist viel zu dünn für dein Alter. Siehst ja dünn aus wie eine Zehnjährige!"

„Soll das eine Beleidigung sein?", fragte ich, setzte mich an den Küchentisch und sah zu ihr hinüber. Das Fett spritzte in der Pfanne, als sie darin das Bratgut wendete.

„Wie kommst du darauf", fragte Doris empört, „Mutti hat gesagt, ich soll dafür sorgen, dass du nicht verhungerst."

Ich musterte meine Schwester, die gerade Leber von der Pfanne auf die Teller tat. „Bin alt genug, um selber aufzupassen", erklärte ich missmutig.

„Ich hab' zwar heute schon den Rest Linsensuppe vertilgt, aber um des lieben Friedens willen werde ich dein Essen probieren."

Doris tat mir einen ordentlichen Berg Kartoffelbrei auf.

„Wer soll das essen? Ich bin doch kein Schwerarbeiter", protestierte ich, „gib das mal lieber unsrem Vater!"

„Der hat schon gegessen. Sitzt im Wohnzimmer am Radio."

„Und wann kann ich mal kochen?"

„Du kannst in deinem Leben noch so viel kochen."

„Das sagst du immer."

Ich stocherte in meinem Essen herum. Leber mochte ich nicht und das wusste Doris. Vor allem, wenn die Leber nicht ganz durchgebraten war. Ich betrachtete, während des Essens, meine Schwester, die mir ähnlich sieht, aber etwas füllig ist. Leber mit Kartoffelbrei und Zwiebelringen war Doris' Leibgericht und sie aß mit großem Appetit.

„Ich werde in die Ostzone fahren", verkündete ich plötzlich.

Doris tippte sich an die Stirn. „Du spinnst doch. Wieso das denn?"

„Weil es so ist."

„Glaub' ich nicht."

„Warum denn nicht?"

„Weil es blöd' ist, in die Ostzone zur Erholung zu fahren. Dann isst du denen da noch das Letzte weg."

„Weißt du doch nicht. Oder warst du schon drüben?"

„Nee, aber ich weiß Bescheid", erklärte Doris und schnitt ein Stück Leber durch, das innen noch roh war. Über ihren Kartoffelbrei ergoss sich ein dünnes rotes Rinnsal. „Woher willst du überhaupt das Geld nehmen?"

„Wieso Geld? Ich werd' schließlich eingeladen."

„Na, ohne Geld kannst du doch nicht wegfahren."

Ich lachte. „Hab' noch das Geld von Tante Anna."

„Das kostbare Geld willst du dafür nehmen?"

„Klar."

„Ich wollte, ich hätte so viel Geld wie du", sagte Doris.

„Wieso, du verdienst doch was."

„Ja, fünfunddreißig Mark im Monat. Was ist das schon? Wenn du arbeitest, bekommst du viel mehr als ich. Dabei muss ich so schwer arbeiten", murrte Doris. „Das ist nicht meine Schuld", seufzte ich, „dafür kann ich nichts."

Doris war mit dem Essen fertig und legte ihr Besteck beiseite. „Den Abwasch machst du ja. Willi kommt gleich und holt mich ab."

Ich blickte auf das Durcheinander in der Küche, das Doris hinterlassen hatte. „Mach ich wahnsinnig gern", sagte ich missmutig, „wahnsinnig gern."

„Dann ist es ja gut", sagte Doris, „ich dachte, du hättest schon wieder keine Lust zum Abwaschen … Bleibst du zu Hause heute Abend?"

„Wo sollte ich schon hingehen?", fragte ich aufgebracht und sah meiner Schwester nach, die es jetzt eilig hatte.

Doris war gegangen. Ich spülte das Geschirr und räumte die Küche auf. Das Fußballspiel war zu Ende, aber das Radio lief noch. Ich konnte also nicht ins Wohnzimmer und mir einen englischen Sender einstellen, der flotte Songs brachte. Papa konnte die englische Musik nicht ausstehen und schaltete das Radio dann immer ab.

Ich ging in das Zimmer, das ich mit Doris teilte und öffnete das Fenster. Am Himmel waren die Sterne und der Halbmond zu sehen. Ein leichter Windhauch wehte herein. Jemand hatte sein Radio überlaut gestellt. Operettenmusik klang über die Straße.

Die Deutschen hatten zwei zu zwei gespielt. Deswegen hatte Papa schlechte Laune. Er war nicht mehr ganz nüchtern. Ich würde im Zimmer bleiben und später in dem Buch „Vom Winde verweht" lesen, das Hans mir gebracht hatte.

Ich lauschte ins Dunkel hinein. Die Männerstimme sang aus einem Radio über die Straße:

„… sehnt auch mein Herz nach Liebe sich, …du hast im Himmel viel Englein bei dir, schick doch einen, doch einen, nur zu mir …"

Etwas in mir schmerzte bei dem Lied, das ich hörte. Auch dann noch, als ich das Fenster geschlossen hatte. Ging es mir nicht genauso, wie dem da draußen, der das sang? Ich wusste niemanden, der mich wirklich lieb hatte. Und außer Carla gab es niemanden, der mich verstand. Aber die hatte meist die Jungen im Kopf. Selbst Mutter hielt mich schon für zu alt dafür, mich zu umarmen. Dabei sehnte ich mich so danach, umarmt zu werden. Aber das wusste niemand. Es war zu peinlich, das auszusprechen.

Einmal habe ich Mutter gefragt, was denn der Sinn des Lebens sei. „Na, eine Familie haben und Kinder kriegen", hatte sie mir erklärt.

Ich konnte mich nicht mit dem Gedanken anfreunden, einmal eine

Familie zu haben und Kinder zu bekommen. Alles von seinem Mann zu erdulden, was auch immer er tat. Schrecklich, sich immer von einem Mann befehlen zu lassen. Man sah, wo das hinführte. Rauchen sollte die Mutter nicht, einen Lippenstift benutzen, sollte sie auch nicht, und wenn sie zum Friseur wollte, musste sie erst fragen, obwohl sie selbst Geld verdiente.

Nein, so wollte ich nicht leben. Dann lieber nicht heiraten. Unmöglich konnte es der Sinn des Lebens sein, zu leiden.

Ich begann, mich auszuziehen und für die Nacht fertig zu machen. Um mich zu waschen, musste ich noch einmal in die Küche, wo sich die einzige Wasserstelle in der Wohnung befand. Leise tappte ich mit nackten Füßen durch die Räume. Papa schnarchte im Wohnzimmer, wo noch Licht brannte.

Als ich wieder zurück war, stieg ich in das harte Bett mit der Seegrasmatratze. Ich mochte es, wenn das Bett frisch bezogen war. Das hatte ich gestern gemacht. Ich kuschelte mich in die Kissen und nahm „Vom Winde verweht", das auf dem Nachttisch lag. Ich las noch nicht und starrte vor mich hin, auf die rosa-weiß getünchte Zimmerwand. Warum bin ich auf der Welt? Warum fragte ich mich und fand keine Antwort darauf.

Mutter kommt

Ich hatte in den letzten Tagen das Bett gehütet. Eine fiebrige Erkältung war schuld daran. Heute ging es mir besser. Ich lag in eine Decke gehüllt auf dem Sofa. Von hier aus konnte man das gegenüberliegende Ziegeldach erkennen, darüber etwas Himmelsblau. Ab und zu kam heute die Sonne durch, nachdem in ganz Niedersachsen am Wochenende schwere Unwetter getobt hatten.

Ob es wohl in Mecklenburg auch so schlechtes Wetter gab? Eigentlich hatte ich keine Lust, fortzufahren. Allerdings war das Leben, jetzt, wo ich nicht mehr zur Schule ging, reichlich langweilig geworden. Carla machte längst Urlaub auf Sylt. In der letzten Zeit war sie oft mit Ede zusammen gewesen, obwohl sie nie eine feste Freundschaft wollte.

Die Zeitung von gestern, die Papa mitgebracht hatte, lag auf dem Tisch.. „Jetzt Stacheldraht", las ich. „Bretterzaun bei Zicherie wird durch Stacheldraht ersetzt, der zwei Meter hoch ist. Neue Beobachtungstürme, Hochsitze und Erdbunker wurden auf dem Grenzgebiet der Sowjetzone errichtet. Der Polizeistreifenverkehr entlang des Todesstreifens hat zugenommen."

Ob es richtig war, in die Ostzone zu fahren? Ob die einen da überhaupt wollten? Aber hätte man mich sonst eingeladen? Die Frau aus Magdeburg würde schon morgen kommen, um mich abzuholen. Außer ein paar Kleinigkeiten, die schnell erledigt waren, hatte ich alles eingepackt. Das war mir nicht leicht gefallen, weil ich mich wegen des Fiebers noch schwach fühlte.

Die Kirchturmuhr schlug zwölf. Ob Frau Lorenzen wieder Essen brachte, so wie in den letzten Tagen?

Hans hatte mitbekommen, dass ich krank war, als er mir ein neues Buch bringen wollte, obwohl ich „Vom Winde verweht" noch nicht beendet hatte. Es war einiges darin schwer zu verstehen. Daher beschloss ich, es noch einmal zu lesen. Weil er mit dem Klopfen nicht aufgehört hatte, war ich an die Tür gegangen und hatte gesagt, ich könne nicht öffnen, weil ich krank sei. Daraufhin hatte seine Mutter mir um die Mittagszeit Essen gebracht.

„Einer muss sich doch um dich kümmern“, hatte sie gesagt. Mir war es wahnsinnig peinlich gewesen, dass sie auf einmal so nett war. Wer hätte gedacht, dass Frau Lorenzen so hilfsbereit sein konnte …

Jetzt wurde an der Wohnungstür geschlossen. Ich hatte Frau Lorenzen den Schlüssel gegeben, damit ich nicht jedes Mal aufstehen musste …

Stimmen wurden auf der Treppe laut, dann trat Mutter ins Wohnzimmer. Blass war sie. Als sie drinnen war, hielt sie sich an einem nahe stehenden Stuhl fest und setzte sich gleich darauf. Sie ächzte und ließ ihre Tasche fallen, in der sich die Sachen befanden, die sie im Krankenhaus benötigt hatte.

Mein Herz schlug schneller, als ich meine Mutter erblickte. Sie war so lange nicht zu Hause gewesen. Ich schlug die Wolldecke beiseite, erhob mich vom Sofa und machte für Mutter Platz.

„Wie schön, dass du kommst“, rief ich und strahlte über das ganze Gesicht, „komm, leg du dich hin. Du musst dich ausruhen!“

Mutter stöhnte, ließ sich aufs Sofa fallen und sah sich im Wohnzimmer um. „Bin ich froh, dass ich wieder zu Hause bin. Wirklich froh! Übrigens habe ich Frau Lorenzen auf der Treppe getroffen. Mit einem Teller voll Mohrrübensuppe. Was ist denn in die gefahren? Sie wollte dir doch tatsächlich Essen bringen. Ich habe ihr gesagt, dass das nicht nötig ist und dass ich jetzt wieder für dich sorge.“

Die Fahrt nach Magdeburg

Der alte Ford rumpelte und fauchte. Jetzt stand er still. Wir waren umgeben von grünen Bäumen und Hecken am Waldrand. Nur ein paar Vögel zwitscherten in die ungewöhnliche Stille hinein.

„Sag bloß, wir müssen hier aussteigen, Meierchen?", rief Frau Groller entsetzt.

Ihr Kollege drehte sich kurz zu ihr um und nickte. „Das olle Biest will nich mehr." Sie stieß einen tiefen Seufzer aus und fuhr sich verzweifelt durch die Haare. „Es hat doch nicht etwa seinen Geist aufgegeben, das alte Vehikel? Wo wir noch nicht mal an der Grenze sind?"

Herr Meier winkte ab. „Bevor wir da rüberfahren, machen wir erst mal in Helmstedt Rast. Muss da was erledigen. Das heißt, wenn wir überhaupt nach Helmstedt kommen."

„Oh Gott, Meierchen, mach' keine schlechten Witze! Ich will doch hoffen, dass dein altes Auto wieder in Gang kommt. Wo sollten wir denn sonst bloß hin, wo um uns nur nackte Natur ist?"

„Nur keine Panik, liebe Kollegin, nur keine Panik."

Er stand jetzt draußen und machte eine einladende Geste.

„Steigt erst mal aus, dann sehen wir weiter."

Umständlich zerrte Frau Groller den Rest ihres dunkelblauen Tupfenkleides aus dem Wagen. Das war nicht einfach, weil ich auf einem Zipfel davon saß. Spontan erhob ich mich, als ich das merkte und folgte der Frau aus der Enge nach draußen. Ich fand, dass Frau Groller und Herr Meier recht originelle Leute waren. Mit einem noch originellerem Ford.

„Wo wir doch heute noch so viel vorhaben", jammerte Frau Groller, „wo wir so wenig Zeit haben. Kollege, wir müssen bis Mittag in Magdeburg sein. Wo sie doch da auf uns warten! Das schaffen wir wohl nicht, was?"

Herr Meier seufzte und sah ihr tief in die Augen. „Nu reg' dich man nich' gleich auf, Genossin. Ich krieg das schon wieder hin."

Frau Groller lächelte verheißungsvoll. „Du musst wissen, Hanna, du bist eingeplant bei uns. Man erwartet dich in der Fabrik."

„Mich?", rief ich verlegen und spürte, wie mir die Röte ins Gesicht schoss.

Meine Begleiterin fasste mich an den Armen, blickte mir ins Gesicht und strich mir dann eine Haarsträne aus der Stirn. „Ja, du bist wichtig."

Verlegen senkte ich den Blick. Frau Groller trat einen Schritt von mir fort und öffnete ihre Handtasche. Sie brachte einen grauen Kamm zum Vorschein. Bedächtig fuhr sie sich damit durch die Haare. Ihre Augen wanderten aufmerksam hin und her. „Herrlich diese Natur! Dieser Wald, die Weiden und die vielen sanften Hügel!"

„Das ist der Elm", erklärte ich bescheiden.

„Aha", rief Frau Groller, „schön, euer Elm, aber natürlich ist es in Mecklenburg viel schöner als hier. Na, du wirst es ja selbst sehen. Das heißt, wenn wir hier überhaupt wieder wegkommen. Sie sah wie gebannt zu ihrem Kollegen hinüber. Er machte sich unter der empor geklappten Kühlerhaube des alten Ford zu schaffen. Ungeduldig trat sie von einem Bein aufs andere. Dabei entstanden im hellgrauen Staub tiefe Spuren. Gedankenverloren blickte ich darauf. Ich konnte mir nicht vorstellen, für eine Firma wichtig zu sein. Geschweige denn für irgend welche Leute.

Jetzt erhob sich Herr Meier und klappte die Kühlerhaube zu. „Meine Damen" sagte er feierlich, „es kann weitergehen."

„Gott sei Dank", seufzte Frau Groller, „und ich hatte schon Angst, dass wir nicht ankommen!"

Herr Meier hob den Zeigefinger. „Kollegin Groller, denk lieber an heute morgen, als ich vor dem Geschäft gewartet habe. Ich hatte Angst, dass du nicht mehr da rauskommst. Dann wären wir auch nicht angekommen."

Frau Groller lachte verlegen. „Ich habe eine Schwäche für Kunstgegenstände. Ihr habt da so ein wunderhübsches Geschäft in eurem reizenden kleinen Städtchen Wolfenbüttel. Wenn ich dich zurückbringe, werde ich …"

„Is ja gut, Genossin, kannst du ja. Wenn du dann nur irgendwann mal wieder auftauchst aus dem Geschäft …" Der Teint seiner Kollegin lief rot an. „Du musst mich immer ärgern, Meierchen."

Er schmunzelte und pfiff leise vor sich hin, als wir mit dem alten Ford in Richtung Helmstedt rumpelten. Herr Meier ging in die Metallfabrik Kunze, während wir uns in der näheren Umgebung umsahen. Der Himmel war bedeckt. Die Straße mit den hohen Häusern wirkte trist und heruntergekommen. Wir bogen in eine Gasse und jetzt ging es bergauf. „Siehst du, das ist ein altes Stück der Stadt", sagte Frau Groller und wies auf eine graue, halbverfallene Mauer, die von roten Kletterrosen umrankt wurde. „Das gefällt mir. Schade, dass wir nicht länger hier bleiben."

Von Helmstedt aus ging es in Marienborn über die Grenze. Im Osten Deutschlands sah es nicht anders aus als im Westen, fand ich, und Magdeburg war näher, als ich es mir vorgestellt hatte.

Es dauerte nicht lange und wir befanden uns auf dem Gelände der Fabrik. Die O+G KONSERVE war von riesigem Ausmaß. Sie war bedeutend größer als die Konservenfabrik in Wolfenbüttel.

Herr Meier verabschiedete sich von uns und wünschte mir eine gute Weiterreise. Frau Groller ging mit mir in das Hauptgebäude hinein, das vor uns lag.

Die offizielle Begrüßung ließ ich ein wenig verwirrt über mich ergehen. Frau Groller hatte nicht übertrieben. Ich musste Hände schütteln, sah in Gesichter und hörte Namen, die ich wieder vergaß. Ich war mit einem Wohlwollen umhüllt, das mir neu war. Das tat mir gut.

Frau Groller war stets mit dabei. Die Fabrikation der verschiedenen Produkte wurde besichtigt. Da gab es goldfarbenen Honig in kristallklaren Glasbehältern, süß duftende Marmeladen. Gemüse, das verarbeitet wurde, und überall Frauen, die emsig dabei waren.

Im Keller lagerte in Regalen, die bis zur Decke reichten, Tiefkühlkost, zu harten Rechtecken gefroren. Das hatte ich noch nicht gesehen. Man sagte mir, dass dies Versuche waren, neue Möglichkeiten der Konservierung zu eröffnen.

Ich wusste nur von einem unter den mir bekannten Mädchen, dessen Eltern eine Tiefkühltruhe besaßen. Elisabeth, deren Vater eine Gaststätte betrieb. Dort stand ein Riesending dieser Art in der Küche, abseits, damit es wegen seiner Größe nicht den Betrieb dort störte …

„Wir sind in der Entwicklung unserer Tiefkühlproduktion weit fortgeschritten“, erklärte Herr Pilz. Sein Teint war tiefbraun. Er trug einen eleganten grauen Anzug. Mit tiefer, angenehmer Stimme sprach er von „Versuchen“, die in dieser Richtung weiter gemacht würden, und dass es mit der Tiefkühlkost noch im Anfang begriffen sei.

„Wir gehen jetzt was essen“, erklärte Frau Groller, als sie mit mir allein war, „ich denke, wir werden noch was bekommen, obwohl die Mittagszeit längst vorbei ist.“

Die Frau führte mich durch zahlreiche Gänge, blieb dann plötzlich stehen.

„Was hältst du von unserer Produktion?“

„Ich bin beeindruckt. Ich habe so was noch nie gesehen“, gab ich zu und ging durch die Tür, die Frau Groller mir aufhielt.

Die Luft in der Kantine war stickig. Frau Groller steuerte sofort auf einen Platz am Fenster zu.

„Hier sitze ich immer, wenn ich Pause habe“, sagte sie, „übrigens arbeite ich hier im Büro.“ Mit einem Blatt, das auf dem Tisch gelegen hatte, fächelte sie sich Kühlung zu. „Ich weiß nicht, warum ich so schwitze“, stöhnte sie, „dabei ist es doch heute gar nicht so heiß. Oh, da kommt ja Herr Pilz! Siehst du, der war auch noch nicht zu Tisch.“

„Ich habe extra mit dem Essen gewartet“, sagte Herr Pilz lächelnd und setzte sich zu uns.

„Oh, heute gibt's Linsensuppe mit Einlage. Wie herrlich!“

Frau Groller aß mit großem Appetit und blickte zwischendurch auf meinen Teller. „Schmeckt es dir nicht?“

„Doch, aber ich esse nie viel“, erklärte ich gedrückt. Diese Suppe war noch schlechter herunter zu bekommen, als wenn Doris sie kochte.

Ganz tief unten konnte man den Hof sehen, wo sich Schweine im Dreck suhlten. Dahinter gab es verwildertes Gelände, das grasbewachsen und voller Gestrüpp war, und dann die Elbe, die träge und grau dahinfloss.

Herr Pilz sah von seinem Teller auf, lächelte, und folgte meinem Blick. „Schließlich war das ein ereignisreicher Tag für dich, was, Mädchen? Da kann einem schon mal der Appetit vergehen.“

Müffelchen und Stänkerchen

Wir fuhren mit der Straßenbahn durch die Innenstadt. Hier gab es zahlreiche Ruinen. Einige der alten Häuser waren vom Kriege verschont geblieben. Auf den freien Plätzen jedoch stand nichts mehr. Hier ragten hohe Trümmerberge in den grauen Himmel. Transparente auf denen „Rosa Luxemburg“ und „Karl Liebknecht“ zu lesen war, füllten die Leere aus.

Magdeburg wirkte bedrückend, als wäre der Krieg erst gerade beendet worden. Immerhin hatten wir schon das Jahr 1956. Der Krieg war seit elf Jahren vorbei. Ich überlegte, ob es das trübe Wetter war, das mich so niedergeschlagen sein ließ, oder der Anblick der zerbombten Stadt.

Die Straßenbahn ruckte jetzt an und fuhr weiter. Frau Groller betrachtete mich gedankenverloren. „Herr Pilz wird morgen mit zum Tollensesee fahren. Wenn du irgendwelche Fragen hast, kannst du dich ruhig an ihn wenden. Er ist sehr nett, nicht?“

„Ja“, sagte ich einsilbig, „Er ist nett.“ Ich hielt mich an dem blanken Holz der Bank fest, als die Straßenbahn eine große Kurve machte, die in eine abgelegene Straße führte. Es ging ins Randgebiet der Stadt.

„Wir kommen gleich in die Siedlung, in der ich wohne“, sagte Frau Groller. „Heute Nacht schläfst du in meinem Haus. Als meine beiden Töchter hörten, dass du kommst, wollten sie mit dir zum Tollensesee, aber sie hatten sich vorher schon woanders angemeldet. Sie wollten heute in die Ferien fahren. Vielleicht treffen wir sie noch daheim an.“

Die einzelnen Anwesen wurden durch meterhohe Hecken voneinander getrennt. Grollers Haus war ein schöner Neubau, von Grün umgeben. Im Garten vor dem Haus mähte ein stämmiger Mann mit Vollbart die Rasenfläche, die sich vor den Rosenbüschen befand. Er blickte auf, als wir näher kamen und stellte den Rasenmäher ab.

„Stänkerchen, endlich!“, rief er seiner Frau zu und lachte. „Es wird Zeit, dass ihr kommt. Die Mädchen sind schon eine Weile fort!“

„Schade Müffelchen“, sagte Frau Groller, „ich hätte mich gern von ihnen verabschiedet.“

Der Bärtige kam heran und gab mir die Hand, dann sah er seiner Frau tief in die Augen. Sie strich sich mit einer unbewussten Geste übers wirre Haar. „Müffelchen", rief sie, „die lahme Kiste von Otto Meier blieb einfach mitten im Gelände stehen. Stell dir das vor! Sei froh, dass er sie wieder hingekriegt hat und ich überhaupt hier bin!"

„Nicht auszudenken, Stänkerchen, ein Tag ohne dich", stöhnte ihr Mann, legte seinen Arm um sie und zog sie an sich.

Ich ging neben dem Ehepaar ins Haus. Die Räume waren gediegen ausgestattet. Selbst bei Carla war es nicht so schön wie hier. Schwere Möbel, alles in gedämpften Farben, viel Glas, das den Blick nach draußen freigab. Man konnte sehen, dass diese Leute das „Besondere" liebten. Unterhalb der Veranda war ein kunstvoller Steingarten angelegt, in dem es in bunten Farben blühte. Etwas weiter hinten standen Kirschbäume in reifer Frucht.

Das Badezimmer, in dem ich mich frisch machte, war mit rosa Fliesen ausgestattet und sah ziemlich neu aus. Es war ein Genuss, sich hier aufzuhalten. Ich dachte, es sind sicher glückliche Menschen, die sich das leisten können.

Ich ließ mir hier besonders viel Zeit, kämmte meine Haare gründlich und wusch mein Gesicht. Die Müdigkeit kam jedoch plötzlich und lähmte meine Tatkraft. Ich war froh, für heute am Ziel zu sein.

Inzwischen hatte Frau Groller den Tisch reich gedeckt. Es fehlte an nichts. Es gab Wurst, Käse, Butter und Fleisch aufs Brot und man konnte sich nehmen, was man wollte. Ich musste an Doris denken, die Sorge hatte, ich würde den Leuten hier alles wegessen.

Nach dem Abendbrot drückte Frau Groller auf das Sofa, das leicht nachgab. „Echte Schlaraffia-Matratze. Was sagst du jetzt? Ich bin stolz drauf!" Sie sah mich bei dem Wort „Schlaraffia" bedeutungsvoll an. „Heute Nacht sollst du darauf schlafen."

„Schön", sagte ich und lächelte. War das wichtig, ob ich auf meiner Seegrasmatratze oder einer echten Schlaraffia schlief? Ich hatte bisher noch nie darüber nachgedacht.

„Wie war das eigentlich mit dem Unfall in eurer Fabrik?", fragte Frau Groller und rückte näher zu mir auf die Polster.

Sie hatte ein dezentes Parfum aufgetragen. Es roch so ähnlich wie „Soir de Paris", das Doris neulich von Willi bekommen hatte. „Es muss schrecklich für dich gewesen sein. War deine Mutter schwer verletzt?"

„Ja. Sie musste lange im Krankenhaus liegen. Ja, es war schrecklich. Sie hat sich den Rücken verletzt und noch immer Schmerzen."

Frau Grollers Züge wurden weich. Sanft strich sie mir übers Haar. „Tut mir leid, Mädchen, das mit deiner Mutter, wirklich leid. Sie blickte zu ihrem Mann hinüber. „Nein, Müffelchen, wirklich, das tut mir sehr leid." Abrupt erhob sie sich aus den weichen Polstern. „Ich muss noch mal in die Küche. Macht ihr es euch inzwischen gemütlich!"

Bernd Groller steckte sich eine Pfeife an und paffte kleine Wolken in die Luft.

Er betrachtete mich aufmerksam. „Was macht eigentlich dein Vater," fragte er und sog an seiner Pfeife, „welchen Beruf übt er aus?"

Ich strich verlegen über die weiße Damastdecke. So genau wollte das sonst niemand wissen. „Er ist von Beruf Schlosser. War zwei Jahre arbeitslos. Jetzt hat er wieder Arbeit bekommen."

Die Frau kam zurück und setzte sich neben mich. „War er schon immer Schlosser, oder hat er früher was anderes gemacht?"

„Er hat immer gearbeitet. Immer als Schlosser." „Und wo?"

„Früher bei einer Brauerei in Berlin. Im Krieg ging meine Mutter mit meiner Schwester und mir da weg, als es zu schlimm wurde in Berlin.

„Und dann?"

„Mein Vater blieb noch eine Weile in Berlin. Er kam zu uns nach Wolfenbüttel, als der Krieg vorbei war."

Herr Groller sog bedächtig an seiner Pfeife. Er stieß etwas Rauch aus den Nasenlöchern aus. „Einen guten Beruf hat dein Vater."

„Finden Sie?", fragte ich zweifelnd.

Er wandte sich an seine Frau. „Stänkerchen, sie ist ein Arbeiterkind.

Ein guter Beruf. Wertvoller als manch akademischer Titel", sagte er und kaute an dem Mundstück seiner Pfeife herum.

Der Baum vor dem Fenster wirkte, als habe er dunkle Blätter. Draußen dämmerte es.

Frau Groller steckte den fünfarmigen Kerzenleuchter aus Silber an, der auf dem Tisch stand. Leise spielte das Radio „Am Brunnen vor dem Tore".

„Wir achten die Arbeiter in unserem Staat", erklärte sie, „was bei euch nicht der Fall ist. Wir wissen es zu schätzen, wenn einer Maurer oder Schlosser ist. Die Kinder von ihnen haben hier größere Chancen."

Ihr Mann erhob sich und legte ihr die Hand auf die Schulter.

„Lass uns schlafen gehen, Stänkerchen. Wir wollen das Mädchen heute nicht überfordern. Morgen haben wir alle einen anstrengenden Tag vor uns." Er klopfte seine Pfeife im Kristallascher aus. „Wenn du morgen früh aufstehst, Hanna, bin ich sicher schon weg. Ich wünsche dir eine gute Fahrt."

Frau Groller machte die Couch zum Schlafen zurecht, legte ein frisches Nachthemd aufs Laken und wünschte mir eine gute Nacht.

Die Vorhänge waren nicht zugezogen. Durch das Kippfenster drang ein kühler Luftzug herein. Den Baum davor bewegte der Wind, seine Blätter raschelten. Am Heckenweg brannte eine Laterne und beleuchtete die Umgebung nur schwach. Als ich die Augen schloss, hatte ich das Gefühl, bei jeder Bewegung tiefer zu sinken. Die Schlaraffia-Matratze war zu weich.

Was mochte Carla alles auf Sylt anstellen? Ob sie dort schon wieder einen neuen Freund hatte? Und hoffentlich half Doris der Mutter, die noch schwach vom Krankenhausaufenthalt war. Hoffentlich …

Und was würde morgen sein? Was? Wenn ich mich nur nicht so fremd, so fremd fühlte.

Die Reise durch Mecklenburg

Dunkle Wolken zogen am Himmel. Vor dem Eingang des Hauptbahnhofs patrouillierten ein paar sowjetische Soldaten. Zwei Frauen in bunten Sommerkleidern schlenderten umher, ein dritter Mann mit Koffer kam eilig die Straße entlang.

Frau Groller trug mein Gepäck, ich zögerte, um das große Bild von Stalin zu betrachten. Es hing über dem Eingang. Sie zerrte mich aufgeregt am Ärmel. „Komm, wir müssen uns beeilen. Der Zug fährt gleich!“, rief sie aufgeregt.

Herr Pilz, heute leger gekleidet, stand am Bahnsteig, abseits einiger Jungen und Mädchen und wartete.

Er kümmerte sich um meinen Koffer, den er Frau Groller abnahm und im Zug verstaute. „Es wird Zeit. Gleich geht’s los“, sagte er und verschwand in einem der Abteile.

Frau Groller hielt mich am Arm fest, als ich einstieg. „Wenn du wiederkommst, schläfst du noch mal bei mir“, sagte sie, „und ich freu mich schon drauf. Sie drückte mir schnell noch eine Plastiktüte in die Hand. Es befand sich Proviant für mich darin, den sie eingepackt hatte. Stachelbeeren und Kirschen in Frischhaltebeuteln und eine Menge Wurstbrote waren darin.

Ich stellte mich ans Zugfenster und winkte ihr nach, als sie fortging.

Die Bahnhofshalle war trist und grau. Frau Groller lief eine Weile nebenher, als der Zug angefahren war und winkte mit einem bunten Taschentuch. Erst, als ich die Frau in dem grauen Einerlei nicht mehr erkennen konnte, nahm ich in dem Abteil Platz.

Herr Pilz setzte sich mir gegenüber. Nach einer Weile erhob er sich und zog seine saloppe Sportjacke aus, unter der er ein rot-weiß gewürfeltes Hemd trug. Er schaute unentwegt aus dem Zugfenster und schwieg.

Ein zehnjähriger Junge, der Ralf hieß, gesellte sich zu uns, mit Pausbacken und einer blonden Stoppelhaarfrisur.

Ab und zu blickten zwei Mädchen verstohlen herüber. Der Mittelgang trennte sie von meiner Sitzreihe. Die eine trug ihre dunkelblonden Haare zu einem Pferdeschwanz gebunden. Sie wurde von ihrer Freundin „Renate“ genannt. Die andere, Irene, hatte eine blonde Kurzhaarfrisur, die der von Ralf ähnelte. Ich fühlte mich unbehaglich, als ich die Blicke der Mädchen spürte. Sie sahen immer schnell wieder fort. Es schien so, als wollten sie mit mir nichts zu tun haben. Und die Häuser da draußen wirkten so grau und trist wie die Bahnhöfe und der Himmel darüber.

Der kleine Ralf neben Herrn Pilz war in ein Buch vertieft.

Der Zug verlangsamte seine Fahrt und blieb stehen. „Wir sind in Stendal“, sagte Her Pilz, „wir machen hier eine größere Pause und gehen in den Wartesaal. Vielleicht hast du dich schon gewundert dass wir nicht so viele sind. Morgen kommt noch mal ein ganzer Schwung nach. Vor allem sind es Jungs. In diesem Jahr haben wir wenig Mädchen dabei. Mein Sohn Martin kommt morgen erst nach. Er wird die Gruppe der Jungs leiten. Er ist etwas älter. Na, du wirst ihn selbst kennen lernen. Ach, ehe ich es vergesse“, sagte Herr Pilz und zückte sein Portemonnaie, „will ich dir fünfzig Mark Taschengeld geben. Später bekommst du noch mal so viel.“

Für Tante Annas Dollar hatte ich fünfzig Mark Westgeld bekommen, die wohlverwahrt im Koffer lagen. „Nein, danke. Das kann ich nicht annehmen.“

„Es ist ja nicht von mir persönlich“, sagte Herr Pilz, „Die Firmenleitung hat es so beschlossen. Ich soll es dir nur übergeben.“

Er hielt mir immer noch die Scheine hin, die ich jetzt nahm. „Danke“, sagte ich und strahlte, „danke für das Geld!“

Ich steckte die Scheine in meine Umhängetasche, ebenso wie das Päckchen mit den Broten und erhob mich unschlüssig. Ich sah, dass die anderen schon draußen waren.

Die meisten der Jungen und Mädchen saßen an einem großen runden Tisch im Wartesaal. Ihr Gespräch brach ab, als ich dazu kam und Herr Pilz mich aufforderte, dort Platz zu nehmen.

Herr Pilz ging zum Tresen hinüber und unterhielt sich angeregt mit einer Frau, die dort stand. Das Schweigen wirkte bedrückend. Ich ließ meine Tasche mit dem Proviant zu. Mir war der Appetit auf die Wurstbrote vergangen.

In Wittenberge hatte der Zug erneut Aufenthalt, aber wir verließen ihn diesmal nicht. Als er weiterfuhr, kam die Sonne durch die Wolken und erhellte das Grau draußen.

Ralf machte es sich neben Herrn Pilz gemütlich. Er streckte die Beine weit von sich und hielt die Augen geschlossen.

Jetzt, wo Mutter wieder zu Hause war, hätte man schwimmen gehen können, dachte ich. In der Sonne liegen und vor sich hinträumen, war tausendmal besser, als hier zu sitzen und sich fremd zu fühlen. Carla fühlte sich bestimmt nicht so fremd und überflüssig wie ich. Ede hatte ihr tatsächlich neulich die Höhle der Garnibande gezeigt. Carla hatte es mir erst später erzählt. Das musste eine lange Besichtigung gewesen sein, weil sie am Abend noch nicht zu Hause war, als ich Carla besuchen wollte. Einmal hatte ich die beiden in der Stadt gesehen. Hand in Hand waren sie gegangen. „Das bedeutet nichts", hatte Carla später gesagt, „ich bin doch nicht blöd und lege mich auf einen Jungen fest, wo doch jetzt von der Bundesregierung die allgemeine Wehrpflicht beschlossen wurde und so mancher hübsche Boy in unsere Stadt kommt."

„Ich muss mal schpachteln", verkündete Ralf und sah mich bedeutungsvoll an. Er kramte in seiner Tasche und brachte eine braune Papiertüte mit hellroten prallen Kirschen zum Vorschein.

Der Zug fuhr durch ein unberührt wirkendes Waldgebiet, mittendrin ein See, auf dessen Oberfläche sich die Sonne spiegelte.

Ralf lachte und spuckte seine Kirschkerne aus. Herr Pilz warf ihm einen vorwurfsvollen Blick zu.

Plötzlich prallte ein Stein an meiner Wange ab. Ich stieß einen kurzen Überraschungsschrei aus und fasste mich ins Gesicht.

Ralfs Gesicht verfärbte sich. „Tschuldigung das, das, wollt' ich nich", stotterte er, „tut mir leid."

Er hielt mir die Tüte mit den Kirschen vor die Nase. „Hier, nimm dir welche. Die schmecken prima. Die sind ganz süß."

„Nein, danke," sagte ich, „ich hab' selbst welche." Auch Herrn Pilz bot Ralf an. Der nahm und aß genüsslich.

Ralf grinste und zeigte auf seine Tüte.

„Da sind Maden drin. In jeder Kirsche ist eine", erklärte er. „Das macht aber nichts, weil die so toll schmecken. Und heute Abend brauch' ich kein Fleisch essen." Er bot Herrn Pilz erneut von seinen Kirschen an, aber der wollte jetzt keine mehr.

Irene und Renate sahen lachend herüber. Sie amüsierten sich offensichtlich. „Musst du denn dauernd die Kerne in die Gegend spucken, Junge?", sagte Herr Pilz und verzog missmutig sein Gesicht. Er rückte ein Stück von Ralf ab, weil er die durchgeweichte Tüte auf den Sitz legte. Herr Pilz wischte sich über seine Hose, als habe er sich schmutzig gemacht.

Ralf knüllte jetzt endlich seine Tüte zusammen und trug sie zum Abfalleimer. Draußen glitzerte das Wasser mehrerer kleiner Seen, dann fuhren wir wieder durch ein Waldgebiet, in dem Moos an den Baumstämmen wuchs.

„Schöne Gegend hier, nicht?", fragte Herr Pilz. Ich stimmte ihm zu.

„Ja, unsere Deutsche Demokratische Republik ist sehr schön", sagte er und blickte wieder nach draußen.

Die Westdeutsche

Unsere Zugfahrt war beendet. Jetzt kam der letzte Teil der Reise. Mit dem Gepäck folgten alle Herrn Pilz. Er blieb hinter dem Bahngebäude stehen. Hier wartete ein Lastwagen auf uns. Der Fahrer machte sich bereit, die Sachen einzuladen. Die meisten von uns kannten das sicher, aber ich war skeptisch und zögerte.

„Wir haben von hier aus keine Busverbindung", rief Herr Pilz, „der LKW wird uns zum Ferienhaus bringen!" Geschäftig lief er umher, sorgte dafür, dass wir jungen Leute zusammenblieben und half, das Gepäck umzuladen.

Ich hielt mich an ihm fest, als ich auf den Lastwagen stieg. Er reichte mir meinen Koffer nach. Ich stolperte in eine Ecke. Hier wurde das Gepäck aufgestapelt. Ich stellte meine Last ab und sah mich um. Ringsherum dienten uns schmale Holzpritschen zum Sitzen. Als wir alle Platz gefunden hatten, wurde es dunkel. In der heruntergelassenen Plane war ein Riss in Augenhöhe. So konnte ich nach draußen sehen. Wir fuhren auf einer Landstraße, die von Obstbäumen gesäumt wurde.

Dichtgedrängt saßen wir. Der Wagen holperte über eine unebene Stelle. Wir wurden durchgeschüttelt. Die Jungen grölten vor Begeisterung.

Plötzlich hielt das Fahrzeug. Die Plane wurde hochgeschlagen und das grelle Licht blendete die Augen. Im Gedränge wollte jeder zuerst nach unten.

Mit einem eleganten Schwung sprang Herr Pilz hinunter, reichte dann mir die Hand. Er musste mich auffangen. Irene, die hinter mir war, stieß Renate an und lächelte spöttisch. „Unser Ferienhaus ist ein ehemaliges Gutshaus aus dem achtzehnten Jahrhundert", erklärte Herr Pilz. Er winkte dem Lastwagenfahrer nach, der in einer großen Staubwolke davonfuhr.

Ich ließ den Koffer auf den Boden gleiten. Nur einen Moment verschnaufen.

„Ein schönes Haus," sagte Herr Pilz, „wenn auch schon an einigen Stellen die Farbe blättert. Seht mal, die Gebäudeecken und der dreiachsige Mittelrisalit werden durch Türme betont, die von Zinnen abgeschlossen sind."

Die allgemeine Aufmerksamkeit ließ zu wünschen übrig. Das Gebäude, das vor uns lag, war unser Ziel, und alle waren froh, es erreicht zu haben. Die meisten wandten sich schnell ab und strebten zum Eingang.

Ich nahm meinen Koffer wieder auf. Herr Pilz folgte mir. Wir gingen um das Haus herum und gelangten an die Rückseite des Gebäudes. Vor uns breitete sich ein freies Gelände aus.

„Dieser große Platz hier ist wunderbar für unseren täglichen Appell, Gymnastik und Sport geeignet", erklärte Herr Pilz begeistert. Er trat mit seinem derben Sportschuh gegen einen Stoß Holzbohlen. „Die brauchen wir, falls es einen Wolkenbruch gibt. Dann bildet sich nämlich hinter dem Haus ein See. Damit können wir eine Brücke drüber bauen."

Weiter hinten war abschüssiges Gelände mit Wiesenflächen, tiefen Mulden darin und Büschen. Am Horizont glitzerte der Tollensesee im Sonnenlicht.

Fräulein Schnell, um die dreißig, erwartete uns an der Tür. Sie trug ihr Haar kurz geschnitten, war vollschlank und etwas zu klein geraten. „Ach, du bist sicher die Hanna" sagte sie, „komm mal gleich mit." Sie deutete nach oben, als Herr Pilz die Holztreppe emporstieg. „Da wohnen die Jungs. Die Mädchen sind unten untergebracht. Komm, ich nehme deinen Koffer." Die Tür war nur angelehnt. Fräulein Schnell stieß sie ganz auf. Irene, Renate und ein dünnes Mädchen mit rotem Haar sahen uns entgegen.

Fräulein Schnell stellte meinen Koffer hinten im Raum, der nur spärlich möbliert war, ab. „Ich denke, du wirst dich hier wohlfühlen", sagte sie und blickte in die Runde. „Also, das hier ist die Hanna. Möglicherweise hat sich das schon rumgesprochen. Vielleicht habt ihr ja auch schon Bekanntschaft miteinander geschlossen."

„Hanna“, sagte sie und sah mich an. Ihre Augen blitzten vor Energie, „hier sind alles nette Mädchen. Die Anja ist ein bisschen schüchtern, aber das gleicht sich durch Irene wieder aus. Sie redet, wie ihr der Schnabel gewachsen ist. Na, Renate, seid ihr immer noch so dick befreundet, du und Irene?“ Das Mädchen Renate mit der Pferdeschwanzfrisur machte ebenso wie Irene ein betretenes Gesicht. Fräulein Schnell klopfte mir aufmunternd die Schulter. „Da am Fenster das Bett ist sicher noch frei.“

„Nee, da bin ich schon“, protestierte Irene, „das hab’ ich mir schon reserviert.“ „Neben mir ist noch was frei“, sagte die rothaarige Anja, „sie kann gern hierher kommen.“ Fräulein Schnell lächelte verbindlich. „Anja, du kümmerst dich um Hanna, falls sie Fragen haben sollte, ja?“

„Mach’ ich.“ Auf Anjas Nase saßen dicke Sommersprossen, auf denen kleine Schweißperlen glänzten. Sie strich verlegen über die Bettdecke, auf der sie saß. Fräulein Schnell stemmte die Hände in die Hüften und stellte sich breitbeinig hin, was ihr eine gewisse Burschikosität verlieh. Dieser Eindruck verstärkte sich durch die sandfarbenen Shorts, die sie trug. „Hanna kommt aus einer Stadt an der Grenze, die in der BRD liegt“, versuchte sie zu vermitteln. „Sie will hier ihre Ferien verbringen. Die O+G KONSERVE hat sie dazu eingeladen. Sie ist unser Gast.“

Renate strich sich eine dunkle Haarsträhne aus der Stirn. „Wissen wir schon.“ Irene warf ihren Koffer mit einem Ruck auf das Bett unter dem Fenster, dann sah sie Fräulein Schnell ins Gesicht. „Kann’se nich woanders schlafen, die Westdeutsche? Warum grade bei uns. Se kann doch ooch bei Hilde …“

Von draußen war das Brummen eines Rasenmähers zu hören.

„Warum“, fragte Fräulein Schnell, „warum soll sie das?“ Irene starrte auf ihre Fingernägel. „Wir passen vielleicht nich zu ihr.“ Fräulein Schnell wurde weiß im Gesicht. Renate blickte betreten zu Boden. Der Wind bauschte die Gardine da, wo der Fensterflügel offen stand.

„Ich glaube wohl, ich habe nicht richtig gehört!“, rief Fräulein Schnell.

„Ich erwarte von euch, dass ihr nett zueinander seid. Ich erwarte es! Ich hoffe, ihr habt mich verstanden." Sie stampfte ärgerlich mit dem Fuß auf und verließ das Zimmer.

Renate sah ihr nach und krauste die Stirn. „Jetzt fängt die ooch noch mit *‚nett'* an. Dabei hat'se Beene wie'n Radieschen!" Irene schlug sich begeistert auf die Oberschenkel und lachte.

„So was sagt man nicht", beschwerte sich Anja, „wie kannst du so was sagen, Renate! Sie war immer nett zu uns. Sie meint es nur gut."

„Nett, nett, und gut meinen", sagte Renate langgezogen, „kommt drauf an, mit WEM se's gut meint."

„Eene markwurdsche Tute isse jedenfalls", erklärte Irene entschieden, „das isse." Ich holte mein Gepäck und stellte es vor das Bett, setzte mich auf den Stuhl, der dort stand und starrte auf den Fußboden. Bloß nicht heulen. Bloß keine Schwäche zeigen. Weinen ist Schwäche, sagt Papa.

Anja kam und tippte mich auf die Schulter. „Sieh mal, den Schrank da können wir uns teilen. Du nimmst die rechte und ich die linke Seite. Die beiden da drüben haben einen extra. Wollen wir unsere Koffer auspacken?"

„Meinetwegen", sagte ich kleinlaut. Mir saß ein Kloß im Hals. Ich spürte die Blicke von Irene und Renate, die uns beobachteten, und fühlte mich unbehaglich. Es dauerte nicht lange, und wir waren alle mit dem Auspacken beschäftigt.

„So was Bleedes. Ich hab' meinen Handspiegel vergessen", sagte Renate. „Haste ibberhaupt eenen?", fragte Irene. „Klar hab ich eenen. Aber zu Hause." Sie sah zu mir hinüber. „Hast du nen Handspiegel für mich?" Ich nickte, ging und reichte meinen Renate.

Renate machte den Mund auf und griff nach dem runden, rosa Spiegel. „Der is aber hübsch. Wo haste den denn organisiert?" „Wieso organisiert? Hab' ich im Laden gekauft." „Gucke mal, die hat ooch noch so'n rosa Kamm dazu", sagte Irene begeistert, „das jips nich. Alles in rosa."

Ich überließ den beiden Kamm und Spiegel und ging an meinen Platz zurück. Anja deutete nach unten. „Deine blauen Schuhe, die find' ich einfach toll."

„Ach, die sind schon alt", sagte ich.

„Trotzdem, ich find' sie toll."

Irene kam und brachte Kamm und Spiegel zurück, als ich mir ein buntes Chiffontuch ins Haar band. Sie schwieg, legte die Sachen aufs Bett und ging zu Renate zurück.

„Deine blaue Jacke, die find ich auch toll", schwärmte Anja. Sie strich sanft darüber hinweg. „Hat meine Mutter gestrickt." „Toll, lauter Blätter und Blüten."

Irene und Renate tuschelten in der Ecke miteinander. Anja band sich ihr blaues Halstuch um. „Wir müssen zum Appell. Es wird Zeit." „Appell? Komisch, was ist das denn?"

Aus der Ecke kam Gelächter. „Is die bleed", sagte Irene, „die weeß noch nich mal, was Appell is!" „Ich sags dir unterwegs", versprach Anja, „komm jetzt erst mal."

Anja hatte mir erklärt, dass sich die FDJ als einheitliche Jugendorganisation der sowjetischen Besatzungszone entwickelt hat und 1945 entstanden war, und dass die FDJ die Kampfreserve der Partei ist. Der Appell würde täglich stattfinden. Morgens und abends sollten wir uns dazu hinter dem Haus einfinden.

Im See spiegelte sich die untergehende Sonne. Auf dem freien Platz hinter dem Haus standen wir in Reih' und Glied. Der frische Wind zerrte an meinen Haaren. Ich pustete, weil mein Pony mir die Augen verdeckte. Ich wagte es nicht, die Hand zu heben, um mir die Haare aus dem Gesicht zu streichen.

„Für Frieden und Völkerfreundschaft seid bereit!", rief Herr Pilz. „Immer bereit!", tönte es im Chor zurück. Ralf durfte die Fahne einholen, was er langsam und bedächtig tat.

Jetzt kam Bewegung in die Gruppe. Alle stürmten die Treppe nach oben, wo sich der Essraum befand, der gleichzeitig als Freizeitraum diente. Es roch nach Pfefferminztee, der in weißen Kannen auf den

Tischen stand, ebenso wie Berge von Wurstbroten, aufgestapelt auf großen Platten.

Vorn saßen die Mädchen an einer langen Tafel, an die eine Glaswand grenzte, hinter der die Schlafräume der Jungen lagen. Gardinen von drinnen verhinderten die Durchsichtigkeit des bunten Glases.

Weiter hinten saßen die Jungen an einem langen Tisch an der Fensterfront. Von hier aus konnte man den Tollensesee betrachten. An den Essraum grenzte ein Turmzimmer, das Herr Pilz als Büro benutzte. Er saß drüben bei den Jungen, wo auch Fräulein Schnell Platz genommen hatte. Ich konnte direkt auf den leeren Stuhl neben ihm sehen. Der war sicher für seinen Sohn Martin bestimmt.

Ich fühlte mich unbehaglich, weil Irene und Renate mich anstarrten. Auch die anderen Mädchen sahen dauernd zu mir. Es ärgerte mich außerdem, dass ich keinen Namen mehr hatte, nur noch „Westdeutsche“ hieß. Ich mochte das Wort nicht. Es konnte nicht nur an diesem Wort liegen, sondern daran, dass es durch die Benutzer geringschätzig verwendet wurde.

Auch Anja saß still neben mir und kaute lange an ihrem Wurstbrot. Wie gut, dass das Abendessen bald zu Ende war und man sich auf die Zimmer begeben durfte.

Am Abend wurde es still im Haus. Irene hatte das Fenster offen gelassen und die Vorhänge zugezogen. „Haste keene Angst?“, flüsterte Renate. „Nee, wovor denn?“ „Na, wenn eener kommt.“ „Quatsch“, sagte Irene. „Na, du schläfst doch direkt unter de Fensterluke.“ „Macht nischt. Uns holt schon keener.“ „Und wenn doch?“ Irene kicherte. „Komisch“, sagte sie nach einer Weile, „sonst war doch immer der Martin mit dabei. Der Martin Pilz, mein Liebster. Hab' meinen Liebsten nich jesehn. Du?“ „Nee.“ „Er kommt morgen“, sagte ich ins Halbdunkel. Irene knipste die Nachttischlampe an und setzte sich. „Warum haste das nich gleich jesagt?“

Sie knipste das Licht wieder aus, legte sich hin und deckte sich bis obenhin zu. „Er kommt morgen, mein Liebster. Juchhu! Nu kann ich noch mal so gut schlafen." „Is ibberhaupt nich dein Liebster", meldete sich Renate, „er kann jede haben, wenn er will. Jede." Irene lachte. „Is doch egal. Für mich isser mein Liebster."

Im Halbdunkel konnte ich die Mädchen in ihren Betten liegen sehen. Dass die beiden sich so für einen Jungen begeisterten, war doch blöd. Was mochte das für ein komischer Kauz sein, wenn die Mädchen so hinter ihm her waren? Er war mir jetzt schon unsympathisch, wenn ich so was hörte. Ich wollte nichts mit ihm zu tun haben. Das fehlte noch, dass ich auch für einen Jungen schwärmte, so wie Irene und Carla. Ach, was mochte Carla machen? Ob sie schon aus Sylt zurück war? Und Mutter ..., und Doris. Selbst meine Schwester wäre mir jetzt zehnmal lieber gewesen. Eigentlich war Doris manchmal gar nicht so übel. Warum konnte ich nicht einschlafen und musste an alles mögliche denken? Warum?

Mutter hatte mir geraten, mir den Traum zu merken, den ich in der ersten Nacht in Mecklenburg haben würde. Aber wenn ich nicht einschlief, wie sollte ich dann träumen ...?

In Gedanken ging ich die Hauptstraße entlang, an dem „Affenkaffee" vorbei und die Tür stand offen ...

Ach, jetzt da wirklich langgehen, wär' nicht schlecht. Besser als hier liegen und nicht schlafen können. Wenn ich nur nicht hierher gekommen wäre. Von Anjas Bett kamen leise gleichmäßige Atemzüge. Irene begann zu schnarchen, sonst war es still, ganz still, und dann träumte ich.

Die Brücke nach drüben

Die Gegend um mich ist trist und grau. Wohin soll ich gehen? Und: Warum bin ich überhaupt hier? Ich sehe mich um.

Plötzlich erstreckt sich vor mir eine weiße Brücke. Ich kann zum anderen Ufer sehen. Ich entdecke bunte Blumen, groß wie Handteller. Sie duften bis hierher. Strahlendes Licht durchflutet das Grün der Pflanzen. In den Hecken blüht es. Die Bäume ragen fast bis in den Himmel. Da, ein Schmetterling, so groß wie meine Hand. Ein Sirren und Wispern liegt in der Luft …

Faszinierend, diese Welt da drüben. Ist das da drüben das Paradies? Ja, das muss das Paradies sein. Ich will nach drüben. Wie soll ich das anstellen?

Eine ganze Weile stehe ich am Ufer und sehe sehnsüchtig hinüber. Da ist eine weiße Brücke! Gewunden ist sie und mit Verschnörkelungen verziert. Bis in den Himmel reicht sie, neigt sich zu mir auf die Erde hinab.

Das Sonnenlicht lässt die Tautropfen darauf aufblitzen. Alles ist wie in Diamanten getaucht. Diese Brücke, sie ist die Lösung. Die Brücke wird mir die Chance geben, nach drüben zu gelangen. Gut, dass es diese Brücke gibt. Die Brücke wird mich aus der Einöde ins Paradies führen. Von hier nach drüben. Da ist ein schmaler Pfad, der auf die Brücke führt. Den muss ich nehmen. „Komm rüber", wispern Stimmen von drüben, „und du wirst es bekommen, du wirst es bekommen. Alles was du willst, wirst du bekommen!" Jetzt stehe ich auf der Brücke. Jemand kommt mir entgegen. Er ist schlank, sein Gang federt, sein Haar ist dunkel …, und seine Augen …,sie sind mir so vertraut …

„Sinn des Lebens, Sinn des Lebens, such' den Sinn des Lebens …", wispern drüben die Stimmen, „Sinn des Lebens …" Ich laufe immer schneller, immer schneller …

Plötzlich komme ich nicht mehr weiter. Etwas in mir zwingt mich, stehen zu bleiben. Wie *er* mich von drüben anblickt! Nie werde ich die Traurigkeit in seinen Augen vergessen …

Jäh wird es nebelig. Dunst kriecht an mir hoch. Ich kann nichts mehr sehen. Es ist mühsam, Luft zu holen. Ich muss stehen bleiben und mich verschnaufen. Die Orientierung habe ich auch verloren. Nach einer Weile legt sich der Dunst. Wo ist mein Freund? Er kann nicht so einfach fort sein! Es tut so weh, dass er fort ist. So weh. In mir sitzt tief der Schmerz, aus dem mein Schluchzen kommt. Ich weine …

Fliegensuppe

Da ist ein Druck, den Hände ausüben. Sanft ist er. Ein Rütteln an den Schultern. Nein, ich wollte nicht aufwachen, wollte meinen Freund suchen … Jemand hielt mich fest. Ich öffnete die Augen, sah Anjas Gesicht. „Was ist denn", fragte Anja, „warum weinst du denn?" „Ich weine nicht", sagte ich, aber meine Wangen waren nass von Tränen. „Hab nur was geträumt." „Willst du's erzählen?" „Nein, war nur ein Traum. Ein merkwürdiger Traum", murmelte ich, noch ganz überwältigt von meinen Gefühlen, die ich mit in die Gegenwart nahm.

Anja klemmte ihr Handtuch unter den Arm und nahm ihre Kulturtasche vom Nachttisch. „Wir sind spät dran. Ich geh schon mal in den Waschraum. Er ist gleich unten links neben der Treppe und dann geradeaus. Kannst ihn nicht verfehlen."

„Ich komme sofort nach. Bin gleich soweit." Ich schlüpfte aus dem Bett, schnappte hastig meine Sachen, doch die schmächtige Anja war nicht mehr auf dem Flur zu sehen.

Der Traum beschäftigte mich, als ich den Waschraum suchte. Wer mochte der junge Mann sein, der auf einmal verschwunden war? Ich konnte mich nicht erinnern, ihn irgendwo gesehen zu haben. Dabei war er mir im Traum ziemlich vertraut.

Ich stand vor dem großen Spiegel mit den Goldverschnörkelungen. Er befand sich im Vorzimmer des Waschraumes. Ich kämmte mein dunkles Haar, sah mir prüfend ins Gesicht und fand in meinen Augen die große Traurigkeit wieder, die von der Nacht noch in mir steckte.

Der Morgen war kühl. Vereinzelte Wolken zogen am blauen Himmel.

Eine frische Brise kräuselte das Wasser des Sees.

Fräulein Schnell wanderte mit uns Mädchen in der Gegend umher. Wir kamen an blühenden Gärten vorbei, durch Talmulden, dann wieder ging es sanfte Hügel hinauf und hinab. Die Gegend war ländlich, reich an Feldern und Wiesen, und es gab nur vereinzelte Gehöfte.

Fräulein Schnell ging mit einem jüngeren Mädchen, das Karin gerufen wurde, voran, und war mit ihr in ein Gespräch vertieft. Anja und ich wanderten am Ende der Gruppe. Vor uns hatten wir Irene und Renate. Sie tuschelten. Anja war schweigsam wie ich.

Es ging mir besser als am Vortag. Es tat gut, zu laufen und nicht reden zu müssen. Am liebsten hätte ich mich ins Gras gesetzt und über alles nachgedacht. Ich sah mir die Jungen am Morgen genauer als sonst an. Der aus dem Traum war nicht darunter.

Eine ganze Reihe Kisten mit Obst und Gemüse stand im Flur, als wir zurückkehrten. Ralf beugte sich gerade darüber und stibitzte eine Handvoll roter Johannisbeeren. Er drehte sich hastig um, als er uns kommen hörte. Sein Gesicht verfärbte sich.

„Verrenk dir nicht den Bauch beim Schpachteln", rief Irene und grinste. Er fuhr sich verlegen über seinen Stoppelhaarschnitt, wollte davonlaufen, doch Irene hielt ihn an seinem roten Hemd fest. „Olle Sabbercharlotte!", stieß er ärgerlich hervor und riss sich los. „Jehässiger Vogel", schimpfte Renate, „so was sagt man nich." „Limmel!" erboste sich Irene. „Oller Limmel!" Sie sah dem flüchtenden Jungen nach. „Dieser olle Schtankdrachen denkt wohl ich petze!", schimpfte sie, „ich bin doch keene Quatschbeere!" Renate zog die Freundin mit sich. „Komm, es gibt Middach. Ich hab schon mächtig Hunger." Wir beeilten uns, an den Tisch zu gelangen. Die frische Luft hatte selbst mir Appetit gemacht. Es roch nach Kohl. Ich setzte mich, blickte auf meinen Teller und erstarrte. Auf der Blumenkohlsuppe schwamm eine Menge kleiner schwarzer Fliegen. Verstohlen blickte ich zu den anderen. Es schien niemanden zu stören, dass auf der Suppe Ungeziefer war. Ich hatte Hunger. Außer dieser „Fliegensuppe", wie ich unsere Mahlzeit nannte, gab es nichts bis zum Abendbrot und kaufen konnte man hier auch nichts. Zögernd begann ich zu essen, schloss zwischendurch die Augen. Wenn man nicht auf den Teller sah, merkte man nicht so, was darin war. Außerdem: die Fliegen befanden sich nur obendrauf. Und wenn man sie etwas beiseite schob, auf den Tellerrand, brauchte man sie nicht alle zu essen.

Eigentlich war es doch nicht so schlimm. Satt wurde ich davon; obwohl ich keinen Nachschlag wollte, so wie Ralf. Der saß schräg gegenüber am Tisch mit den Jungen. Er erklärte ihnen grinsend, dass Fliegen schon immer so etwas wie Fleischersatz für ihn waren.

Schuhschlacht

Am Nachmittag blieben wir Mädchen im Hause. Einige von uns gingen umher oder nach draußen. Im großen Essraum saß Fräulein Schnell und machte Handarbeit. Hier konnte man sich aufhalten, wenn man wollte. Anja und ich lagen auf unseren Betten und lasen, als Irene und Renate ins Zimmer kamen und ihre derben Sportschuhe gegen leichte Hausschuhe austauschten. „Wir wollen mal was mit euch verplausiebeln“, sagte Renate, „hört mal her.“ „Wir wollen die Bengels ärgern“, erklärte Irene, „wird mal höchste Zeit, so was. Ihr sollt mitmachen.“

Renate kam zu uns und setzte sich auf den Stuhl, der an meinem Bett stand. Sie musterte Anja, die jetzt ihr Buch weglegte. „Wir wollen ihre Schuhe vertauschen.“ Anja grinste. „Gute Idee. In dem Saal da oben schlafen eine Menge Jungs. Wird ein ziemliches Durcheinander geben.“

„Das ist ja der Witz“, sagte Irene, „keiner wird seine Schuhe wiederfinden.“ „Machste mit?“, fragte Anja und erhob sich mit einem Ruck. „Ja, wenn du mitmachst.“ „Klar macht die Westdeutsche mit“, erklärte Irene, „damit se uns nich verpetzen kann.“ „Und wenn's rauskommt“ fragte ich skeptisch. Irene tippte sich an die Stirn. „Quatsch, die Bengels, diese Sockentrollis, die sind gar nicht da. Die sind im Dorf, weil se den Neuen zeigen, wo se das Brot holen, das jebraucht wird.“ „Brot holen?“ Irene nickte, nahm wie selbstverständlich meinen Kamm und hielt sich den rosa Spiegel vor, der auf dem Nachtisch gelegen hatte. „Klar,“ sagte sie, „das Brot backt der Bäcker im Dorf. Einige von uns müssen es immer holen. Wir kommen auch dran.“

Anja zog sich hastig einen gelben Pullover über. Als sie mit dem Kopf halb durch den Ausschnitt war, sagte sie: „Was ist denn nun? Wollt ihr das mit den Jungs machen?“ „Klar, sofort“, erklärte Irene und legte meinen Kamm und Spiegel zurück. „Nu mach, Renate. Karin wartet bestimmt schon.“

„Schtill, soll keener was merken“, mahnte Renate, als wir hinausgingen. Karin stand am Treppenabsatz und gesellte sich zu uns. „Jetzt werden wir sie mal so richtig ärgern, diese alten Bramsköppe“, flüsterte die kleine Dicke. „Schsch“, machte Irene, „schsch“, und legte ihren Zeigefinger an den Mund. Im Raum standen acht Betten. Schuhe gab es also genug, die hier herumstanden und -lagen. „Je weiter weg, desto besser“, sagte Karin und bewarf Irene mit einem Turnschuh, der sie am Rücken traf. Irene warf ihn prompt zurück. Anja und ich grinsten und machten bei der Schuhschlacht mit.

„Schtill“, sagte Renate, „schtill, sonst kommt noch eener.“ Skeptisch musterte sie die bunte Glaswand mit den Gardinen davor, wo man die Schatten der im Essraum Sitzenden sehen konnte.

Wir arbeiteten jetzt schweigend und traten auf den knarrenden Dielen vorsichtig auf. Renate kicherte übermütig, als wir die Treppe erreicht hatten. Irene rieb sich die Hände. „Das wär's“, sagte sie, „da wird sich der Martin aber wundern, wenn er kommt. Wenigstens sind seine Schuhe nicht durcheinander. Vielleicht bestellt er mich auch gleich zu sich, weil er mich was fragen will wegen der Schuhe.“ „Bild dir nischt in“, sagte Renate, „sicher macht der gar nischt.“ „Schade, dass ich nicht sehen kann, wie die Bengels sich ärgern“, sagte Karin. „Die schpucken Jift und Jalle“, meinte Renate. Anja seufzte tief und ließ sich aufs Bett fallen. „Das wär' geschafft. Jetzt können wir uns ausruhen.“

Die Jungen erschienen unpünktlich zum Appell. „Ihr seid spät dran.“ sagte Herr Pilz missmutig, „Alle warten auf euch. Wisst ihr das? Ralf, willst du nicht die Fahne einholen?“

Ralf trat barfuß vor und wurde rot bis zu den Ohren. Er starrte auf den Fußboden, dann auf Herrn Pilz und holte die Fahne ein.

„Haste vielleicht meine Schuhe gesehen?“, fragte mich Ralf, als wir kurz darauf die Treppe empor stürmten. „Der Jochen, weißt du, der Dürre, hat behauptet, meine Schuhe sind seine. Jetzt hat er mir auch noch die weggenommen, die ich vorhin anhatte. Jetzt hab' ich nichts mehr an die Füße.“

Ich sah ihn peinlich berührt an. „Weiß nicht. Hab' keine Ahnung.

Wird sich bestimmt wieder aufklären, das mit den Schuhen", sagte ich ausweichend.

„Was zuville is, is zuville", schimpfte Ralf, „ich kann doch nich ohne Schuhe rumlaufen. Hab ne hellische Wut deswegen. Alle schtänkern einen an, wenn man sie fragt, wo die Schuhe sind und keener rickt se raus!" Er kratzte sich nervös am Kopf und ging an seinen Platz. Renate grinste amüsiert und sah zu den Jungen hinüber. „Haste jesehn, wie spät die Sockentrollis zum Appell gekommen sind?" Irene nickte. „Die Sache is jelungen." „Ich weiß nicht, ob das richtig war", mischte ich mich ein, „der Ralf findet seine Schuhe nicht mehr und muss jetzt barfuß laufen."

„Schad' ihm jar nischt", sagte Irene schadenfroh, „warum isser immer so frech." „Dabei frisst sich der Kleene schon wieder dumm un dämlich", sagte Renate, „der denkt nich mehr an de Schuhe." Anja biss in ihr Wurstbrot: „Und wir haben da gleich vorgebeugt, falls die auch Blödsinn machen wollen." „Wieso? Machen die Jungs auch was?" „Man kann nie wissen", sagte sie kauend und tippte mit dem Finger auf den Teller. „Probier mal diese Wurst, die ist gut."

Ich folgte ihrem Rat. Seitdem ich hier war, hatte ich manchmal Hunger. Während des Essens sah ich zu Herrn Pilz hinüber, der mir freundlich zunickte. Neben ihm der Platz war besetzt. Sein Sohn Martin saß dort. Eine dunkle Haarsträhne fiel ihm in die Stirn, die er mit einer energischen Bewegung fort strich. Ich hatte ihn schon irgendwo gesehen. „Warum starrst du denn immer so nach drüben?", fragte Irene. „Gefällt dir wohl, mein Martin, was?" Ich spürte, wie mir das Blut ins Gesicht schoss. „Hab' ich das gemacht? Hab' ich nicht gemerkt. Dachte, ich kenn' ihn von irgendwoher ...", stotterte ich.

„Unmöglich", sagte Irene, „unmöglich kannst du ihn kennen. Westdeutschland kann er nämlich nich ab. Und alles, was von da kommt, auch nich." Ich senkte betreten die Lider. Als ich wieder aufsah, merkte ich, dass Martin mich ebenfalls musterte. Jetzt erkannte ich ihn. Es war kein Gefühl der Vertrautheit, so wie es im Traum gewesen war, aber da war etwas zwischen uns, das ich nicht deuten konnte.

Martin

Anja zog sich ihre festen Halbschuhe an, Irene und Renate standen am Fenster und tuschelten. Sie trugen blaue Baumwollröcke und bequeme Schuhe zum Wandern. Ich hatte mir meine blaue Jacke angezogen. Dazu lange Hosen, die ich durchaus nicht schick fand. Neulich hatte Carla für sich einige neue Röcke gekauft. In langen Hosen durfte sie nicht im Büro erscheinen. Sie würde sich sonst unmöglich machen.

Ich kämmte mir das vom Wind zerzauste Haar. Aus der Schublade im Nachttischchen nahm ich ein neues Chiffontuch und band es mir ein.

„Bei der Frühgymnastik muss ich mein gelbes Tuch verloren haben“, sagte ich zu Anja, „ich geh' mal schnell raus und seh' nach ob ich's finde.“

Draußen war es zu kühl für Sommerwetter. Dabei waren wir im Monat Juli. In der Nacht hatte es heftig geregnet. Davon war der Boden an einigen unebenen Stellen noch feucht und schlüpfrig. Eine sperrige Holzlatte lag quer über dem Weg. Ich übersah sie.

Der heftige Wind zerrte an meinen Haaren. Ein paar Strähnen davon hingen mir in die Augen. Ich strich sie beiseite. Da war plötzlich ein Schatten vor mir. Ich verlor den Halt. Beim Fallen hielt ich mich an einem Jackenärmel fest. Er gehörte nicht mir. Den dazu gehörigen Jungen riss ich mit auf den Erdboden hinunter.

Ich starrte auf Martin, der mich ärgerlich anfuhr: „Kannste nich aufpassen, blöde Kuh?“

Er rappelte sich auf und versuchte vergebens den feuchten Schmutz von seiner Hose zu entfernen. Wütend sah er auf das braune Tuch, dann wieder auf mich. Ich hatte mich noch nicht von dem Schreck erholt. „Kannste nicht aufstehen?“, fragte er eine Spur freundlicher als vorher und betrachtete mich von oben. Jetzt kam der Schmerz, als ich den Fuß bewegte. Ich stöhnte und blieb sitzen. Als ich auf der Stelle verharrte, ohne mich zu rühren, wurde es besser. „Warte, ich helfe dir“, sagte Martin. Der Klang seiner Stimme war angenehm. Er reichte mir die Hand. Seine Finger gruben sich in das Fleisch meines Oberarmes. Es tat höllisch weh, als er versuchte, mich hochzuziehen. „Es …, es geht nicht“, jammerte ich, „es geht nicht.“ Sein Gesicht war ganz nah. „Was geht nicht?“ Martin hielt mich noch immer fest, aber sein Griff lockerte sich ein wenig.

Das Wort „blöde Kuh“ schmerzte ebenfalls und bohrte sich in mir fest. „Wenn du mir nicht helfen willst, brauchst du nicht, wenn du es nicht gern machst …“ „Dummes Gerede. Wer sagt denn, dass ich es nicht will?“ Er sah mich vorwurfsvoll an. „Stell dich nicht so an. Versuch mal, zu gehen.“ Jetzt hielt er mich mit beiden Händen. Jäh zuckte ich zusammen, als mein Fuß auf den Boden aufkam. „Na siehste“, sagte er, „es geht doch. Wenn man will, geht alles.“

Ich spürte den Stachel, den er mir versetzte, aber der Schreck hatte mich völlig durcheinander gebracht „Ich wollte nur mein gelbes Chiffontuch suchen, das ich heute morgen hier verloren habe. Vielleicht kannst du es irgendwo entdecken …“ Ich sah einen undefinierbaren Ausdruck in seinen Augen. Ärgerlich starrte ich auf meinen Fuß. „Jetzt kann ich nicht mehr laufen“, sagte ich, „Dabei wollte ich mit nach Schloss Belvedere.“

„Bist wohl ein bisschen empfindlich, Westdeutsche“, sagte Martin und sah mich von der Seite an. Er fasste mich zart unter den Arm, um mich zu stützen. Ich war wütend auf mich selbst, weil ich einfach drauflosgeredet hatte, ohne zu wissen, was er von mir hielt. Nun wusste ich Bescheid. Für ihn war ich die „Westdeutsche“.

Im Hausflur blieb ich stehen. „Danke für deine Hilfe. Ich schaff das jetzt allein.“ Ich humpelte weiter und drehte mich kurz zu ihm um. „Übrigens heiße ich nicht Westdeutsche, was meinen Namen angeht. Ich heiße Hanna.“

Er zuckte die Schulter und ging die Treppe nach oben.

Zwischendurch gönnte ich mir eine Pause zum verschnaufen. Ich versuchte aufs neue, mit dem verletzten Fuß aufzutreten, doch jeder

Schritt schmerzte höllisch. Ich hielt mich an der Wand fest, um nicht das Gleichgewicht zu verlieren. Auf einem Bein hüpfte ich durch den Gang.

Martin war ziemlich ruppig, fand ich. Was er bloß gegen mich hatte? Nur weil ich aus Westdeutschland war, konnte er mich unmöglich ablehnen. Schließlich war es nicht meine Schuld, dass ich im Westen wohnte.

Ach, wenn ich wenigstens schön wäre! So schön wie Marilyn Monroe. Oder wie Romy Schneider. Ihr Bild war neulich in einer Illustrierten gewesen. Lieb hat sie ausgesehen und gelächelt. Demnächst sollte sie in „Sissy" spielen. Den Film konnte man sich ja mal ansehen. Vielleicht kam Carla mit. Ja, wenn ich schön wäre, vielleicht wäre Martin dann verrückt nach mir. Vielleicht …

Anja sprang erschrocken vom Stuhl auf, als ich ins Zimmer humpelte. „Um Himmels Willen, was hast du denn gemacht?" Ich ließ mich aufs Bett fallen und stöhnte. „Bin gestolpert. Bin mit einem Jungen zusammengestoßen." Renate knöpfte sich ihre graue Jacke zu und kam zu mir. „Mit welchem Jungen denn?"

„Mit irgend einem. Kenne ihn nicht." „Sei froh, dass es sich bei dem Jungen nicht um Martin handelt", erklärte Irene vom Fenster her. „Der hätte dir sicher gleich eine geknallt. Vor dem musst du dich hüten." Renate tippte sich an die Stirn. „So was macht der doch nicht. Doch nicht unser Martin!"

Irene hängte sich ihre blaue Beuteltasche über die Schulter und musterte mich skeptisch. „Ich hoffe, dass er bei der Wanderung dabei ist", sagte sie triumphierend, „Du kannst jetzt bestimmt nicht mitkommen, und ich werde den ganzen Tag mit Martin zusammen sein."

Ich zog meinen Schuh vom verletzten Fuß und verzog das Gesicht dabei. Es schmerzte, als ich mir den Strumpf abstreifte. „Meinst du, es geht wirklich nicht?", fragte Anja und zog die Stirn kraus. „Das Auftreten tut zu weh", erklärte ich verstimmt. „Ist ganz dick, der Knöchel", verkündete Anja, „Vermutlich verstaucht. Warum musstest du aber auch mit diesem, äh, Bengel zusammenstoßen! Zeig ihn mir und ich knall' ihm eine!" Irene grinste. „Du bist aber plötzlich mutig, Anja." Anja lief im Gesicht rot an. Sie wandte sich von Irene ab und beugte sich wieder über meinen Fuß. „Ich melde das dem Fräulein Schnell", verkündete Irene vom Fenster her.

„So was müssen wir melden. Und irgendwie ist mir die Sache nicht ganz klar …" Wir tauschten Blicke aus. Irene wirkte mürrisch auf mich. Schließlich wandte sie sich achselzuckend um und ging hinaus.

Fräulein Schnell begutachtete kurze Zeit später meinen verletzten Fuß. „Damit kannst du nicht wandern", erklärte sie. „Ich werde in der Küche Bescheid sagen, dass man dir eine Schüssel mit Essigsaurer Tonerde zurechtmacht und Tücher in den Aufenthaltsraum legt. Da kannst du das Gelenk kühlen." Sie richtete sich auf und strich ihren Rock glatt, der sich beim Bücken zusammengeschoben hatte. „Vielleicht findest du sogar Gesellschaft. Allerdings macht Herr Pilz die Wanderung ebenfalls mit. Er geht mit den Jungen." Sie klatschte in die Hände und blickte um sich. „Auf geht's, Mädchen! Wir müssen einen Vorsprung vor den Jungen haben. Wir wollen die ersten sein, die am Schloss ankommen! Wird höchste Zeit zum Aufbruch. Sammelt euch schon mal draußen vor dem Haus. Ich sage nur noch in der Küche Bescheid."

Auf dem Gesicht der Gruppenleiterin hatten sich hektische Flecken gebildet. „Sieh zu, Hanna, dass du bald wieder gesund wirst. Wir haben noch einiges mit dir vor." Wieder zupfte sie an ihrer Kleidung herum. Sie mochte es nicht, wenn sie einen Rock trug, doch heute ließ es sich nicht vermeiden. Anja winkte und Renate drohte schelmisch mit dem Finger. „Mach keine Dummheiten, wenn wir weg sind", rief sie, bevor alle nach draußen eilten.

Ich sah den Mädchen nachdenklich hinterher. Neuerdings gaben sie sich Mühe, mit mir Hochdeutsch zu reden. Nur wenn sie aufgeregt waren, verfielen sie wieder in ihren alten Dialekt. Längst verhielten sie sich mir gegenüber nicht mehr so ablehnend wie anfangs.

Gänsehaut

Ich stand an der Schwelle des Aufenthaltsraumes. Meine Augen suchten die Schüssel mit der Essigsauren Tonerde. Dort, am geöffneten Fenster, auf dem Tisch stand sie. Ein Stapel weißer Tücher lag daneben.

Ich erschrak, als ich Martin entdeckte. Er war in ein Buch vertieft.

Sollte ich wieder gehen? Ich fürchtete mich davor, mit ihm allein zu sein. So wie damals mit Hans. Dabei war dies hier ein öffentlicher Raum. Jeder konnte eintreten, der sich hier aufhalten wollte. Und außerdem: Der Weg nach unten war mühsam, und das Auftreten schmerzhaft.

Martin sah kurz auf. Er nickte mir höflich zu und vertiefte sich erneut in sein Buch. Ich humpelte hastig an ihm vorbei. Dabei fühlte ich, wie mir das Blut ins Gesicht schoss. Schnell drehte ich mich zum Fenster, wo sich im Wind die Gardine bauschte. Ich schob den Stuhl zurecht und zog einen zweiten heran, um den Fuß darauf zu legen.

Der See leuchtete von hier aus blaugrau. Der Wind blies große Löcher Himmelsblau in die Wolken. Ganz hinten am Horizont war eine schwarze Wolkenwand zu sehen.

Ich schob mein Hosenbein etwas höher, tauchte ein weiches Tuch ins kalte Wasser, wrang es aus und begann, meinen Fuß zu kühlen. Hier in der Nähe des Turmzimmers gab es rundum Fenster, die das Licht herein ließen. Still war es. Nur aus der Küche drang das Klappern von Töpfen und Geschirr herüber. Verstohlen schaute ich zu Martin. Der respektable Abstand, der zwischen uns war, machte mich mutig. So konnte ich ihn betrachten. Er war so in sein Buch vertieft, dass er es bestimmt nicht merken würde. Den Mädchen gegenüber würde ich natürlich darüber schweigen, dass sich Martin hier aufgehalten hatte. Sie brauchten es auch nicht zu wissen, dass er mich beeindruckte. ‚Warum beeindruckt er mich überhaupt', fragte ich mich, und wusste keine Antwort. Schließlich machte ich mir nichts aus Jungs.

Ich war ihm nicht mehr böse wegen vorhin, wollte ihn nur ansehen. Sein kantiges Profil hob sich im Gegenlicht des Raumes ab. Eine dunkle

Haarlocke fiel ihm in die Stirn. Er strich sie in Gedanken beiseite, wie man etwas wegwischt, das einem lästig ist. Jetzt sah er auf. Ich erschrak, als sich unsere Blicke begegneten. „Du denkst wohl, ich sitze wegen dir hier, Westdeutsche, was", sagte er spöttisch. Seine Mundwinkel zuckten. Mir wurde komisch zumute. Ich fühlte ein Kribbeln im Rücken, als würde sich dort eine Gänsehaut bilden. „So was würde ich nie denken", sagte ich hastig. Martin musterte mich eindringlich. „Ich sitze hier, weil ich mich auf die Hochschule für Maschinenbau vorbereiten muss, in die ich demnächst gehe. Die ist in Machteburch. Willst du sonst noch was wissen?"

„Hab' dich nicht darum gebeten, mir was zu sagen", antwortete ich abwehrend. Martin schlug sich mit der flachen Hand gegen die Stirn. „Denkste, ich bin blind, Westdeutsche", rief er empört, „denkste, ich merke nicht, dass du mich schon die ganze Zeit über anstarrst?"

Das Kribbeln im Rücken wurde stärker. Es verteilte sich weiter und ging bis in meine Arme. Jetzt spürte ich es auch in meinem Bauch. Es nahm mir fast die Luft. Ich schluckte. Trotz allem fühlte ich mich beleidigt. Das hatte ich nicht nötig, mich von *ihm* so schikanieren zu lassen. Das nicht! Ich war wütend. „Bild' dir nicht zuviel ein", stieß ich hervor, „außerdem merk' dir das endlich mal: Ich heiß' nicht ‚Westdeutsche'. Ich heiße Hanna. Falls es dich überhaupt interessiert."

Um Martins Mundwinkel zuckte es belustigt. Das machte mich noch wütender. Ich atmete hastig und aufgeregt. Dabei starrte ich ihm ins Gesicht, als er weiterredete. „Interessiert mich zwar nicht sonderlich, aber irgendwo habe ich deinen Namen schon gehört. Hannaaaa", sagte er langgezogen. „Na, ja, wenn dir da soviel dran liegt … Hannaaaa!"

Er hielt meinem Blick stand. Es lag etwas undefinierbar tiefgründiges darin. „Also, ich heiße Martin. Nicht, dass du auf die Idee kommst, mich ‚Ostdeutscher' zu nennen." „Brauchst mich nicht mehr anzureden", gab ich schnippisch zurück, „und entschuldige bitte, dass ich heute morgen gegen dich gerannt bin. Wenn ich vorher gewusst hätte, dass du daherkommst, hätte ich mir überlegt, ob ich das mache." Er pfiff durch die Zähne. „Ach, du hast das *extra* gemacht." Als ich ihn empört anstarrte, verzog er den Mund zu einem breiten Grinsen und schob in Gedanken eine widerspenstige Haarlocke beiseite. „Denkst du denn, dass so ein Fliegengewicht wie du, die Kraft hat, mich ernstlich zu verletzen, wenn es versucht, mich umzureißen?" Ich versuchte, ruhig zu atmen. Dabei tauchte ich das Tuch erneut ins Wasser, wrang es aus und legte es auf meinen Knöchel. „Fliegengewicht?", japste ich. Er lachte noch immer. „Da musst du dir schon was anderes einfallen lassen, um meine Aufmerksamkeit auf dich zu lenken", erklärte er. In seinen Augen blitzte der Schalk. „Was ganz anderes. Die Idee mit dem Zusammenstoß war nicht fair." Ich sah ihn entgeistert an und tippte mich an die Stirn. „Bin ich blöd? Für wie blöd hältst du mich eigentlich? Ich hab' es mir nicht einfallen lassen. Es ist passiert." Ich schrie es ihm entgegen. „Passiert! Passiert, verstehst du?"

Er sah mich so rätselhaft an wie am Morgen, als wollte er in mir etwas suchen, so kam es mir vor, etwas von dem herausbekommen, was ich dachte. Plötzlich wandte er sich ab und blätterte hastig in seinem Buch herum. „Das kann jeder sagen", murmelte er scheinbar abwesend.

Ich beobachtete Martin, wie er dauernd eine neue Seite umschlug. Er schien ein Lesegenie zu sein, so schnell wurde er damit fertig. Er war bestimmt wahnsinnig klug. Männer, die alles besser wissen wollten, konnte ich sowieso nicht leiden. Von draußen kam kalte Luft herein. Ich humpelte zum Fenster und schloss es. Der Himmel hatte sich bezogen und sah schwarz aus.

Eine ganze Weile war es still, bis Martin sich räusperte und zu mir hinübersah. „Ist es denn mit deinem Fuß noch schlimm?" „Geht schon." Martin bemerkte mich plötzlich wieder. Wie schön. „Westdeutsche. Quatsch. Ich wollte … Hanna …" Bei seinen Worten spürte ich, wie mir ein Schauer den Rücken hinunterrann. „Bist du mir noch böse Hanna?" Ich fühlte, dass ich wieder rot im Gesicht wurde und senkte beschämt den Kopf. „Nein", sagte ich tonlos. „Dann ist es gut", erklärte er erleichtert.

Zwei Küchenmädchen kamen herein. Sie luden Stapel weißer Suppenteller auf den Tischen ab. In ihren frischen Schürzen wirkten sie adrett. Sie waren kaum älter als ich. Unter ihren prüfenden Blicken fühlte ich mich schuldbewusst. So, als hätte ich etwas Verbotenes getan. Der Geruch von Essen erfüllte die Luft. Die Mädchen deckten den Tisch und verschwanden kurze Zeit später wieder in die Küche.

„Ich bin also ein Fliegengewicht", wandte ich mich nachdenklich an Martin, der aufgehört hatte, in seinem Buch zu blättern und zu mir hinübersah. „Aber sicher kann so ein Kaliber wie Irene dir die Rippen eindrücken, wenn sie dich umrennt. Oder? Könnte ich mir gut vorstellen." Martin nickte und versuchte, ernst zu bleiben. „Sie ist ein ganz properes Mädchen." Ich sah ihn überrascht an. „Irene?" „Leider ist sie nicht meine Kragenweite", erklärte er lächelnd. „Und warum nicht?" Er zuckte die Achseln. „Irgendwie ist sie mir lästig." Draußen prasselte jetzt der Regen gegen die Scheiben. Ich hatte das Fenster nicht richtig eingehakt. Der Wind rüttelte daran. Martin erhob sich und schloss es. Als er an mir vorbeikam, sah er mir tief in die Augen. „Ich bin nicht scharf auf Mädchen", erklärte er geradeheraus. Ich konnte sein Rasierwasser riechen, dessen Duft angenehm war. Auch Herr Pilz roch so. Sicher stibitzte er es von seinem Vater. „Ich bin nicht scharf auf Mädchen", wiederholte er sich, „auf Mädchen, die mir immer wieder nachstellen." „Eingebildet bist du gar nicht", entfuhr es mir.

Ein Küchenmädchen das ein Tablett mit Schokoladenpudding trug, verteilte flink das Dessert auf die Tische. Wir sahen ihr zu und schwiegen.

Gerade zog ich mir meinen Schuh wieder an, als das Poltern auf der Holztreppe stärker wurde. Die Jungen kehrten in ihre Quartiere zurück.

Zwischen Martin und mir lag das Schweigen wie eine Mauer. Er wirkte jetzt unnahbar und starrte gedankenverloren vor sich hin. Jochen, ein großer dürrer Junge von fünfzehn stürmte herein, schoss auf Martin zu, an dem er sich in seinem Ungestüm festhalten musste, um nicht zu fallen. Er flüsterte mit seinem Gruppenführer. Überschwänglich schlug er sich auf die Schenkel und lachte. Martin schien seine Begeisterung nicht zu teilen. Er wirkte skeptisch.

Atemlos kam Ralf heran und blieb bei mir stehen. „Haben sie ganz schön abgehängt, die Weiber", rief er. „Natürlich sind wir als erste ins Ziel gekommen. Aber mit dem Schloss is nich viel los! Nur altes Gemäuer." Er schwieg und sah mich nachdenklich an. „Wo warst du eigentlich die ganze Zeit? Hab dich vermisst." „Hab mir den Fuß verstaucht. Musste hier bleiben und ihn kühlen." Ralf verzog sein leicht gerötetes Gesicht. „Tut mir echt leid. Wirklich."

Ich lenkte ab, weil mir sein Mitleid peinlich war. „Und …hast du denn deine Schuhe wiederbekommen?"

Ralf nickte. „Schon lange. Is schon nich mehr wahr. Nö, das is alles wieder in Ordnung. Auch der langweiligste Trolli hat inzwischen seine Schuhe wieder." Das Mädchen aus der Küche stellte eine dampfende Terrine auf den Tisch.

„Oh, Kohlsuppe", rief Ralf und rieb sich die Hände, „es gibt Kohlsuppe!"

Er sog tief die Luft ein. „Man riechts überall, was es gibt. Jetzt wird erst mal jeschpachtelt."

Ralf beugte sich zu mir hinab und sah sich dabei verstohlen um. „Unten wartet eine Überraschung. Unten in deinem Zimmer", flüsterte er, „verrat nich, dass ich es war, der an dich dachte. Es is ein Geheimnis."

Der Junge richtete sich wieder auf, sah zu Martin hinüber und lachte spitzbübisch. „Die Weiber haben wir mit links abgehängt. Das lag daran, dass Heinrich, äh, ich meine Herr Pilz, einen viel kürzeren Weg wusste als die." Ralfs Pausbacken waren rot von der Aufregung. Seine Augen blitzten. Er winkte mir zu und strahlte mich an, als er an seinen Platz stürmte.

Jochen setzte sich neben ihn. Da er ziemlich laut redete, verstand ich fast jedes Wort, das er sprach. „Du hast wie immer eine große Klappe,

Ralf", stellte er fest, „aber es ist schon Klasse, dass wir die Weiber so gut abhängen konnten. Ansonsten hältst du die Schnauze, verstanden?"

„Klar doch", sagte Ralf mit einer Selbstverständlichkeit, die keinen Zweifel offen ließ.

Inzwischen waren auch die Mädchen eingetroffen und Renate hatte zugehört. „Puh, wie hässlich. ‚Weiber' ist ein hässliches Wort." Aufseufzend setzte sie sich und warf Jochen einen vernichtenden Blick zu.

„Das ist hässlich", sagte sie betont, „findest du nicht auch, Irene?"

Die verzog ärgerlich ihr Gesicht. „Es gibt noch mehr Hässliches, habe ich gerade festgestellt. Noch viel mehr! Aber da reden wir nach dem Essen drüber."

Anja entdeckte die Schüssel mit der Essigsauren Tonerde, die noch immer am Fenster stand. „Ich werde sie in die Küche bringen, Hanna", erbot sie sich, „das Laufen fällt dir bestimmt noch schwer."

Dankbar sah ich meiner Freundin nach. Da war immerhin eine, die an mich dachte. Außer Ralf. Was mochte er nur damit gemeint haben, als er von einer Überraschung sprach? Irene stutzte, als sie Martin erblickte und stemmte die Hände in die Taille. „Sieh dir das an, Renate. Er war hier! Wo ich ihn so vermisst habe!" Sie wandte sich an mich. Ihre Stimme hatte einen drohenden Unterton. „Er war doch nicht etwa mit dir die ganze Zeit hier oben?" „Er kam erst vor kurzem herauf. Außerdem finde ich ihn abscheulich", erklärte ich schuldbewusst. Irene sah skeptisch zu Martin hinüber, der mit seinem Vater einen Wortwechsel hatte. „Stimmt schon. Das hab' ich gesagt. Aber ..." Ich lächelte. „Na siehst du. Wo er doch ‚Westdeutsche' nicht ab kann." Ich senkte den Kopf und wagte es nicht, Martin anzusehen. Anja kam aus der Küche zurück und setzte sich hastig. Kleine Schweißperlen hatten sich auf ihrer Nase gebildet. „Du hast eine Menge versäumt, Hanna", berichtete sie aufgeregt, „hat dir Irene schon erzählt, was die Jungen unten gemacht haben?" Renate stieß Anja in die Seite. „Wehe, du verrätst es! Sie soll es erst sehen! Dann wird geredet." Sie erhob sich vom Platz, lüftete den Deckel der Terrine und füllte den umsitzenden Mädchen Kohlsuppe mit Rindfleisch auf die Teller.

Das Chaos

„Das ist ja furchtbar!", entfuhr es mir. „Hier sieht es ja aus wie in einer Gerümpelkammer!"

„Das ganze Zimmer haben sie uns demoliert, diese Bleeden", rief Irene empört und stemmte die Hände in die Hüften. „Du musst doch was gemerkt haben. Du warst doch die ganze Zeit hier!"

„Ich war nicht *hier*, sondern die ganze Zeit über im Aufenthaltsraum!", schimpfte ich empört zurück. „Wie kann ich was gemerkt haben, wenn ich *oben* war?" Anja stöhnte. „Ich habe jetzt keinen Platz mehr, auf den ich mich hinsetzen kann", stellte sie fest. „Was soll ich da machen?" Irene blickte in die Runde. „Jeder ist dazu fähig, so was zu tun", erklärte sie aufgebracht, „jeder, der nen Piek auf uns hat."

„Kann ja sein, ich habe aber wirklich nichts davon gemerkt", beteuerte ich wieder, „ich war wirklich die ganze Zeit über oben." „Ist ja gut, Hanna, wir glauben dir ja", sagte Anja. Sie postierte sich vor ihr Bett, das völlig auseinander genommen worden war. Die geblümte Matratze stand hochkant an die Wand gelehnt. Anja blickte zu Irene hinüber. „Ich glaube ihr. Sie lügt nicht."

Irene fuhr sich mit gespreizten Fingern durchs Stoppelhaar. „Aber komisch, die hat natürlich nichts gemerkt. Sie hat nur die ganze Zeit über mit Martin oben gesessen." Irenes Angriff ärgerte mich. „Stimmt nicht. Stimmt überhaupt nicht", rief ich aufgeregt. „Er war nicht da. Zumindest nicht zu Anfang. Und später hat er nicht mit mir geredet." „Aber du hast mit ihm oben gesessen!"

„Na und", rief Anja erbost, „dann hat sie eben mit ihm oben gesessen! Du bist ja nur eifersüchtig. Ich glaube ihr jedenfalls. Sie hat mit dem hier", sie machte eine kreisende Bewegung mit den Armen, „nichts zu tun. Ich glaube ihr jedenfalls." „Sie war's nicht. Sie kann doch so schlecht laufen", sagte Renate, „das haben diese bleeden Bengels gemacht. Weil sie nen Piek auf uns haben. Weil wir ihre Schuhe vertauscht haben."

Irene deutete auf die Ecke, wo mein Bett stand. „Vielleicht kannst du mir dann mal erklären, warum dein Bett nicht auseinandergenommen wurde, Hanna. Warum ist dein Nachtschränkchen nicht umgeworfen worden? Warum hat bei dir keener die Sachen durcheinandergebracht?"

„Ich weiß es nicht." Renate bugsierte stöhnend ihre schief liegende Matratze aus dem Rahmen. „Anstatt so bleede Vermutungen anzustellen, solltet ihr mir lieber helfen. Wir müssen alles wieder zusammenbauen. Den Triumph soll'n se nicht haben, diese Trollis, dass wir uns so uffregen, dass ses merken."

„Da is jedenfalls wer, der kann die ‚Westdeutsche' ab", stellte Irene fest. „Das is ne Tatsache. Und Martin is es jedenfalls nich, Gott sei Dank." Sie packte jetzt ebenfalls mit an. „Ich helfe euch selbstverständlich", erklärte ich, ergriff das Seitenteil ihres Bettes. Am anderen Ende stand Anja. Wir fügten bedächtig und angestrengt alles wieder zusammen. Alle arbeiteten jetzt emsig, um den alten Zustand des Zimmers wieder herzustellen.

„Das ist also unser freier Nachmittag. Der war eigentlich zum Ausruhen da", murrte Renate, „die bleeden Bengels ruhen sich jedenfalls aus. Bloß wir missen schuften." Irene nickte grimmig und fuhr sich über die Stoppelhaare. „Irgendwie kriegen die das wieder. Das sage ich dir. Irgendwie."

„Lieber nicht!", mischte sich Anja ein, deren Wangen von der Aufregung hochrot waren. „Davon würde ich abraten. Wer weiß, was denen dann wieder einfällt."

Verdorbenes Brot

Mein Fuß schmerzte nach einigen Tagen kaum noch. Die Schwellung war zurückgegangen. Martin sah ich nur zu den Mahlzeiten und beim Appell. Seine Pioniergruppe nahm ihn sehr in Anspruch.

Nach dem Frühstück warteten Anja, Irene und Renate auf dem Platz hinter dem Haus auf Ralf, den wir mit ins Dorf nehmen sollten. Irene krauste die Nase und schlug ärgerlich gegen den Handwagen. „Bleed, dass der Bengel mit soll. Einfach bleed." „Warum bleed? Der Kleene ist doch manchmal ganz lustig. Das heißt, wenn er nich grade frech is." „Der hat bestimmt wieder Dummheiten gemacht", vermutete Anja, „und jetzt schiebt man ihn zu uns ab, damit wir auf ihn aufpassen." Ich stand an der Ecke und hielt Ausschau. „Er kommt!", rief ich. „Er kommt von unten aus dem Kellerausgang!" Ralf war außer Atem und hochrot im Gesicht „Mist, dass ich mit euch Brot holen soll", schimpfte er, „dem Martin hätte mal was Besseres einfallen sollen, als so was. Ich war doch erst mit Willi Brot holen!" Renate musterte ihn von oben bis unten. „Na, wo kommst du schon wieder her?" „Wo soll ich denn herkommen?" „Sag die Wahrheit", rief Irene und packte ihn hart am Arm, „was hast du schon wieder angestellt?" „Oller Schtankdrachen", zischte Ralf und befreite sich von Irenes hartem Griff, „mit euch geh ich sowieso nich." „Wird dir wohl nischt anderes übrig bleiben. Wir sollen dich mitnehmen, also kommste mit und damit basta", entschied Renate. „Wenn der mitkommt, geht der aber ganz hinten", maulte Irene, „damit ich ihn nich seh." „Raus mit der Sprache", bohrte jetzt Renate, „was hast du schon wieder für Dummheiten gemacht, Ralf? Was hast du im Keller gemacht?"

Ralf schüttelte den Kopf. „Ich sag's nicht. Erst wenn wir aus dem Tor raus sind, sag ich's."

Ein leichter Wind fuhr über das reife Korn und brachte es zum Wogen. Am Feldrand wuchsen Kornblumen und Klatschmohn. Obstbäume mit reifenden Früchten schmückten die triste Landstraße.

Die Räder des Handwagens, den Irene hinter sich her zog, quietschten. Renate packte mit an. Sie drehte sich zu Ralf um. „Jetzt musst du sagen, was du im Keller gemacht hast. Los, raus mit der Sprache!" „Gut, wenn Hanna will, dass ich es sage." Ich drückte seine Hand. „Ich will es." Anja sah es und lachte. „Sie ist wohl dein Schwarm, Ralf?" Er wurde rot und fasste sich an die Stirn. „Bekloppt, was?" „Lass ihn doch", sagte ich. Ralf presste die Lippen aufeinander und sah einem Raubvogel zu, der am Himmel kreiste „Ich habe mich längere Zeit im Keller aufgehalten."

Irene drehte sich zu ihm um und tippte sich an die Stirn. „Du spinnst. Was hast du denn da die ganze Zeit über gemacht?" „Ich hab' da im Raum ein altes Radio gefunden. Da hab' ich Elvis gehört." „Elvis? Echt Elvis? Und wem gehört das Radio?" Ralf kratzte sich am Kopf. „Weiß ich nich." „Musik aus dem Westen", stellte Renate fest.

Er nickte. „Die is einfach toll." „Mensch, weißt du nicht, dass es verboten ist …"

Ralf grinste. „Na und? Is doch nur Musik, was ich höre." „Ich hör ooch gern Westmusik. Wenn keener zu Hause is.", gab Irene zu. Ich sah überrascht auf. „Was, ihr hört gern unsere Musik?" „Klar doch. Die Englische auch." „Die finde ich besonders gut." „Verboten ist es trotzdem", stellte Anja fest, „aber die Musik ist gut." „Das hätte ich euch nicht zugetraut. Ihr dürft wohl überhaupt nichts vom Westen hören?" „Nö, eigentlich ist es nich erwünscht", gab Ralf zu. „Ich denke, ihr mögt nichts, was aus dem Westen kommt." Irene drehte sich wieder nach mir um. „Wie kommst du denn da drauf?" „Na, ich dachte …" „Nö, das stimmt nicht." „Ehrlich?", fragte ich und blieb stehen. „Mögt ihr den Westen, oder mögt ihr ihn nicht?" Die anderen hielten ebenfalls an. Ich bückte mich und lockerte mein Schuhband ein wenig. Den Geldschein, den ich mir unter die Fußsohle gelegt hatte, spürte ich bei jedem Schritt. Ich richtete mich wieder auf und sah in die Runde. „Würdet ihr auch mal in den Westen fahren wollen? Würdet ihr das wollen?" Die Mädchen schwiegen. Ralf krauste die Stirn und sah dem Raubvogel zu, der ganz plötzlich vom Himmel herab auf eine Beute zuschoss.

„Wie ist es mit dir Irene? Würdest du das gern tun?“ „Ich …, ich würde ganz gern in den Westen machen. Es soll sich im ‚Goldenen Westen‘ gut leben lassen. Da soll man alles zu kaufen kriegen. Rein alles, sag ich.“

„Ich möchte auch mal da hin“, gab Renate zu.

Anja nickte. „Ich auch. Ich würde da auch gern mal hinfahren. Aber stell unserem Fräulein Schnell diese Frage nicht. Bei der stößt du nur auf Ablehnung. Die Trudi schwört auf unseren Sozialistischen Staat. Sie liebt die Deutsche Demokratische Republik. Die würde nicht zu dir fahren wollen. Die nicht.“

„Warum sagt ihr bloß ‚Goldener Westen‘? So golden finde ich es bei mir zu Hause gar nicht.“ „Das verstehst du nicht“, sagte Anja. Sie ging langsam weiter, was die anderen ebenfalls taten. „Sieh mal Hanna, da hinten ist schon das Dorf, wo wir unser Brot kriegen.“

Irene zog ein blaues Taschentuch hervor und wischte sich den Schweiß von der Stirn. „Jetzt kann mal wer anders fahren. Ralf, wie wäre es mit dir?“ „Gut, mach’ ich.“ Ralf war mit großem Eifer dabei. An einer scharfen Kurve schlenkerte er mit der Deichsel herum. „Biste verrückt? Lass das. Der Wagen kippt sonst um!“, rief Irene ihm zu. „Warte, ich fass’ mit an!“

„Nich nötig“, lachte Ralf übermütig. Er beeilte sich, den Mädchen mit dem Handwagen zu entkommen. Es machte ihm Spaß, als er merkte, dass er Gegenstand allgemeiner Sorge war. Jetzt würde er es der Weibern zeigen, dachte er. Schon hatte Ralf einen guten Vorsprung, als eine leichte Wegbiegung zu passieren war, deren Rand zur Wiese etwas steil abfiel. Ralf fuhr zu dicht an den Rand und verlor die Kontrolle über das Fahrzeug.

„Oh Gott, der Wagen kippt“, schrie Irene. Alle begannen zu laufen. „Idiot“, keuchte Renate. Der Handwagen verschwand im Kornfeld, die Räder rollten in der Luft weiter. Ralf rappelte sich auf und lachte laut. Er amüsierte sich köstlich. Kurz darauf waren wir bei ihm. „Ralf hat den Wagen kaputt gemacht!“, rief Renate aufgebracht. „Seht euch das an!

Die Deichsel ist angeknackst und der Griff ist entzwei!“ Anja sah ratlos von einem zum anderen: „Was machen wir jetzt bloß?“ Sie bekam keine Antwort. „Bleeder Bengel! Ich wollte ihn ja gleich nich mitnehmen!“, schimpfte Irene. „Nichts wie Bleedsinn hat dieser Limmel im Kopp!“ Gemeinsam schoben wir alle den Wagen auf die Fahrstraße zurück. Den Griff der Deichsel legten wir in den leeren Wagen. Ralf lachte nicht mehr und folgte uns mit hochrotem Kopf. „Und jetzt?“, fragte er unsicher. „Und jetzt, und jetzt!“, äffte ihn Irene nach. „Und jetzt müssen wir Brot aus dem Dorf holen. Wir können nicht ohne Brot zurückgehen. Klar?“ Renate strich sich ein paar widerspenstige Strähnen aus der Stirn und blickte zum nahen Kirchturm hinüber, der sich von den Dächern abhob. „Wär doch gelacht, wenn wir das Brot nicht nach Hause kriegen. Aber Ärger wird es wohl geben.“ Irene warf Ralf einen bösen Blick zu. „Nur ärgern kann man sich über dich, weiter nichts.“ Er ging wieder ganz hinten neben mir. Ich musterte ihn. „Hast du dir auch nicht weh getan?“ „Nö“, sagte er einsilbig. „Das fehlt auch noch, dass du ihn fragst wie es ihm geht“, beschwerte sich Irene. „Wo er den Hosenboden voll verdient hätte! Jetzt kann er zum Bäcker reingehen und das mit dem Brot erledigen.“ „Mach' ich“, sagte Ralf kleinlaut.

Die Dorfstraße war von tiefen Furchen durchzogen, die von Pferdefuhrwerken herrührten. Es war demzufolge mühsam, mit dem Handwagen voranzukommen, es sei denn, man benutzte diese Furchen, um in der Spur zu bleiben. Hier standen niedrige Fachwerkhäuser am Weg, der von hohen Linden gesäumt wurde. Im Hintergrund leuchtete der spitzgiebelige Kirchturm.

Ralf verschwand in einem der alten Bauernhäuser. Man konnte von außen nicht erkennen, dass es sich hier um eine Bäckerei handelte. Es gab kein Schaufenster. Der Geruch frischen Brotes vermengte sich mit dem Gestank eines Misthaufens, der am Nebenhaus lag.

Ich stand hinter dem Misthaufen und wartete auf Ralf. Kurze Zeit später kam er mit einem Mann in dunkler Kleidung und verschlissener Mütze heraus und lud mit ihm die Brote auf den Wagen. Der wortkarge

Mann legte ein weißes Tuch über die kostbare Fracht, tippte sich an die Mütze und ging wieder hinein.

„Ich fasse mit an beim Fahren. Bin jetzt auch ganz vorsichtig“, erbot sich Ralf eifrig. „Wir werden ja sehen, was dabei rauskommt“, sagte Irene skeptisch, ließ ihm aber seinen Willen. „Is ja möglich, dass du wenigstens jetzt keinen Unsinn machst, wo wir unsere kostbare Fracht drauf haben.“ Ralf sah sie erfreut an und beeilte sich, mit Irene Schritt zu halten. „Zieh doch nich so“, beschwerte sich Irene. „Hier in der Kurve kippelt das bleede Ding so, wegen der Furchen, die die bleeden Pferdewagen im Dreck gemacht haben. Pass auf!“ „Ich pass doch auf!“, schrie Ralf erbost. Ein Pferdefuhrwerk kam um die Kurve. Ralf und Irene versuchten hastig, den Handwagen von der Straßenmitte an den Rand zu fahren, wobei er bedenklich schwankte und auf die Seite kippte. Ein Teil der kostbaren Fracht landete in einem Misthaufen. Irene stand mit offenem Mund und raufte sich ihr kurzes Haar.

„So bleed wie du kann doch keener sein!“, rief sie verzweifelt. „Bleeder Limmel, steuert direkt uff de Kurve zu, und dann rin inne Furche!“ Renate starrte auf die Brote, von denen einige im Mist lagen, dann dem Bauern nach, der in Eile mit seinem Fuhrwerk hinter der Kurve verschwand. „Scheiße!“, stieß sie hervor. „So was Bleedes!“

„Du hast auch mit am Wagen angefasst, Irene“, verteidigte sich Ralf, „Du bist auch schuld!“

Irene hob abwehrend die Hände. „Wenn die Deichsel nicht kaputt wäre, und der Griff …,nee, du hast die meiste Schuld!“ Ralf schwitzte und wischte sich mit dem Ärmel seiner dunkelbraunen Jacke über die Stirn. „Ich hau ab“, sagte er tonlos, „mir reichts.“ „Du bleibst hier!“, schrie Irene. „Jekniffen wird nich!“ Ich hielt Ralf am Ärmel fest. „Bitte bleib hier.“ „Das gibt doch nur wieder fürchterlichen Stunk.“ „Wo willst du denn hin?“

Er kratzte sich nervös den Kopf. „Weiß nich.“ Anja bückte sich und nahm die schmutzigen Brote in Augenschein. „Sieh mal Hanna, so schlimm ist es gar nicht. Es sind nur fünf davon verdorben. Die anderen waren durch die Plane geschützt, die der Mann drübergelegt hat." „Wenigstens sind nicht alle hin. Aber fünf sind eine Menge." Irene stemmte die Hände in die Taille und starrte in den blauen Himmel. „Was machen wir jetzt bloß? Wenn ich wüsste, was man da machen kann. Wir haben morgen nich genug zum Essen, fürchte ich."

Renate hielt die Hand über die Augen, weil die Sonne blendete. „Ich kann Ralf nicht mehr sehen. Ich glaube, der hat sich aus dem Staub gemacht." „Der Limmel is tatsächlich weg", stellte Irene grinsend fest. „Ohne Ralf gehe ich nicht zurück. Wir müssen ihn suchen", sagte ich. „Das wird ja immer verrickter", schimpfte Irene und tippte sich an die Stirn, „das is ja zum irre werden! Wir machen uns Sorgen um das Brot, und Hanna denkt dauernd an den bleeden Limmel! Sicher kann se mir sagen, woher wir neues Brot kriegen."

Ich setzte mich im Schatten der alten Linde neben Irene ins Gras und zog meinen Schuh aus. Daraus entnahm ich einen Schein. Es waren zwanzig Mark, die ich darin aufbewahrt hatte. Ich gab das Geld an Irene weiter. „Reicht das für fünf Brote? Dann kaufen wir einfach neue und schon ist das Problem gelöst." Irene starrte mich verblüfft an, dann grinste sie. „Mann das is gut! So viel Geld haste mit? Als ob du das geahnt hast, dass wir es brauchen, was?" „Ich dachte, ich könnte vielleicht irgendwo was kaufen." „Kaufen kannste hier im Dorf nichts, glaube ich. Wenn wir nach Neubrandenburg fahren, kannste was kaufen. Das ist ne größere Stadt." „Das ist unsere Rettung", erklärte Renate. „Gut, dass du Geld bei dir hast. Ich hab' nie was, wenn ich es brauche." „Ihr könnt das Geld behalten. Habe es selber geschenkt gekriegt", erklärte ich. Irene erhob sich aus dem Gras. „Jetzt aber nischt wie Brot holen. Hoffentlich haben die noch genug davon. Ich geh' rein und frage." Anja lachte. „Ich finde das toll, dass du das Geld im Strumpf hattest. Und dass du das gemacht hast, einfach dein Geld hergegeben, finde ich auch toll." „Ich finde das selbstverständlich", sagte ich. „Das hätte doch jeder von uns ebenso gemacht. Oder?" Anja zuckte die Schulter. „Ich weiß nicht. Ist ja möglich."

Strahlend kam Irene kurze Zeit später aus dem Bauernhaus. „Es hat geklappt. Wir kriegen die Brote." „Das hätten wir", sagte Renate, „und jetzt nichts wie in Richtung Heimat." „Wir können ohne Ralf nicht losfahren", erklärte ich. „Wir müssen ihn suchen." Irene tippte sich an die Stirn. „Wirst doch nicht so bleed sein und ihn suchen! Sei froh, dass wir ihn los sind. Nachher geht wieder was schief, wenn er dabei ist. Ich such' ihn jedenfalls nich." „Ich auch nicht", erklärte Anja. „Der kennt sich hier besser aus als du. Der wird schon zurückfinden." Ich winkte ab. „Geht man schon vor. Ich sehe mich hier mal um. Wenn ich mit ihm rede, kommt er bestimmt mit." „Wenn du unbedingt willst, aber richtig finde ich das nicht von dir", sagte Anja verstimmt. „Das hat doch keinen Zweck mit dem. Das ist alles vergebliche Mühe. Voriges Jahr haben die ihn auch eher nach Hause geschickt. Da hat er auch so viel Mist gemacht."

Ertappt

Still war es auf der Straße. Ein Hund bellte, Hühner gackerten, rannten quer über den staubigen Weg. Warmer Dunst von Kuhmist lag in der Luft.

Ziellos schlenderte ich im Dorf umher. Wie konnte ich überhaupt auf die Idee kommen, Ralf zu suchen, wo ich mich hier nicht auskannte. Und wie lange mochte ich schon herumirren? Ich hatte jegliches Zeitgefühl verloren.

Wo mochte der Dorfausgang sein? Unentschlossen blieb ich an einem schmalen Grünstreifen stehen. Hier lagen große Findlinge im Schatten einer Linde. Mein linker Fuß, den ich mir neulich verstaucht hatte, schmerzte wieder. Zwischen den Findlingen entdeckte ich ein Stück Grün mit Baumschösslingen. Von da aus führte eine schmale Gasse zwischen den Häusern hindurch. Womöglich hatte Ralf diese Richtung eingeschlagen.

Ich ging durch die Gasse und stand vor einem mit Reed gedeckten Bauernhaus. Weit und breit war keine Menschenseele zu erblicken. Links neben dem Gebäude befand sich ein Stall, dessen Tor weit offen stand. Seitlich davon erhob sich ein Berg Mist.

Da unten war ein Weiher. Rundherum war das Gras kurz geschnitten. Der Weg der hinunterführte, war sauber und gepflegt. Die Sonne spiegelte sich im Wasser. Das Schilf und die Seerosen darauf erinnerten mich an das Bild, das zu Hause im Flur hing.

Ich setzte mich ans Ufer und zog Schuhe und Strümpfe aus. Besorgt sah ich mich um. Womöglich kam jemand, um mich fortzuschicken. Doch ich sah keine Menschenseele.

Als ich die Füße in das kühle Nass steckte, spürte ich angenehme Erleichterung. Hier unter dieser großen Weide, deren Zweige Schatten spendeten und bis ins Wasser reichten, wollte ich mich ausruhen und warten.

Aber auf was wartete ich eigentlich? Auf ein Wunder, das geschehen würde, wenn ich nur daran glaubte? Würde Ralf sich im Schuppen aufhalten, weil ich ihn dort finden wollte? Tiefe Schwärze gähnte mir aus dem Eingang entgegen. Aber wenn er dort wäre, käme er doch heraus, wenn er es wollte …Wie müde ich plötzlich wurde. Sicher kam das davon, weil ich dauernd auf die Scheune starrte. Ich zuckte zusammen, als irgendwo ein Hund bellte. Beinahe wäre ich eingeschlafen. Dabei wollte ich doch Ralf suchen. Musste ich nicht aufstehen und Ralf suchen? Nein, einfach hier bleiben und vor sich hin dösen, das war besser, egal wie spät es war. Was brauchte ich eine Uhr? Hier schien die Zeit stehen geblieben zu sein. Martin fiel mir ein. Komisch, dass ich neulich von ihm geträumt hatte. Er war mir da so vertraut gewesen, ganz anders als im wirklichen Leben. Ob der Traum was zu bedeuten hatte?

Ich bewegte meine Zehen, erzeugte damit kleine Wellen, beobachtete, wie sie verebbten und die Oberfläche des Wassers glatt wurde. Plötzlich zuckte ich zusammen. Ich blieb wie erstarrt sitzen.

War es möglich, dass ich gerade träumte? Dass alles, was ich erlebte, nicht wirklich geschah? Würde ich sonst Martins Spiegelbild auf dem Wasser sehen? Abrupt zog ich meine Füße zurück. Es war kein Traum. Martin stand da, die Hände in den weiten Hosentaschen, mit sorgenvoll gekrauster Stirn. „Was machst du denn hier?" „Ich suche Ralf", sagte ich kurz. Martin verzog den Mund zu einem Grinsen. „Das sehe ich. Und wie wild du ihn suchst. Einfach bewundernswert." Meine Aufregung legte sich bei seiner Art, mir entgegen zu kommen. „Falls du es nicht bemerkt haben solltest, ruhe ich mich gerade einen Moment aus", erklärte ich schon ruhiger. Er hockte sich zu mir ins Gras und fuhr sich mit dem Handrücken über die Stirn. „Eine Hitze heute! Keine schlechte Idee von dir, das mit dem Ausruhen. Ich traf die Mädchen mit dem Brot, als ich gerade mit den Jungen auf dem Weg zurück ins Ferienlager war. Sie erzählten mir natürlich gleich, was passiert ist und dass Ralf abgehauen ist. Ich ließ die anderen allein weitergehen, um dich und Ralf zu suchen." Er stöhnte und krempelte die Ärmel seines hellblauen Hemdes hoch. Ich starrte erschrocken auf meine nackten Beine. Den Jeansrock, den ich wegen der Hitze hochgeschlagen hatte, strich ich hastig nach unten. Mein Herz schlug schneller. Was sollte er von mir denken, dass ich so dagesessen hatte, als er kam? Womöglich hatte er mich beobachtet und sich über mich lustig gemacht, bevor ich ihn wahrgenommen hatte.

Martin räkelte sich wohlig. „Natürlich habe ich hauptsächlich nach dir Ausschau gehalten", erklärte er mit einer mir unbegreiflichen Selbstverständlichkeit. „Hab' mir Sorgen um dich gemacht. Du kennst dich schließlich hier in der Gegend nicht aus." Beim Klang seiner Stimme überkam mich eine seltsame Erregung. Martin beugte sich zu mir. „Ist es wahr, dass du den Mädchen dein Geld gegeben hast, damit sie neues Brot kaufen konnten?" „Ja." „Warum hast du das gemacht?" „Warum? Ich weiß nicht. Es war eben nötig." „Ich finde, das war gut. Das war kollegial." „Wieso?" „Na, weil du nicht an dich gedacht hast, sondern an alle. Das ist ganz nach meinem Geschmack: im Kollektiv zu handeln. Du hast den Mädchen dein Geld gegeben, damit sie neues Brot kaufen konnten. Hätte ich dir nicht zugetraut. Hab dich falsch eingeschätzt."

Ich sah verlegen zur Seite, deutete auf das Scheunentor. „Dauernd bilde ich mir ein, dass sich Ralf da versteckt hält. Blödsinn, nicht?"

Er kratzte sich das Kinn und sah mich tiefgründig an. „Möglich wär's. Eigentlich müsste er dann ja mal rauskommen."

„Eigentlich ja." „Der Hof erscheint mir ziemlich leer. Als ob er ganz verlassen ist", sagte Martin. Ich lächelte. Gleich darauf sah ich von ihm fort. „Vorhin kam ich mir eine Weile so vor, als ob ich ganz allein auf der Welt bin. Blöd, oder?", sagte ich. „Warum blöd?" Er fasste mich sanft ans Kinn. „Sieh mich doch an, Hanna." Seine braunen Augen musterten mich intensiv. Unsere Blicke verschmolzen ineinander. Beschämt senkte ich die Lider und starrte auf das Schilf, dessen eigenen Geruch ich wahrnahm. Die Halme bewegten sich in dem aufkommenden lauen Wind. Martin legte behutsam seine Hand auf meine Schulter. Ich spürte, dass ein leichtes Zittern von ihm ausging, als er mir über den Nacken strich, den Arm um mich legte und an sich zog. Mein Herz raste. Ich versuchte, ruhig zu atmen. „Ralf hat ein Radio gefunden", sagte ich hastig, um abzulenken. „Er hat es im Keller gefunden."

„Es ist mein Radio", erklärte er wie selbstverständlich.

Ich spürte eine heiße Welle in mir aufsteigen, die mir die Kehle zuschnürte. „Deins?“, stieß ich heiser hervor. Er nickte. Der Druck seiner Hände verstärkte sich. Ich fühlte durch den Stoff seine warme Brust.

„Manchmal, wenn ich allein sein will, gehe ich da hinunter und …“, begann er leise. „Und du hörst Musik. Musik aus dem Westen.“ „Woher weißt du das?“

„Es war nur so eine Vermutung. Aber eigentlich hätte ich das nicht von dir erwartet, weil du doch so …, so gegen …“ „Gegen was?“ „Na, gegen alles bist, was aus dem Westen kommt. So wie gegen mich.“ „Meinst du wirklich, dass ich gegen dich bin?“ Seine tiefe Stimme ließ mich innerlich erschauern. „Jetzt … ich weiß es nicht mehr so genau.“ „Merkst du denn nicht, wie sehr ich dich mag?“ Martin drückte mich fester an sich, doch plötzlich sträubte ich mich. „Aber Irene sagte doch …“, protestierte ich. „Was sagte Irene?“ „Dass du mich nicht ausstehen kannst!“ Er lachte trocken. „Ach, die Irene. Und glaubst du ihr jetzt auch noch?“ „Ich weiß nicht. Ich werd’ nicht richtig schlau aus dir.“ Ich machte mich frei von seinem sanften Griff, strich mir verlegen über den Rock und zupfte an meiner Bluse herum. „Möglich, dass du mich magst. Eigentlich …“ „Was eigentlich?“ „Na, ich meine, eigentlich, wenn du so bist wie du jetzt bist …“ Martin sah mich treuherzig an. „Dann mag ich dich. Oder?“ „Ich …, ich weiß nicht. Du bringst mich ganz durcheinander.“ „Hast du Angst vor mir?“ Ich spürte, dass mein Gesicht zu glühen begann. „Ich … weiß nicht. Vielleicht.“ „Und …, ich dachte, du magst mich auch.“ „Schon. Aber …“ „Hattest du noch keinen Freund?“ Ich sah ihm in die Augen. „Ich mag eigentlich keine Jungs.“ Er sah mich tiefgründig an. „Bist ein merkwürdiges Mädchen.“ Ich musterte ihn. Sein hellblaues Hemd klebte ihm am Oberkörper, wo sich seine kräftigen Muskeln abzeichneten. „Warum sagst du das?“ „Weil es stimmt.“ „Ich mag es nicht, wenn du so was sagst.“ „Musst nicht alles so genau nehmen, was ich sage. Manchmal bin ich sauer und ärgere mich.“ Er erhob sich und klopfte seine Hose ab. „Wir müssen sehen, ob wir Ralf finden.“ Ich streifte mir die Socken über und zog die Schuhe an. Martin sah zu. „Hier hätte ich es noch länger ausgehalten", sagte er mit einem bedauernden Blick auf die Stelle, wo das Gras etwas zerdrückt war. „Dein Vorschlag, in der Scheune nachzusehen, ist nicht übel. Lass uns da zuerst nach Ralf suchen."

„Ich geh' da nicht mit rein," erklärte ich zögernd, „man kann da ja doch nichts sehen. Es ist bestimmt ganz dunkel da drinnen." Martin sah mich nachdenklich an. „Na und? Hast du Angst, mit mir im Dunkeln allein zu sein?" Er hatte den Nagel auf den Kopf getroffen. Genau das war es. „Quatsch", sagte ich, „das ist es nicht. Nur …" Er winkte ab. „Lass man, ich gehe allein."

Als Martin nach einer ganzen Weile herauskam, hatte er Ralf bei sich, den er am Arm festhielt. „Du hast richtig vermutet. Wie konntest du wissen, dass er sich in der Scheune aufgehalten hat", fragte Martin überrascht. „Ich habe es gefühlt", erklärte ich.

Ralf wand sich in Martins Händen. „Ich geh' nicht mit euch zurück! Da könnt ihr euch auf den Kopf stellen! Außerdem habe ich euch beobachtet. Ich habe alles gesehen." Martin hielt ihn noch immer fest. „Was hast du gesehen?" „Alles. Ihr habt euch in den Arm genommen." „Und weiter?" fragte Martin. „Und weiter konnte ich nichts sehen. Aber das genügt. In den Arm nehmen, so was gehört sich nicht." Ralf hatte hochrote Wangen, wie immer, wenn er aufgeregt war. „Auch wenn ich euch nicht verpetze, macht man so was trotzdem nicht." „Na und?", sagte Martin, „Ich habe den Verdacht, du bist eifersüchtig. Eifersüchtig auf mich. Oder?"

Ralf stieß heftig gegen einen Stein der am Weg lag. Er sah Martin groß an und schluckte: „Bin nicht eifersüchtig. So was Blödes habe ich noch nicht gehört. Eifersüchtig!" Sein Gesicht nahm noch mehr Farbe an. „Hätte *ihr* nicht zugetraut, dass sie so was zulässt."

Ich sah betreten zu Boden und schwieg.

„Na gut, ich hab' den Arm um sie gelegt", sagte Martin, „Ich verstehe nicht, was dich daran stört. Das ist doch nichts Unanständiges. Es ist doch überhaupt nichts dabei. Ich glaube, du bist entweder überempfindlich, oder du hast eine zu große Fantasie."

Martin ließ Ralf los, der mich unsicher von der Seite ansah. Meinst du auch, dass ich mitkommen soll?" „Klar, ich habe dich gesucht. Deswegen bin ich nicht mit den anderen zurückgegangen. Außerdem muss ich dir was Wichtiges erzählen", sagte ich erleichtert. „Was willst du mir schon erzählen?" „Wir haben neues Brot gekauft. Ich hatte Geld mit. Und wegen der zerbrochenen Deichsel brauchst du dir auch keine Sorgen zu machen. Dir wird schon keiner den Kopf abreißen." Ralf fuhr sich aufgeregt über das Stoppelhaar. „Ich weiß nicht ..., und du willst Geld für das Brot gegeben haben? Ich weiß nicht, ob ich das glauben kann."

„Du kannst es glauben", mischte sich Martin ein, „ich habe gesehen, wie die Mädchen mit dem Brot ankamen. Sie haben es mir erzählt."

„Na gut, ich glaube es", sagte Ralf zögernd. „Hört sich nicht schlecht an. Ich glaube, du bist trotzdem in Ordnung, Hanna."

Ich nahm seine Hand und drückte sie. „Und du kommst jetzt freiwillig mit?" Er nickte. „Wird Zeit, dass ich was zum Schpachteln krieg'. Hab' mächtig Hunger." Er stimmte das Lied: „Brüder zur Sonne, zur Freiheit, Brüder zum Lichte empor" an. Martin griff nach meiner Hand und schweigend gingen wir hinter Ralf zum Ferienheim zurück.

Das Donnergrollen wurde lauter. Drückende Schwüle herrschte im Zimmer; deshalb hatte Irene das Fenster offen gelassen, als wir schlafen gingen. „Es wird doch keen Jewitter jeben", jammerte Irene, erhob sich schwerfällig und schloss den Fensterflügel. Aus halb geöffneten Lidern beobachtete ich das Mädchen. Neulich, als es donnerte und blitzte, war Irene in Renates Bett gekrochen. Jeder hatte wohl irgendwo eine schwache Stelle, und jeder woanders. Bei mir selbst waren die Jungen die schwache Stelle. Ich hatte Angst, Martin nahe zu sein. Darum lief wahrscheinlich auch immer alles falsch. Darum zankte ich mich bestimmt dauernd mit ihm. ‚Wenn nur die Mädchen nicht merkten, wie gern ich ihn habe', dachte ich.

Sicher waren die dann wieder so unfreundlich wie zu Anfang. Heute Nachmittag waren sie mir sogar dankbar gewesen. Allerdings: Irene war immer noch ein bisschen sauer, weil Martin losgegangen war, um mich und Ralf zu suchen. Aber das war nicht meine Schuld, wenn Martin uns suchen wollte.

Wenn die Mädchen wüssten, wie es in mir aussah. Das durften sie nicht wissen. Doch es wäre schön, jemanden zu haben, mit dem man drüber reden könnte. Wenn Carla hier wäre, ob sie drüber lachen würde, wenn ich ihr von den seltsamen Gefühlen erzählte, die mich überfielen, wenn Martin bei mir war? Warum sollte Carla lachen, wo sie sich so gut mit Jungen auskannte. Vielleicht hätte Carla mir sagen können, was das mit den Gefühlen auf sich hatte. Oh, wie schön, sich an heute zu erinnern, schön und aufregend. In Gedanken sah ich alles noch einmal vor mir: Warme Sonne, ausruhen, und auf der Wasseroberfläche erscheint plötzlich Martins Bild …, ganz plötzlich …, wie er so dasteht …, rasendes Herzklopfen …, er legt seinen Arm um meine Schulter, und … zittert.

Warum hat er gezittert, als er mich berührte? Ob er mich küssen wollte? Vielleicht, wenn wir wieder allein sind …

Ja, ich wünschte es mir, und gleichzeitig fürchtete ich mich davor. Wäre das heute schon geschehen, wenn ich ihm nicht ausgewichen wäre …? „Schläfst du schon?“, flüsterte Anja. „Noch nicht ganz, aber fast.“ Anja räusperte sich. „Ich mache mir Gedanken.“ „Worüber denn?“

„Ob du mir böse bist. Ich kann deswegen nicht schlafen.“ „Quatsch, warum sollte ich dir böse sein?“ „Weil ich heute nicht mit dir im Dorf geblieben bin. Weil ich mit den anderen zurückgegangen bin. Ich war so sauer auf Ralf, weißt du?“ Ein Blitz machte das Fenster für Sekunden taghell. Die Bettgestelle und Schränke hoben sich dunkel im Raum ab. Donner grollte. Regen prasselte gegen die Scheiben. „Ich bin dir nicht böse“, flüsterte ich. „Du hast das gemacht, was du wolltest. Ich bin dir nicht böse. Ich bin dir dankbar.“ „Dankbar? Wie meinst du das denn?“ „Ach, es hat nichts mit dir zu tun.“ „Versteh’ ich nicht; aber Hauptsache, du bist mir nicht böse. Wo ich dich doch am meisten von allen mag.“

Es blitzte erneut und Irene raffte ihr Bettzeug zusammen. Sie suchte bei Renate Schutz. Ich schlief unter der warmen Decke ein und sank in einen tiefen Traum:

Drüben befand sich der Urwald, in dem riesige Pflanzen wuchsen. Sie wurden von unwirklichem Licht durchstrahlt. Seltsame Vögel schwirrten in der warmen Luft hin und her. Sie ernährten sich von großen bunten Früchten, die es hier gab. Ach, da war auch die weiße Brücke wieder, die ich überqueren musste, um in das Paradies zu gelangen, die Brücke nach drüben. In hohem Bogen spannte sie sich von einem Ufer zum anderen. Sie glitzerte im Sonnenlicht. Unwirklich schön strahlte sie in den blauen Himmel.

Stimmen wisperten „Geh hinüber ans andere Ufer, Hanna, geh über diese Brücke!"

Ein Sirren und Zwitschern lag in der Luft, und ein Flüstern. „Sinn des Lebens! Sinn des Lebens!"

Sehnsuchtsvoll sah ich hinüber. Da drüben war das Paradies. Da, ein kleiner Pfad! Er führte direkt zur Brücke, und da kam Martin!

Seine Augen strahlten, und ich sah tief in ihnen …, ich sah …, und stieß gegen eine Mauer. Nebelschwaden um mich, soweit das Auge reichte, sonst nichts. Martin war fort. Ich stand allein in der Einöde. Ein unerträglicher Schmerz saß tief in mir. Ich schluchzte verhalten, niemand sollte es wissen.

Das Gewitter war vorüber. Es war still geworden. Im Halbdunkel sah ich, dass Anja friedlich schlief. Irene lag noch immer bei Renate im Bett. Sie hielten sich an den Händen. Ich lauschte auf die gleichmäßigen Atemzüge der Mädchen. Warum nur hatte ich diesen Traum schon wieder geträumt? Warum wollte ich darin immer über diese Brücke und erreichte mein Ziel nicht? Warum? Und dann diese Stimmen, die „Sinn des Lebens" flüsterten. Hatte es damit etwas zu tun, dass ich in letzter Zeit so viel über mich nachgrübelte? Dass ich nach einer Antwort auf die Frage: „Warum bin ich überhaupt auf der Welt" suchte? Möglich war's.

Die Bestrafung

„Ihr wisst, dass ihr zusammenbleiben sollt, wenn ihr unterwegs seid“, schimpfte Herr Pilz beim Appell. „Es war nicht richtig, Ralf im Dorf zu lassen und einfach zurückzugehen. Wir sind alle, jeder für seinen Nächsten mitverantwortlich, müssen unserem Kameraden helfen, wenn er uns braucht. Und wir müssen sorgsam mit den Dingen umgehen, die uns anvertraut wurden.“

Irene schüttelte ärgerlich den Kopf, als Herr Pilz weitersprach. „Ralf, du gingst unachtsam mit dem Handwagen um. Dafür bekommst du ein paar Tage Stubenarrest. Außerdem wirst du den Wagen reparieren. Der alte Peter, unser Hausmeister, wird dir dabei helfen.“ Ralf wollte sich hinter den Mädchen verstecken, doch es gelang ihm nicht, weil Herr Pilz ihn hervorzerrte. „Du kannst nach dem Frühstück zum alten Peter gehen und ihn fragen, ob er Zeit hat. Wenn ja, könnt ihr gleich mit dem Reparieren anfangen. Wenn du es schaffst, den Wagen bis zu unserer Fahrt nach Neubrandenburg wieder hinzukriegen, kannst du mitkommen.“ Der Junge strahlte und rieb sich die Hände. „Toll! Mach’ ich.“

Heinrich Pilz hob mahnend den Finger. „Aber nur, wenn du auch wirklich hilfst, und dem alten Peter bei der Arbeit eine Stütze bist und nicht wieder auf unerklärliche Weise verschwindest.“

Er wandte sich an die Mädchen. „Ihr bleibt heute zu Hause. Ich habe außerdem beschlossen, dass ihr, mit Ausnahme von Hanna, nicht nach Neubrandenburg mitkommen werdet. Hanna war die einzige, die sich korrekt verhalten hat.“

Herr Pilz blickte in die Runde. „Ihr könnt wegtreten.“

Als wir wieder bei den anderen standen, fühlte ich Martins Blicke. Verlegen sah ich fort, in Richtung des Sees hinüber, auf dem ein frischer Wind die Wellen kräuselte. Martin Pilz hob den Arm. „Für Frieden und Völkerfreundschaft, seid bereit!“ „Immer bereit“, tönte es im Chor zurück.

„Bleedsinn!“, protestierte Irene, „ausgerechnet nach Neubrandenburg solln wir nich mit. Ausjerechnet! Wo ich so gern dabei wär’. Und du darfst mit, Hanna, weil du ’ne Westdeutsche bist.“ Es war mir peinlich, dass man mich den anderen vorzog. „Glaubst du, mir macht es Spaß, ohne euch zu fahren?“, beteuerte ich. „Wenn ihr zu Hause bleibt, freue ich mich nicht auf die Fahrt.“

„Außerdem haste nich so unverantwortlich wie wir gehandelt“, bemerkte Renate. „Na, ich wünsch’ dir jedenfalls viel Spaß in Neubrandenburg. Es werden ja wohl alle mit dabei sein, außer uns drei.“ Irene winkte ihre Freundin heran. „Renate, komm mal. Ich muss dir mal was verplausiebeln. Komm mit nach draußen. Es is jeheim.“

Renate und Irene begaben sich in den Hof, wo sie sich unbeobachtet fühlten. „Mir is was injefallen“, erklärte Irene aufgeregt, „es wird Zeit, dass Hanna einen Denkzettel verpasst kricht, weil se alles darf und wir nichts. Das hat se außerdem verdient, weil se immer nach Martin schielt …“

Neubrandenburg

Dunkle Wolken ließen den See grau erscheinen. Ein heftiger Wind verwandelte seine sonst so ruhige Oberfläche in eine unruhige Masse. „Man kann sich das Wetter nicht aussuchen", sagte Heinrich Pilz, der neben mir saß, „man muss es so nehmen, wie es kommt."

Wir fuhren über das bewegte Wasser. Ganz hinten entdeckte ich einen Waldstreifen, der sich am Horizont wieder verlor. Der Wind zerrte an meinen Haaren. Ich strich sie mir mit einer hastigen Bewegung aus der Stirn. Dann griff ich in meine Umhängetasche. Darin fühlte ich nach dem Portemonnaie. Martins Vater hatte mir vor der Abfahrt neues Taschengeld gegeben. Ich fragte mich, ob er von dem Brotkauf wusste. Aber schließlich war es meine Sache, wofür ich mein Geld ausgab.

Jetzt fühlte ich den Brief zwischen den Fingern. Er lag gestern Abend an meinem Platz im Essraum. Ich hatte das Papier vorsichtig auseinandergefaltet. Als ich „Süße Hanna" gelesen hatte, war ich rot geworden. Schnell steckte ich den Brief in meine Umhängetasche. Inzwischen kannte ich ihn auswendig.

„Süße Hanna. Ich möchte mich mit dir in Neubrandenburg treffen, weil ich dir etwas Wichtiges zu sagen habe. Bitte sei um drei am Stargarder Tor, da wo der Torturm ist. Am ersten Baum, den du da in der Nähe siehst, werde ich stehen. Falls ich nicht erscheine, weißt du, dass alles mit uns nur Lüge war. Dein Martin"

Die kleine dralle Karin stieß mich von der Seite an. „Kuck mal, wir fahren mit dem Dampfer bis an die Stadt ran. So stell' ich mir Amsterdam vor. Mit den Grachten und so. Ich hab' mal ein Bild davon gesehen. Warst du schon mal in Amsterdam?" „Nein." „Aber ich" behauptete Ralf, der von der Aufregung rosige Wangen hatte, „ich schon."

„Du spinnst ja", sagte Karin und tippte sich an die Stirn. „Nee, ich war wirklich da", beharrte Ralf, „aber nur mit dem Finger auf der Landkarte." Karin tippte sich wieder an die Stirn. „Du Blöder! Und ich dachte, du warst wirklich schon mal da."

Martin saß auf der anderen Seite der Sitzbänke. Jetzt sah er herüber. Sein Lächeln wirkte geheimnisvoll auf mich. Ich strahlte zurück. Was er mir wohl am Stargarder Tor sagen wollte?

Trudi Schnell war heute ziemlich ruhig, ihre Bewegungen fahrig. Sie hatte schlecht geschlafen. „Wir nehmen die Straßenbahn in die Innenstadt, sehen uns dort um, und später könnt ihr allein losziehen, wenn ihr wollt. Um fünf versammeln wir uns wieder alle am Friedländer Tor. Das besichtigen wir gleich."

Der Himmel hellte sich ein wenig auf. Wir kamen an ein Straßenbahndepot. Hier beeindruckte mich besonders ein großer Platz, der voller Trümmer war. Von da aus ging es mit der Straßenbahn durch die Stadt. Riesige Transparente mit Parolen, ein Gewirr von Schienen und zahlreiche Ruinen waren zu sehen.

Karin Frey wich mir nicht von der Seite, während Herr Pilz die Gruppe führte. Sie bestand vorwiegend aus fünfzehnjährigen Jungen. Unter ihnen fühlte ich mich nicht besonders wohl. Darum war mir Karins Anhänglichkeit gerade recht.

„Hier in Neubrandenburg", sagte Herr Pilz recht deutlich, „könnt ihr die besterhaltenste mittelalterliche Stadtbefestigung sehen, die es in der Deutschen Demokratischen Republik gibt. Anfangs bestand sie aus Palisaden, so um das 13. Jahrhundert herum, aus Erdwällen und einem Wasserlauf. Der Mauerzug mit den Wieckhäusern wurde erst im 14. Jahrhundert fertig gestellt".

Heinrich Pilz machte eine kurze Pause in seinen Ausführungen. Von mir erwartete er besondere Aufmerksamkeit, schien es.

„Die vier Toranlagen sind von hervorragender künstlerischer Durchgestaltung", fuhr er fort. „Sie stammen aus dem 15. Jahrhundert. Nachmittelalterliche Verstärkung ist der halbrunde Zingel, der sich vor dem Friedländer Tor befindet. Wir stehen direkt davor."

Alle blickten zum hochaufragenden Backsteinbau des Turmes. Ich entdeckte Martin in meiner Nähe und betrachtete ihn verstohlen. Heute fand ich ihn besonders gutaussehend in seiner braunen Jacke und den dunklen Hosen. „… nicht wahr Hanna“, beendete Heinrich Pilz seinen Vortrag. Ich antwortete zerstreut mit „Ja.“

Die jungen Leute lachten. Weil ich nicht aufgepasst hatte, wusste ich nicht, warum. „Wir besichtigen jetzt die Toranlage und gehen dann in den Park“, verkündete lautstark Trudi Schnell. „Wenn ihr Hunger habt, könnt ihr euer Brot auspacken und zwischendurch essen.“

„Gute Idee“, sagte Ralf und kramte in seiner Provianttasche. „Ich interessiere mich hauptsächlich für die Schießscharten im Zingel. Die geh' ich mir ansehen.“ „Du bleibst bei mir“, erklärte Heinrich Pilz entschieden. „Die Schießscharten sehen wir uns gemeinsam an. Nicht, dass du dich wieder dünne machst.“ „Klar“, sagte Ralf mit vollen Backen kauend, „ich will Ihnen doch keinen Ärger machen.“

Karin hakte mich unter und wies auf die Toranlage. „Sehr interessant ist das alles. Findest du nicht?“ „Schon, aber alles habe ich nicht verstanden. Ich habe nicht richtig zugehört, fürchte ich.“ „Ich kann es dir zeigen. Ich war schon mal hier. Da waren Irene und Renate auch dabei. Die fanden das damals so toll. Deswegen sind sie auch so sauer, dass …“ „Warst du schon mal am Stargarder Tor?“ „Ja, warum denn?“ „Nur so.“ „Ist da was Besonderes?“ „Ich hab' davon gehört. Es soll ganz toll da sein. Zeigst du mir den Weg dahin?“ Karin schüttelte ihre blonde Mähne. „Klar komm' ich mit, wenn du da hin willst. Die blöde Hilde nehmen wir aber nicht mit. Guck mal, die bequatscht den Martin schon wieder.“

Eine Blonde mit Meckifrisur stand bei ihm. Sie hatte ausgeprägte Backenknochen und einen breiten Mund. Zufrieden beobachtete ich, dass er sich von ihr abwandte. Jetzt kam er herüber. „Wir sind an der Stadtmauer. Soll ich dir was erklären?“ „Gern“, sagte ich bescheiden. Er ging neben mir und wies nach oben, wo sich zwei Spatzen auf dem Rand niederließen und sich um einen Brotbrocken zankten. „Die Stadtmauer ist über drei Kilometer lang und aus Feldsteinmauerwerk. Auf weiten Strecken ist ihre Höhe von siebeneinhalb Metern erhalten geblieben. Erstaunlich, nicht?“ Ich musterte ihn. Wie gut er sich ausdrücken konnte.

Seine Stimme klang einschmeichelnd. „Siehst du das Wiekhaus da? Es ist besonders gut erhalten. Die kleinen Häuschen sind in Abständen von dreißig Metern in die Mauer eingelassen. Diese Fachwerkbauten wurden später zu Wohnzwecken umgestaltet."

„Ich würde gern in so einem Wiekhaus wohnen", erklärte Karin spontan, „wenn ich mit Ralf verheiratet wäre." Ralf stieß vor Empörung hastig die Luft aus, dann tippte er sich an die Stirn und wandte sich ab. „Ich kauf' mir lieber ein Eis, wenn wir an der Hauptstraße sind", erklärte er lauthals. Heinrich Pilz rümpfte die Nase. „Bei diesem unfreundlichen Wetter?" „Klar, das Eis schmeckt auch, wenn es kalt draußen ist", sagte Karin. „Ich kauf' mir auch eins, wenn wir in der Ernst Thälmann-Straße sind."

Wir mussten Schlange stehen, weil jetzt alle anderen auch Eis kaufen wollten. Ralf hatte sich hinter mir eingereiht und flüsterte mit Martin. Karin schleckte genüsslich ihr Gefrorenes und verdrehte dabei die Augen. „Schmeckt toll, was?" „Schmeckt wie ausgelutschtes Bonbonpapier", erklärte ich und steckte mein Portemonnaie in die Umhängetasche zurück. „Find' ich aber nicht!" „Möglich." „Wir haben hier eben kein anderes Eis. Das schmeckt hier immer so. Aber sieht doch gut aus, oder?" „Ja, gut sieht es aus. Schön bunt." „Was hältst du davon, wenn wir jetzt abhauen?", lenkte Karin ab. „Du wolltest doch noch wohin." „Gute Idee", stimmte ich ihr zu. Ich war schon ziemlich nervös, wegen dem bevorstehenden Treffen mit Martin. „Am besten tun wir es gleich. Sonst wird es nachher so spät", schlug Karin vor und dann musste sie husten, weil sie sich an dem Eis verschluckte.

Die Straßen waren trist, die Häuser farblos. Es gab hier jedoch kaum Ruinen, wie in anderen Stadteilen.

„Wir sind zu weit gegangen", sagte Karin, „hier ist ja schon die Große Wollweberstraße. Wir müssen wieder zurück, wenn wir zum Stargarder Tor wollen. Wir können von hier aus aber auch zum Treptower Tor. Das liegt näher. Es ist gleich da um die Ecke."

„Ich will aber zum Stargarder Tor", erklärte ich beharrlich. „Außerdem gibt es gleich Regen. Wir müssen uns beeilen." „Ist einer hinter dir her?", fragte Karin beunruhigt. „Nein, warum?" „Weil du dich dauernd umdrehst." „Mach' ich das? Hab' ich nicht gemerkt, dass ich das mache. Sag mal, wie spät mag das denn sein?" „Vorhin war es halb drei." „So spät? Dann müssen wir uns aber beeilen."

„Warum sollen wir denn noch schneller gehen", fragte Karin atemlos, „zurück brauchen wir doch noch nicht. Wir haben doch noch Zeit." „Sieh dir doch mal den Himmel an. Und es wird immer dunkler. Gleich gibt's einen Wolkenbruch. Wie spät mag es wohl jetzt sein?"

„Du machst mich wahnsinnig mit deiner Fragerei", jammerte Karin, „wir sind ja gleich da. Da hinten ist doch schon das Stargarder Tor." „Da stellen wir uns unter", rief ich. Aufgeregt rannte ich zum Torturm. Karin folgte mir. Zwei Frauen in bunten Sommerkleidern eilten mit aufgespannten Schirmen über das Kopfsteinpflaster. Kurze Zeit später, als der Platzregen losbrach, war die Straße wie leergefegt. Kaum ließ der Regen nach, als Karin mich ungeduldig am Arm nahm und mit mir vor das Tor ging. „Ich zeig' dir jetzt was. Du wolltest doch was sehen. Sieh mal die großen Gestalten am Giebel. Keiner weiß genau, was sie bedeuten sollen." „Du weißt aber gut Bescheid hier", sagte ich verstimmt.

Sicher wollte Martin nichts mit mir zu tun haben. Deshalb war er nicht gekommen. Es war schwer, nicht die Beherrschung zu verlieren, weil die Enttäuschung so groß war. Hoffentlich heulte ich nicht auch noch vor Karin. Die brauchte das nicht zu wissen, was mit mir los war. Bloß das nicht.

Karin ließ nicht locker. „Die Bedeutung der Figuren ist bis heute nicht geklärt", sagte sie gerade. „Wie findest du das?" „Na toll. Ganz gewaltig." „Warum bist du eigentlich sauer? Hab' ich dir was getan? Hab' nur versucht, dir was zu erklären." „Das machst du großartig." „Wenn du eingeschnappt bist, gehe ich. Es hört außerdem auf zu regnen." „Dann geh doch." „Ist gut, ich gehe. Mit dir ist es mir jedenfalls zu langweilig. Du willst immer nur stehen und stehen. Wenn du nachher immer noch hier stehst, hole ich dich wieder von hier ab", sagte Karin beleidigt, warf den Kopf in den Nacken und schlenderte gemächlich davon.

Ich sah dem Mädchen nach, öffnete meine Umhängetasche und fühlte nach Martins Brief. Ich durchwühlte die Tasche, doch konnte ich ihn nicht finden. Er war weg. Dabei hatte ich ihn doch erst vorhin …

Für Minuten riss der Himmel auf. Das Kopfsteinpflaster auf dem Vorplatz leuchtete in der Sonne; doch es dauerte nicht lange, und alles verschwand wieder im tristen Grau.

Da kam jemand die Straße entlang. Ich erkannte Martin schon von weitem an seinem Gang. Mein Herz hüpfte vor Aufregung. Er war also doch gekommen. Ich hatte mich umsonst verrückt gemacht.

Er sah mich vorwurfsvoll an, als er vor mir stand. „Immer muss ich dich suchen. Dass ich dich immer suchen muss", sagte er atemlos. Ich sah ihm verdutzt ins erhitzte Gesicht. „Soll das ein Witz sein?" „Wieso Witz?"

„Ich denke, wir waren hier verabredet." „Verabredet?" Wir gingen ein Stück weiter, bis zum nächsten Baum. Während der ganzen Zeit kramte ich in meiner Tasche herum. Ich suchte nach dem Brief von Martin. Ich fand ihn nicht. Vielleicht hatte ich ihn irgendwo verloren.

Martin kam heran und strich mir sanft über die Schulter. „Deine Jacke ist ganz nass, Hanna. Deine schöne gelbe Jacke. Gelb mag ich. Ich mag deine Jacke." Er stand mir gegenüber und ich konnte seinen warmen Atem spüren. „Süße Hanna", sagte er leise, „ich mag dich, Hanna, ich mag dich wirklich."

„Das …, das wolltest du mir … sagen", stotterte ich und versuchte, seinem intensiven Blick zu entkommen.

„Das wollte ich dir sagen, ja, das schon, aber der Brief, den du erhalten hast, der war nicht von mir."

Ich starrte ihn fassungslos an. „Woher … woher weißt du dann …"

Seine Hände lagen auf meinen Schultern. „Jemand hat sich mit uns einen Scherz erlaubt", hörte ich ihn sagen. Es war, als ob seine Stimme von weit her käme. „Ich … verstehe nicht", stotterte ich, „ich, ich verstehe nicht. Woher weißt du dann …?" Ich lehnte mich an das kalte Holz des Baumes. Wie peinlich! Wie weh das tat. Nur nicht heulen! Vergeblich versuchte ich, die Tränen zurückzuhalten. Martin stand mir gegenüber und zog ein zerknittertes Taschentuch aus der Jacke. Behutsam tupfte er mir die Tränen ab. Wie peinlich mir das war! Ich wandte meinen Blick von ihm und er zog seinen Arm zurück. „Lass uns reden", sagte er. Sein Eau de Cologne riecht so, wie das seines Vaters, dachte ich enttäuscht; es ist nicht sein eigenes, er hat es vom ihm genommen. Es ist nicht sein eigenes und er hat mich auch nicht so gern, wie ich dachte. Es war alles Schwindel mit dem Brief, sagt er. Aber woher wusste er das alles? Jemand hatte sich einen Scherz erlaubt, wo ich doch so glücklich über den Brief war. Und nun …, es tat so weh. „Warum denn reden", fragte ich tonlos, „warum denn?" Martin fuhr sich mit einer hastigen Geste über die nassen Haare und steckte dann das Taschentuch ein. Er zog ein ziemlich ramponiertes Stück Papier aus seiner Jackentasche. „Ist das der Brief?" Ich sah ihn bestürzt an. „Ja, aber warum hast du ihn jetzt? Vorhin steckte er noch in meiner Umhängetasche." „Ich habe ihn von Ralf bekommen, als wir beim Eis holen waren. Er fand ihn auf dem Erdboden." „Er muss mir aus der Tasche gerutscht sein." Martin nickte. „Ralf dachte, dass ich das Papier verloren hätte und gab es mir, als ich neben ihm stand." Martin musterte mich eindringlich „Der Brief, er könnte durchaus von mir sein, aber er ist nicht von mir geschrieben worden. Weißt du, was ich damit sagen will?"

„Nein."

Dicke Tropfen fielen vom Baum, dessen Blätter im Wind raschelten. Martin wischte sich hastig über die Stirn.

„Da ist jemand auf eine gute Idee gekommen", flüsterte er mir zu. „Hanna, ich hätte wirklich selbst darauf kommen und mich mit dir verabreden können." Er fuhr sich verlegen durchs nasse Haar, zerrte dann ein zerknülltes gelbes Tuch aus seiner Hosentasche und hielt es mir vor die Nase. „Sieh mal, was ich hier habe." Ungläubig sah ich ihm zu. „Mein gelbes Chiffontuch …"

„Ich weiß, ich hätte es dir eigentlich schon längst zurückgeben müssen. Ich habe es als Talisman benutzt." Er lachte verschmitzt. „Ich habe es hinter dem Haus gefunden. Es steckte tatsächlich zwischen dem Holz, wie du es vermutet hast. Darf ich es behalten?" Ich lächelte. „Natürlich kannst du es behalten."

„Danke", sagte er und steckte es wieder weg, „Ich werde es in Ehren halten." Martin strich mir fast wie beiläufig sanft die feuchten Haarsträhnen aus den Augen. „Sei nicht traurig. Hab' ich dir nicht gesagt, dass ich dich mag?" „Doch." „Na also." „Aber du redest lieber mit anderen." „Mit wem denn?"

„Na, mit der Hilde zum Beispiel." Er sah mich nachdenklich an. „Ja, ich habe mit ihr ein interessantes Gespräch gehabt." „Interessantes Gespräch?"

„Sie hat zwei Brüder. Einer lebt im kapitalistischen Ausland, in dem du auch lebst, der andere Bruder in der Deutschen Demokratischen Republik. Wir sprachen über die Wehrpflicht die deine Bundesrepublik am 9. Juli eingeführt hat." „Na und?" „Wir haben uns darüber unterhalten, dass bei uns jetzt auch aufgerüstet wird. Zwangsläufig, das ist klar. Hildes Sorge ist, dass im Ernstfall der Bruder im Westen gegen den Bruder im Osten kämpfen wird." „Das fände ich natürlich auch traurig." „Siehst du, wie die Bundesrepublik ist? Lässt Bruder gegen Bruder kämpfen, wenn es ernst wird." „So kann man es natürlich auch sehen." „Immerhin hat die Bundesrepublik mit dem Aufrüsten angefangen. So sieht es doch aus." „Lass uns lieber von dem Thema aufhören. Wir ändern nichts daran." „Du hast recht. Du kannst ja nichts dafür."

Ich betrachtete eine junge Frau, die mit ihrem kleinen Sohn an uns vorbeispazierte. Obwohl sie ein zerschlissenes graues Sommerkleid trug, wirkte sie reizvoll. Der kleine Junge begann zu schreien. Sie bückte sich zu ihm hinab und gab ihm einen Klaps auf das Hinterteil. Jetzt war er ruhig.

„Ärgerst du dich immer noch über den Brief?"', fragte Martin plötzlich und legte seine Hände wieder auf meine Schultern. Ich nickte und sah ihm traurig in die Augen. „Ich kann mir denken, wer das gemacht hat. Und ich möchte die Schuldige zur Rede stellen“, sagte er. Ich blickte zu Boden und scharrte mit der Schuhspitze in dem losen Erdreich herum. „Aber es wäre peinlich, wenn …“ „Was, wenn?“ „Ach, es ist einfach peinlich. Bitte, mach’ nichts und lass’ es auf sich beruhen.“ Ich sah noch immer zu Boden und zeichnete Figuren in den Sand. „Es ist peinlich, weil es mir passiert ist.“ „Blödsinn! Für den ist es peinlich, der sich so einen schlechten Scherz erlaubt. Das ist gemein, so was!“

Ich fühlte noch immer die Enttäuschung und sah ihn fest an. „Du hast recht. So was ist gemein, aber ich denke, es erzeugt nur wieder neuen Hass, wenn du es zur Sprache kommen lässt. Ich denke, wenn der Brief nicht die erhoffte Wirkung bringt, wird das Strafe genug sein.“ „Ich werde das akzeptieren“, sagte Martin, „wenn du es so willst. Allerdings wundere dich nicht, wenn ich meinen plötzlich aufkommenden Gefühlen freien Lauf lasse.“ Ich sah ihn verständnislos an. Was meinte er damit?

Eine rundliche Gestalt kam jetzt vom Tor herüber.

„Da ist Karin Frey“, bemerkte ich, „sie weiß nichts von dem Brief. Sie will mich sicher von hier abholen, weil sie glaubt, ich finde nicht allein zurück.“

Karin hatte ihren Ärger längst vergessen. Sie lachte übermütig. „Man könnte meinen, ihr habt euch hier verabredet. Wo doch die Hanna vorhin dauernd nach dem Stargarder Tor gefragt hat.“ „Gehen wir lieber zum Friedländer Tor zurück“, schlug Martin vor. Er zog uns mit sich und wir folgten ihm. „Schließlich wollen wir pünktlich zurück sein.“ „Ehrlich“, fragte Karin, „wart ihr verabredet oder nicht?“ Martin nickte. „Klar waren wir beide hier verabredet! Wäre nett von dir, wenn du das Irene und Renate erzählen würdest.“

Karin sah erst Martin, dann mich irritiert an. „Verstehe ich nicht, wieso …, erklär’ mir das mal.“ Martin lächelte verschmitzt. „Eigentlich soll das niemand außer dir wissen, aber wenn du es weitersagst, tust du mir einen großen Gefallen.“ Karin konnte sich nicht erklären warum, aber sie wollte ihm gern den Gefallen tun, wenn ihm soviel daran lag.

Der erste Kuss

Wegen des schlechten Wetters saßen wir Mädchen häufig im Aufenthaltsraum. Fleißig arbeiteten wir an kleinen Deckchen mit Kreuzstich, die zensiert werden sollten. Für die besten drei würde es zur Abschlussfeier einen Preis geben. Meines war fast fertig. Ich hatte gelbes Garn für die Rosen ausgewählt, dunkles Braun, und Mittelgrün für das Blattwerk.

Die Nähe der anderen wirkte erdrückend auf mich. Deswegen legte ich meine Handarbeit hin und ging nach draußen. Ich musste eine Weile allein sein, um nachdenken zu können.

Als ich hinauskam, sah ich, dass hinter dem Haus infolge des anhaltenden Regens ein riesiger Tümpel entstanden war. Zahlreiche Holzbohlen lagen darüber. So konnte man alle Vorhaben trockenen Fußes erledigen.

Ich stand vor der Tür und sah zum See hinüber. Sein tiefgraues Wasser kräuselte ein kalter Wind. Ich trug meine gelbe Überziehjacke, aber sie wärmte nicht ausreichend.

Ob Carla zu Hause auch so ein schlechtes Wetter hatte? Sicher langweilte sie sich ebenso wie ich. Es sei denn, sie hatte gerade einen Freund, mit dem sie sich die Zeit vertrieb.

Ich grübelte darüber nach, wie ich mich Irene gegenüber verhalten sollte. Sie war neuerdings so ablehnend und redete kaum mit mir. Den Brief hatte sie auch nicht erwähnt. Dabei glaubte ich, dass Irene ihn geschrieben hatte.

Ich wäre gern ein Stück am See entlang gegangen, aber es begann schon wieder zu regnen. Das Nass war einfach zu kalt, um es schön zu finden, sich im Regen durchweichen zu lassen. Ob ich mal nachsah, wo das Radio war, das Ralf im Keller entdeckt hatte? Da unten war die kleine Tür. Aus der war Ralf gekommen, nachdem er Musik gehört hatte.

Zögernd ging ich die verwitterten Steinstufen hinunter, trat in den dunklen Flur. Eine schwache Glühbirne flammte auf, als ich an dem Lichtschalter drehte.

Ich spürte ein aufregendes Kribbeln wie immer, wenn ich etwas tat, das ich nicht durfte. Es war verboten, in den Keller zu gehen. Wer sollte mich schon erwischen? Trudi saß oben mit den Mädchen bei der Handarbeit. Die Jungen spielten an einem gesonderten Tisch „Mensch ärgere dich nicht". Und Martin, den hatte ich nur während der Mahlzeiten gesehen. Bestimmt saß er in dem Zimmer, das er mit seinem Vater teilte, über seinen Büchern.

Die Tür zum nächsten Kellerraum stand offen. Hier waren die Kohlenvorräte für den Winter deponiert. Ein paar alte Decken und Säcke lagen aufgestapelt in einer Ecke. Das Radio konnte ich dazwischen nicht entdecken.

Der andere Raum war verschlossen. Ich hob die davor liegende Fußmatte ein wenig an. Da war ein Schlüssel drunter versteckt. Die Tür ließ sich damit leicht öffnen und quietschte in den Angeln, als ich sie bewegte. Durch ein kleines halbblindes Fenster drang das Tageslicht herein. An der Scheibe hingen Netze mit eingetrockneten Spinnen. Ein Holzschemel stand darunter, groß wie eine Bank. Auf ihm entdeckte ich den alten braunen Volksempfänger. So einer stand bei uns zu Hause. Ich drehte an den Knöpfen und bald drang durch den Raum gedämpfte Musik. Gut, dass das Fenster geschlossen war. So würde niemand etwas hören können, falls sich bei dem schlechten Wetter doch jemand hinausgewagt haben sollte. Als ich durch die Kellerluke sah, entdeckte ich Ralf und den dürren Jochen. Sie patschten wie kleine Kinder in dem Tümpel herum. Schnell wandte ich mich ab und setzte mich auf die Bank. Das Radio spielte gerade „Rock around the clock". Ich drehte es etwas lauter. Es schnarrte ein wenig wie das Gerät zu Hause, aber das machte nichts.

Während ich andächtig zuhörte, wanderte mein Blick durch den Raum. Entsetzt starrte ich auf den Eingang, als ein schmaler Lichtstrahl vom Flur aus sichtbar wurde. Deutlich konnte ich Martin im Schein der Glühlampe erkennen, die er wieder ausknipste, als er eintrat.

Ich saß wie gelähmt, als er hereinkam. Jetzt erkannte er mich und fuhr zusammen. „Was machst du denn hier?", rief er überrascht, „du kannst einen vielleicht erschrecken!“ Er setzte sich auf einen Hauklotz neben die Bank und musterte mich.

Ich senkte den Blick. Auf dem Steinfußboden lag Kohlestaub, in den ich mit der Schuhspitze Muster scharrte, die ich kaum erkennen konnte. Wie peinlich, dass Martin mich hier angetroffen hatte. Das Lied klang aus. Es kam ein neues, das ich noch nicht kannte. Es klang fetzig. „Ich wollte mir mal dein Radio anhören“, sagte ich, als wollte ich mich verteidigen. „Ach ja? Und wie findest du es?“ „Nicht schlecht. Aber ich kann die Musik nicht so deutlich empfangen wie zu Hause.“ „Ist ja von hier aus auch weiter entfernt.“ „Wie findest du ‚Rock around the clock‘?“ fragte ich und sah verlegen in das Halbdunkel des Raumes. „Klasse! Es reißt einen mit.“

„Ist bei uns ein Hit. Jeder Spatz pfeift es vom Dach.“

Er nickte. „Ich finde es Spitze. Übrigens habe ich nicht mit Irene gesprochen, so wie du es wolltest. Ich hoffe, dass du dich mit ihr verstehst.“ „Sie ist ganz schlecht gelaunt. Warum weiß der Himmel.“ „Na und? Ich hab’ gesehen, was sie mit dem Brief bei dir angerichtet hat. Aber ich sollte ja nicht drüber reden!“, empörte er sich. Seine Stimme wurde leiser, fast flüsternd. „Ich mag es nicht, wenn man dir weh tut.“ „Warum nicht?“ „Weil …, Himmel, warum? Warum? Mir liegt eben was an dir, verdammt noch mal! Vielleicht hätte aus uns was werden können, wenn nicht …“ Er schwieg und sah zum Fenster. Draußen tobte Ralf noch immer mit dem dürren Jochen im Tümpel herum. Das Dreckwasser spitzte hoch, wo auch immer sie hintraten. „Was, wenn nicht?“ Er fuhr sich unruhig über den dunklen Haarschopf, „Wenn die Grenze nicht wär’. Ist alles zu schwierig!“ „Nur, weil ich im Westen wohne, was?“ Er nickte, doch dann lächelte er verschmitzt: „Man müsste eine heimliche Brücke haben. Von hier nach drüben.“ Ich spürte die Kühle des Raumes. Erschauernd knöpfte ich mir die Jacke bis obenhin zu. „Da fällt mir ein Traum ein“, sagte ich zögernd. War es richtig, ihm davon zu erzählen? Aber mit wem sonst sollte ich darüber reden, wenn nicht mit ihm. Schließlich kam er darin vor.

„Ich hab' ihn schon zweimal geträumt, seitdem ich hier bin." „Erzähl' ihn mir." „Ich träumte von einer weißen Brücke. Du bist drüben auf der anderen Seite des Ufers. Bei dir ist es wie im Paradies. Ich suche einen Weg zu dir und du kommst mir dann auf der Brücke entgegen." „Na siehst du, bei mir im Osten ist das Paradies und du willst zu mir. Das sagt doch alles." „So ein Quatsch. Willst du etwa sagen, dass hier in der Deutschen Demokratischen Republik das Paradies ist?" „Es muss wohl für dich so sein. Sonst hättest du das schließlich nicht so geträumt. Und wie geht der Traum weiter?" „Ich mag das eigentlich nicht erzählen." „Stell dich jetzt nicht an. Erst spannst du mich auf die Folter, und jetzt willst du nicht mehr drüber reden. Das ist unfair." Martin erhob sich vom Hauklotz, ging um die Bank herum, stellte die Musik etwas leiser und setzte sich neben mich. „Sag es bitte", bat er. „Also gut", fuhr ich fort und holte tief Luft. „Du verschwindest immer im Traum, bevor ich bei dir bin. Ganz plötzlich bist du weg. Ich stehe allein in der Einöde und bin schrecklich traurig."

Er sah mich nachdenklich an und kratzte sich das Kinn. „Das kommt nur davon, weil du wieder in den Westen zurückgehst. Damit verlässt du dein Paradies." „Meinst du, ich sollte das nicht machen?" Er gab mir keine Antwort. Das Lied „Tutti Frutti" übertönte die Stille im Kellerraum. „Du scheinst gut Träume deuten zu können", redete ich ins Halbdunkel. „„Und das mit der Brücke, was mag das bedeuten? Vielleicht fällt dir auch was zu der weißen Brücke ein." „Die weiße Brücke!", sagte er bedächtig und kam näher. „Weißt du überhaupt, dass du wunderbare blaue Augen hast?" „Sag mir doch bitte, was die Brücke zu bedeuten hat!"

Martin rückte noch näher, legte behutsam seinen Arm um meine Schulter und zog mich an sich. „Die weiße Brücke ist das, was uns verbindet", flüsterte er mir ins Ohr. Mir wurde warm. Ich schwitzte plötzlich. Sein Atem berührte mein Gesicht. Mein Herz klopfte zum Zerspringen.

„Süße Hanna", flüsterte er in die Stille, „ süße Hanna!"

Ich fühlte seine warmen Lippen, die er mir auf den Mund drückte, wie eine heiße weiche Welle im Gesicht, seinen zitternden Körper, den er an mich presste, dann mein rasendes Herz. Oder war es seins, das ich durch die Brust spürte? Ich umfasste ihn und hielt mich an ihm fest, als ich seinen Kuss erwiderte. Mein Blut pulsierte, wühlte etwas in mir auf, etwas, das tief in mir war. Etwas, das ich nie vorher gefühlt hatte. Willenlos war ich, wollte nur ihn spüren, sonst nichts. Plötzlich musste ich an Hans denken. War es da nicht ähnlich ..., peinlich ...?

Nein, ich wollte mich nicht so ausliefern. Nicht so.

„Lass mich!", stöhnte ich und stieß ihn von mir, „lass mich! Ich muss nach oben." Er sah mich enttäuscht an. „Ich wollte nichts tun, was du nicht willst", sagte er mit rauer Stimme, erhob sich langsam und stellte das Radio ab. Die Stille im Kellerraum wirkte erdrückend. Ich blickte beschämt zu Boden. Wie peinlich das war. Wie eine formbare Masse war ich in seinen Armen gewesen. Eine formbare Masse ohne Willen.

Gemeinsam gingen wir nach draußen. Martin schloss den Raum ab. Er legte den Schlüssel wieder unter die Matte. „Wir sehen uns bald, liebste Hanna", sagte er, und schenkte mir ein bezauberndes Lächeln.

Er nahm die Stiege, die nach draußen führte, während ich im Haus blieb. Durch die Kellergänge gelangte ich in die untere Etage.

Warum machte Martin bloß so einen niedergeschlagenen Eindruck? Hatten wir uns nicht gerade geküsst? Was wollte er denn noch? War er womöglich enttäuscht von mir, weil ich seinen Kuss erwidert hatte? Weil ich es zuließ, dass er mich küsste? Vielleicht wäre es angebracht, sich dabei zu sträuben, wie ich das einmal im Film gesehen hatte. Da hatte das Mädchen dem Mann nach dem Küssen eine Ohrfeige gehauen. Hätte ich das tun müssen, anstatt mich so gehen zu lassen? Wenn ich nur wüsste, was ich falsch gemacht hatte.

Bevor ich nach oben ging, wollte ich erst mal in den Waschraum. Sicher sahen es mir alle gleich an, dass ich geküsst worden war. Bestimmt sah man das. Der kühle Wasserstrahl, mit dem ich mir das erhitzte Gesicht erfrischte, tat gut. Im Spiegel sah ich, wie meine Augen leuchteten. Missmutig betrachtete ich meine Sommersprossen, die auf der Nase besonders zahlreich waren.

Im Zimmer angekommen, kämmte ich mir mein unordentliches, braunes Haar eine ganze Weile, damit es mir nicht dauernd in die Stirn fiel. So wie ich aussah, konnte Martin mich unmöglich lieben. Vielleicht war er auch deswegen enttäuscht. Ja, schön müsste ich sein. So schön, dass Martin mich nie vergessen würde. Das wär's.

Ich zog die Schublade auf und entnahm ihr ein blaues Tuch, das ich mir in den kurzen Pferdeschwanz band. Es passte besonders gut zu meiner Augenfarbe. Was hatte Martin vorhin gesagt? Ich hätte schöne blaue Augen? Vielleicht sagten Männer so was, wenn sie eine Frau küssen wollten. Ich erhob mich vom Stuhl und ging nach oben.

Im Aufenthaltsraum hatte ich das Gefühl, von allen Seiten beobachtet zu werden. Es war so unangenehm, wie ich es befürchtet hatte. Schnell setzte ich mich an meinen Platz, nahm meine Stickerei und betrachtete sie, ohne wirklich etwas wahrzunehmen.

Anja musterte mich. „Du warst aber lange weg." Ich spürte, wie mir das Blut ins Gesicht schoss. „Ich war draußen. Bin ein Stück gelaufen."

„Ach so", sagte Anja, „deswegen hast du so schöne rote Wangen gekriegt." Sie breitete ihre Handarbeit auf dem Tisch aus. „Sieh mal, ich habe in der Zeit schon zwei Reihen gestickt. Natürlich kann ich das nicht so gut wie du, aber es geht jetzt ganz gut voran." „Das hast du schön gemacht, Anja. Du machst deine Arbeit gründlicher als ich", lobte ich sie.

Trudi, die am anderen Ende des Tisches gesessen hatte, kam jetzt zu uns. Sie sah heute gut aus. Ihr Teint war rosig mit Make-up geschminkt. Ihre blonden Haare hatte sie frisch gewaschen. Sie trug eine weiße Spitzenbluse zum roten Wollrock.

„Wir haben bald unsere Abschiedsfeier", verkündete Trudi, „da müssen wir einiges auf die Beine stellen. Was hältst du davon, Hanna, wenn wir ein Stück aufführen? Etwas Lustiges zum Beispiel." „Würde ich gut finden, wenn die anderen das machen." Trudi schüttelte den Kopf. „Du sollst mitspielen." „Theater spielen finde ich scheußlich. Ich kann das nicht. Dazu eigne ich mich wirklich nicht. Es wäre der pure Reinfall, mit mir so was zu machen."

„Es ist nur ein kleines Spiel. Du brauchst da noch nicht mal zu reden. Das wirst du doch wohl können", versicherte Trudi. „Na gut. Wenn ich nicht reden muss, mach' ich mit." „Ich spiele da auch mit. Ich brauch' da auch nicht zu sprechen", verkündete Anja. Trudi klopfte mir auf die Schulter. „Wir werden es nicht oft üben müssen. Es ist leicht zu lernen." Sie nickte uns ermunternd zu und ging weiter. „Ein Glück, dass die nicht bei uns sitzt", sagte Anja nachdenklich, „Übrigens: wollten wir der Trudi nicht zum Abschied einen Streich spielen? Ich wüsste da was Schönes." „Gute Idee", sagte Irene, „Se darf nur nich merken, dass wir's warn: weil se keenen Spaß versteht."

Nach dem Abendbrot schlenderten Anja und ich ums Haus herum. Der Wind hatte die Regenwolken vertrieben. Es war frisch draußen. Anja vergrub ihre Hände tief in den großen Taschen ihrer blauen Popelinejacke „Sag' mal, was ist eigentlich los?", fragte sie. „Renate und Irene sind jetzt immer so komisch. Ich weiß gar nicht, was hier vor sich geht. Das macht mich ganz krank. Wir müssten uns mal darüber unterhalten. Oder weißt du auch nicht, was los ist?"

„Klar, das können wir machen", sagte ich. „Aber lass uns woanders hingehen. Bei uns im Zimmer ist das Fenster offen. Ich will nicht, dass Irene uns belauscht."

Anja folgte mir um die Ecke, wo sonst der Holzstapel lagerte, der jetzt auf dem Wassertümpel verteilt war. Von da aus führte ein trockener schmaler Pfad zum Tollensesee.

„Das finde ich aber gemein, das mit dem Brief", erklärte Anja etwas später, „warum hast du mir das nicht schon längst erzählt? Das hätte ich Irene nicht zugetraut."

„Ich auch nicht", sagte ich und sah zum Wasser hinüber, vor dem sich ein Baum und Büsche dunkel abhoben.

„Und sie erreichte genau das Gegenteil von dem, was sie wollte", stellte

Anja fest. „Genau das Gegenteil. Weil Ralf den Brief vom Boden aufhob, ihn Martin gab und der dadurch die ganze Sache mitbekam. Aber er war doch dann nett zu dir und hat sich mit dir unterhalten, oder?“ „Ja, er war nett zu mir. Aber ich habe es schrecklich peinlich gefunden.“ Anja sah mich nachdenklich an. „Kann ich verstehen. Aber du magst ihn doch, oder?“ „Ja“, sagte ich und sah zum Haus hinauf. Im Turmzimmer brannte schon Licht. Ich konnte die Umrisse von Herrn Pilz und Martin erkennen. „Wie sehr magst du ihn denn?“ „Ich weiß nicht. Eben sehr.“

„Ich mag ihn auch. Aber nicht so, dass ich seine Freundin sein möchte“, erklärte Anja. „Ich habe schon daran gedacht, dass ihr euch mögt. Weil er auch immer zu dir hinsieht beim Essen. Irene ist immer ganz neidisch, wenn sie das merkt.“ „Vielleicht haben sich die beiden wirklich nicht so viel dabei gedacht und wollten nur einen Spaß mit dem Brief machen.“

Anja krauste die Stirn und drehte sich zu mir um. „Man sollte nicht immer alles entschuldigen, was andere einem antun“, sagte sie. „Lass uns lieber zurückgehen. Hier weht der Wind ganz schön ungemütlich.“

„Ich, … ich wollte dir nur sagen, Hanna …“, begann Irene, als wir ins Zimmer zurückkehrten. „Also ich wollte dir nur sagen: Es tut mir leid, dass ich den Brief jeschrieben hab’. Habs nich so jemeint.“

„Ich ooch nich“, warf Renate ein. „Ich ooch nich. Hatte Bedenken dabei. Aber dachte, es ist nur Bleedsinn, was Irene da macht.“ „Ich finds bleed, wenn wir so rummaulen“, erklärte Irene finster. „Aber mit Martin, mit dem bin ich fertig.“ Sie verdrehte die Augen. „Karin sagt, ihr habt euch in Neubrandenburg getroffen. Hab’ mich furchtbar uffjeregt drieber. Is doch wahr! Wo wir das doch mit dem Brief verhindern wollten.“ Sie fuhr sich mit den Fingern durchs kurze Haar. „Krieg ich mal deine rosa Bürste, oder nich?“

Ich saß auf meinem Bett und betrachtete Irene nachdenklich. Es beeindruckte mich, dass sie ihren Fehler zugab und sich auch noch bei mir entschuldigte. „Klar, nimm sie dir einfach, die Bürste. Außerdem …, ich bin nicht mehr böse deswegen“, erklärte ich mit einem halben Lächeln. Anja packte gerade ihre Sticksachen in den Nachttisch. Sie sah überrascht auf und schwieg dazu. „Bestimmt ooch nich mehr böse?", fragte Irene misstrauisch. „Nein, ich habe es euch schon vergeben. Wenn es auch nicht so ein Spaß war, wie es sich Renate vorgestellt hat."

Renate holte tief Luft. „Is gut, wenn du nich mehr sauer bist. Ich finds furchtbar bleed, wenn man sich schpinnefeind is." „Ich ooch", bekannte Irene.

Anja war jetzt mit dem Aufräumen fertig und setzte sich auf den wackligen Stuhl, der neben ihrem Bett stand. „Da fällt mir wieder was ein", sagte sie. „Wir wollten der Trudi doch einen Streich spielen. Was haltet ihr von einem Gespenst, das sie in ihrem Zimmer findet, wenn sie schlafen gehen will? Wir könnten ihr eine gruselige Vogelscheuche hinstellen."

Renate nahm sich ein frisches Nachthemd aus dem Schrank und warf es auf ihr Bett. „Eijentlich hab' ich erst mal jenuch davon", erklärte sie skeptisch. „Obwohl …, wir wollten ihr ja schon längst mal eins auswischen." „Und wenn's rauskommt?", fragte Irene. „Was dann?"

„Muss ja nicht", meinte Anja zuversichtlich. „Wir können ja vorsichtig zu Werke gehen. Ich denke, eine Vogelscheuche die Ähnlichkeit mit Trudi hat, wäre goldrichtig."

Irene kratzte sich nachdenklich das Kinn. „Hoffentlich merkt se dann auch die Ähnlichkeit, die Trudi." „Aber wenn ses rauskricht, isse schrecklich beleidigt", meinte Renate, „und unser Maß an Ärger is schon voll." „Das können ja diesmal Hanna und ich machen", schlug Anja vor. „Am besten machen wir's erst zum Abschied. Wenn's rauskommt, kriegen wir dann keine Strafe mehr, weil wir nach Hause fahren." „Das ist schlau durchdacht", sagte Irene anerkennend.

Dunkel war es im Zimmer. Ich lauschte. Hatte draußen nicht jemand gerufen? Nur die gleichmäßigen Atemzüge der Mädchen hörte ich, und das laute Ticken meines Weckers. Dauernd musste ich an den vergangenen Nachmittag denken. Martin hatte mich wirklich geküsst! Er hat es wirklich getan! Und niemand, außer uns beiden, wusste davon. Das war unser Geheimnis.

Jetzt, wo ich mich daran erinnerte, war das nicht mehr peinlich, sondern überwältigend und aufregend. Wie ich in seinen Armen lag …, seine Lippen so weich, so warm …, und er war so nahe, so nahe …

Das Küssen selbst war es nicht, was mich so beunruhigt hatte, sondern das, was es in mir auslöste. Ihm ausgeliefert zu sein, weil ich ihn so schrecklich mochte, das war nicht zu ertragen. Ich schämte mich dann zu sehr vor mir selbst.

Als ich zwölf war, hatte mir ein älteres Mädchen erzählt, was Mann und Frau so taten, wenn sie intim miteinander waren. Entsetzt war ich nach Hause gelaufen. Meine Eltern hatten in der Waschküche gestanden und große Wäsche gemacht, als ich kam. Ich hatte die Tür aufgerissen und beide empört gemustert. So, als sähe ich meine Eltern zum ersten Mal. Papa war wütend gewesen, weil ich einfach die Tür zugeschlagen hatte. Danach war ich nach oben gelaufen, hatte mich aufs Bett gelegt und geheult.

So was Schmutziges hätte ich meinen Eltern nie zugetraut. Früher glaubte ich, dass man das nur machte, um Kinder zu zeugen. Aber das stimmte überhaupt nicht. Und wie nah war ich schon daran gewesen, so was mit Martin zu tun? Vielleicht wurde einem ja dann so seltsam zumute, wenn es soweit war und man achtete dann nicht mehr so auf sich selbst. Das war möglich. Und das passierte mir. So was passierte ausgerechnet mir. Wo ich Jungen deswegen abscheulich fand und das auch jedem sagte, der es hören wollte. Und wo ich das alles wusste, wie war es dann möglich, dass ich trotzdem so fühlte? Dass ich immer noch wünschte, Martin zu küssen? Konnte man Gefühle steuern? Und wenn das ging, wie machte man das? Wenn Carla hier wäre, die hätte sicher Rat gewusst. Mit ihr konnte man über alles reden. Über alles. Sollte ich mich davor hüten, mit Martin intim zusammen zu sein? Genügte es nicht schon, dass ich Martin jeden Tag sehen konnte? Dass er einfach da war? Wenn wir uns nicht küssten, wollte ich ihn wenigstens ansehen. Wissen, dass er da ist. Wissen, dass es ihn gibt. War das nicht was, für das sich das Leben lohnte?

Das Gespenst

„Ich habe eins gefunden", rief Irene pustend, „und das hat Trudis Größe! Renate, hilf mir mal schnell, das Ding reinzubringen. Es braucht ja keener von den anderen mitzukriegen."

Renate packte mit an. Gemeinsam stellten sie ihre Last gegen die triste Zimmerwand. Anja schloss die Tür, kniff ein Auge zu und musterte das Brett. „Also, so groß ist die Trudi niemals." „Macht nichts", winkte Irene ab, „es is ja nur für'n Körper. Da kommt ja noch was drieber." „Ich hab' ein ganz altes Nachthemd. Hab' ich mir gestern entzwei gerissen. Ich brauch' es nicht mehr", verkündete ich aufgeregt. „Hier, das eignet sich gut zum Verkleiden. Es sieht so richtig gespenstig aus und schlottert dem Ding schön um den Körper." Irene nahm mir das Hemd ab und hängte es über das Holzbrett. „Gut sieht das aus!", rief Anja, „Aber das Ding ist noch lange nicht fertig. Wir müssen ein dickes Kissen daran festbinden, das als Oberkörper dient. Mit der Pudelmütze, die Irene gestiftet hat, wird Trudis Ebenbild einfach hinreißend aussehen. Wir brauchen aber auch noch ein paar andere Sachen …"

Sinnend stellte Anja sich vor die Latte mit dem übergeschlagenen Nachthemd. „Hoffentlich verliebt sich Trudi nicht noch darin. Sonst wäre ja die ganze Wirkung weg."

„Wie meinst du das denn, Anja?", fragte ich.

„Na, wenn sie verliebt ist, ist sie doch nicht mehr schockiert von dem Ding." „Ach so meinst du das." Als das Gespenst fertig war, zupfte und zerrte Renate noch immer daran herum. „Nun lass das doch", tadelte Irene. „Wo es doch so schön geworden ist!" „Für Trudi kann es nicht schön genug werden", erklärte Renate, „Aber ähnlich sieht es ihr nich grade." „Macht nischt", sagte Irene, „aber ulkig isses trotzdem."

Trudi saß im Aufenthaltsraum, in ein Buch vertieft. Bald würde sie herunter kommen, um schlafen zu gehen, was immer zur gleichen Zeit geschah.

Anja und ich schleppten das Monstrum durch den langen Flur in

Trudis Zimmer. Hier mussten wir uns durchtasten, weil wir die Lampe nicht anknipsen wollten, die von der Decke herabhing. An Trudis Bett, zwischen Kopfende und Wand, bekam das Gespenst einen würdigen Platz.

Schnell hasteten wir zur Treppe zurück. Hier versteckten wir uns darunter in einer dunklen Einbuchtung. Eine ganze Weile verharrten wir. Jetzt knarrten die Stufen. Trudi kam, um ihren Schlafraum aufzusuchen. Wir lauschten auf jeden Schritt, den unsere Gruppenleiterin machte. Da, ein Poltern. Es folgte ein scharfer, schriller Schrei. Diese Geräusche drangen aus Trudis Zimmer zu uns. Wieder ein Poltern, dann Totenstille. Wie von Furien gejagt rannten wir in unser Zimmer zurück. „Es hat geklappt! Es hat geklappt!“, rief Anja und warf sich aufgeregt aufs Bett, um sich dort zu verschnaufen.

„Ich glaube, sie hat sich wahnsinnig erschrocken“, sagte ich, „weil sie so geschrieen hat.“ Trudi tat mir leid. Doch es gab keinen anderen Weg, als ihr einen Streich zu spielen. Schließlich wollte ich es mir mit Irene und Renate nicht noch einmal verderben.

Die Abschiedsfeier

Trudi hatte schlechte Laune, und nur wir vier Mädchen wussten warum. Sie trug ihren nächtlichen Spukschreck nicht beim Appell vor. Mit Herrn Pilz wollte sie darüber reden; doch ihr Anliegen ging im Trubel der Aktivitäten unter.

Ich bekam für meine Handarbeit den ersten Preis. Die blonde Hilde war neidisch darauf, weil sie nur auf Platz zwei kam. Anja war glücklich, dass ihre Arbeit als die drittbeste bewertet worden war. Es gab Bücher als Lohn.

Zwei kleine Bände bekam ich, die ich anfangs achtlos beiseite und später in den Koffer legte. Das eine Buch handelte von Marx und Engels. „Proletarier aller Länder, vereinigt euch", stand auf dem Umschlag. Das andere Buch handelte von Karl Liebknecht und Rosa Luxemburg.

Martin war plötzlich hinter mir und streckte die Hand nach dem preisgekrönten Deckchen aus. „Zeig mal her. Das hast du wirklich schön gemacht", lobte er, „Ich versteh' nicht viel davon, aber es sieht sehr korrekt gemacht aus. Auch auf der Rückseite der Decke." Er nahm meine Hand. Sie lag in seiner und er betrachtete sie eine Weile. „Ich habe noch nie so kleine Hände bei einer Frau gesehen", flüsterte er und sah mir liebevoll in die Augen. Ich erschauerte dabei und spürte ein Kribbeln im Rücken, wie eine Welle, die darüber hinweg ging. Mein Gesicht lief rot an. Beschämt blickte ich zur Seite. Martin tat, als merke er es nicht.

Die Mädchen hinter mir kicherten. Schnell zog ich die Hand zurück.

„Wir sehen uns nachher bei der Feier", wich ich Martin aus. „Meinen Koffer muss ich auch noch packen."

Er hielt mich am Arm fest. „Ich muss dich heute unbedingt noch unter vier Augen sprechen", flüsterte er mir zu, „Es ist wichtig. Schließlich fahren wir morgen schon zurück nach Magdeburg."

Trudis Miene hellte sich auf, als die Jungen „Hänsel und Gretel" aufführten. Das Stück wurde von dem pausbäckigen Ralf und dem dürren, langen Jochen originell gespielt. Ralf lispelte fortwährend mit hoher Stimme, und Jochen mimte immer wieder die alte Hexe nach, die ihre Finger zwischen die Gitterstäbe steckte. „Sie sind noch nicht fett genug, sie sind noch nicht fett genug“, jammerte er. Die Hexe wurde von der drallen Hilde gespielt. Sie machte ihre Sache gut. Bis das Kissen, das als riesiger Buckel auf ihrem Rücken thronte, herunterfiel. Da wusste sie nichts mehr zu sagen. Das Spiel bekam so eine komische Wendung. Plötzlich verwandelte sich die Hexe zu einem jungen Mädchen.

Danach trat Renate als Ansagerin vor. Sie verbeugte sich vor dem Publikum. „Und jetzt seht ihr ein Stück von Maxim Gorki. Es heißt: „Die letzte Frisst“.

Im Gänsemarsch traten wir ein, die Köpfe in große Tücher gehüllt. Unsere Gruppe ging schweigend im Kreis, einmal über die Bühne. Schweigend marschierten wir von der Bühne. Ich als letzte. Ich kaute, für alle erkennbar, an einem übergroßen Marmeladenbrot, bis wir von der Bildfläche verschwanden.

Wieder trat Renate vor.

„Das war das Stück „Die letzte Frisst“, sagte sie eindringlich und verschwand ebenfalls. Es gab viel Beifall.

„Das habt ihr gut gemacht“, sagte Martin lachend und beugte sich zu mir hinunter. „Vergiss unsere Verabredung nicht. Nach dem Abendbrot erwarte ich dich hinter dem Haus am Holzstapel“, flüsterte er. „Wenn ich kann“, flüsterte ich zurück, „werde ich kommen.“

Er wandte sich gleich wieder seinen Jungs zu, die heute zur Feier des Tages blaue Hemden und Tücher trugen.

Abends am See

Ich hatte meinen blauen Rock mit den roten Spitzenvolants angezogen. Das gewagte Stück, das ich nur zu besonderen Anlässen tragen wollte. Ein weitschwingender Petticoat fehlte allerdings noch darunter, aber so was war einfach zu teuer. Wenn ich erst Geld verdiente, wollte ich mir so ein Stück zulegen. Über der weißen Bluse trug ich meine blaue Strickjacke, weil es zum Abend hin etwas kühl werden konnte.

Die Mädchen warfen mir neidische Blicke zu, als sie sahen, was ich trug. Ich fühlte mich nicht wohl in meiner Haut, doch ich wollte schön sein. Schön für Martin.

Der lange Jochen reckte den Hals nach mir. „Schade, dass wir morgen zurückfahren. Ich finde dich Klasse. Ich würde sofort mit dir gehen, wenn ..."

Ich lächelte geschmeichelt, aber etwas von oben herab. Er starrte mir fasziniert hinterher.

Martin war schon da. Er roch nach dem Eau de Cologne seines Vaters, was mich heute nicht störte. Die Haare hatte er sich mit Pomade frisiert. Sie glänzten speckig. In Gedanken versunken starrte er auf die Holzbohlen, die erst vor kurzem wieder aufgestapelt worden waren. Der Tümpel hinter dem Haus war ausgetrocknet.

Er sah mir entzückt entgegen „Lass uns abhauen. Nichts wie weg von hier."

Ich schwieg dazu, aber folgte ihm. Wir nahmen den Weg, der sich zwischen den Hügeln in einer Talmulde verlor und dann am See weiterführte. Das Wasser schimmerte dunkel. Der laue Wind bewegte die zahlreichen Büsche kaum. Martin fasste meine Hand. Eine Weile gingen wir schweigend und einträchtig. Dann stolperte ich. Er packte fest zu und blieb mit mir stehen. „Ich möchte wissen, warum du mir in letzter Zeit immer ausgewichen bist", sagte er vorwurfsvoll. „Hab' ich dir vielleicht was getan?" „Nein, das nicht, aber ..."„Was aber?" „Ich ..., ich weiß auch nicht", wich ich aus und ging weiter.

Er folgte mir. „Ich hab' mich wirklich bemüht, mit dir zu reden und mich mit dir zu treffen. Aber du bist mir immer entwischt", sagte er aufgebracht.

„Es ..., es hat sich eben so ergeben", stotterte ich, „es war keine Absicht."

Er atmete tief die Luft ein. „Und ich dachte schon, du magst mich nicht mehr."

„Son Quatsch", sagte ich heftig, „was solltest du mir denn getan haben, dass ich dich nicht mehr mag?"

Wir waren jetzt an der Mulde angekommen, durch die der Weg zum Wasser führt. Martin blieb erneut stehen und lehnte sich an einen Baum. „Hast du schon mal wieder von mir geträumt?"

„Nein, hab' ich nicht", sagte ich gepresst. Er musterte mich finster. „Ich glaube nicht, dass du mich wirklich magst. Ich glaube, du bist mir doch ausgewichen. Dabei fahren wir morgen fort von hier."

Er nahm mich an die Hand, drückte so stark zu, dass es schmerzte und zog mich an sich. „Ich muss wissen, ob du mich wirklich gern hast", sagte er bestimmt. Ich wich seinem Blick aus. „Wäre ich sonst zu unserer Verabredung gekommen?" „Das braucht nichts zu bedeuten, wenn ein Mädchen mit einem Jungen am See entlanggeht", erklärte er ungeduldig, „Ich möchte wissen, was du so über uns denkst."

„Was soll ich schon über uns denken?" „Am Anfang dachte ich, du magst mich. Ich hatte einfach das Gefühl, dass du mich magst", sagte er und ließ mich los. „Tu ich auch." „Dann beweis' es mir." „Und wie?" Er sah mich eindringlich an. „Ich sag's dir gleich." Am Wasser schrie ein Vogel, dann herrschte wieder Stille. „Was macht eigentlich deine Mutter so?", fragte ich plötzlich.

„Wie kommst du denn jetzt auf meine Mutter?", sagte er entgeistert. „Ich hab' doch noch nie über sie gesprochen!"

„Nur so. Es könnte ja sein, du hast keine. Weil nur dein Vater und du hier seid. Ich kann mir nicht vorstellen, dass meine Eltern mal getrennt vereisen“, sagte ich nachdenklich. „Eigentlich sind meine Eltern noch nie verreist.“

Martin lächelte. „Ich hab’ zu Haus noch drei Brüder. Sie sind jünger als ich. Außerdem arbeitet meine Mutter in der „O+G KONSERVE“ im Büro. Sie ist in der Personalabteilung beschäftigt. Einer muss zu Hause bleiben. Wegen der Jungen, weißt du? Sie bekommt erst später Urlaub.“

Vor uns klaffte ein großes Loch, das man im Dämmerlicht schlecht erkennen konnte. Martin drückte meinen Arm. „Pass auf, da ist eine tiefe Mulde!“

Draußen wurde es zusehends dunkler. Geruch von frischen Gräsern lag in der Luft. Von hier aus konnte man das Ferienhaus sehen, in dem jetzt die Lichter aufflammten. Es wirkte wie eine warme Quelle, zu der wir zurück wollten. „Sie werden uns schon vermissen“, sagte ich und sah zu den erleuchteten Fenstern hinüber. „Glaub’ ich nicht“, sagte Martin, „lass uns noch eine Weile hier bleiben. Wir könnten uns hinsetzen. Das Gras ist hier so schön weich.“

„Nein, lass uns lieber weitergehen“, sagte ich hastig. „Warum willst du dich nicht mit mir hinsetzen?“

„Ich, ich weiß nicht. Ich glaube, wir müssen zurück. Die anderen merken doch, dass ich nicht da bin.“ Martin riss eine Menge Blätter vom Busch ab, an dem wir standen. Gleich darauf verstreute er sie ringsum. „Na und? Was ist dabei, wenn sie es merken?“ „Ich weiß nicht.“ „Außerdem ist heute unser letzter Tag. Und dann sehen wir uns nie wieder.“ „Ich weiß.“ „Und trotz allem stellst du dich so an?“ „Ich stell’ mich nicht an“, sagte ich und hielt seinem intensiven Blick stand. „Doch!“ Er pustete mir eine Haarlocke aus den Augen. „Beweise mir, dass du mich magst“, sagte er leise, „beweis’ es mir.“ „Und wie?“ „Küss mich!“ Martin kam so nahe, dass ich seinen Atem spürte.

Mein Herz begann rasend schnell zu schlagen. „Ich …,ich kann nicht“, stotterte ich. „Ich kann es nicht tun.“ Martin nickte grimmig.

„Hab's mir fast gedacht. Lass uns zurückgehen. Bis wir am Haus sind, kannst du es dir ja noch überlegen."

„Das siehst du total falsch", sagte ich und spürte seine plötzliche Kälte schmerzlich. Wie sollte ich es fertig bringen, ihn einfach zu küssen? Wie die Mauer durchbrechen, die sich zwischen uns aufgebaut hatte? Und wenn ich es wirklich machte, wie sollte ich mit den in mir aufwallenden Gefühlen fertig werden? Eine ganze Weile gingen wir schweigend, dann begann Martin zu reden. „Hab' ich mir gedacht", sagte er enttäuscht und sah zum Haus hinüber. „Hab' ich mir doch gleich gedacht." „Was hast du dir denn gedacht?" „Dass du mich nicht liebst", sagte er finster. „Und warum glaubst du das?" „Wenn du mich noch nicht mal küssen willst …" Ich wollte ihm erklären, dass ich mich nicht traute, das zu tun, und warum das so war. Ich konnte nicht mit ihm darüber reden. Das Thema war zu peinlich. Kurz bevor wir das Haus erreicht hatten, dessen Umkreis von einer Laterne erhellt wurde, blieb er stehen. „Eins begreif' ich nicht!", sagte er aufgebracht. „Wie ist es nur möglich, dass du mich neulich so heiß geküsst hast und dass du dich jetzt so dagegen sträubst? Das erklär mir mal."

„Es kam eben so. Einfach so", versuchte ich zu erklären und sah ihn unsicher an. „Wenn du es verlangst, kann ich das nicht."

„Das versteh' ich nicht", sagte er finster, „das versteh' ich einfach nicht."

Ich überlegte verzweifelt, dass ich Martin um alles in der Welt nicht verlieren wollte. Im Moment konnte ich nichts dagegen tun. „Wir sehen uns morgen", sagte er enttäuscht, als wir im Flur ankamen, „Wir beide fahren mit demselben Zug zurück." Es tat so weh, ihn verloren zu haben. Es tat so weh.

„Wo warst du denn so lange. Hanna? Etwa mit deinem Liebsten weg?", fragte Irene spöttisch, als ich ins Zimmer zurückkehrte. Dort wurden eifrig Koffer gepackt. Jetzt sahen alle auf und musterten mich.

„Klar", gab ich schnippisch zurück, „warum auch nicht?" Ich ging an den Schrank, öffnete ihn und zerrte meine Garderobe vom Bügel, die ich auf das Bett warf. Anja sah mich erschrocken an. So kannte sie mich noch nicht.

Renate legte ein paar Wäscheteile in ihren Koffer, sah auf und kam zu mir herüber. „Ihr habt euch wohl geküsst?" „Nee, haben wir nicht." „Klar habt ihr." „Haben wir nicht." Renate grinste. „Aber du hättest es gern gehabt, was?" „Hätte ich nicht."

Sie winkte ab. „So was macht der Martin ooch nich. Da kannste lange druff warten. So ville kenn' ich ihn ooch schon."

Anja, die bisher nur zugehört hatte, sah mich mitleidig an. „Der Abschied fällt dir sicher nicht leicht, was? Dein trauriges Gesicht gefällt mir überhaupt nicht."

Ich schluckte, wandte mich ab und antwortete nicht. Wie schwer es mir heute fiel, mich zu beherrschen, um nicht gleich loszuheulen. Ich begann, hastig meine Sachen zusammenzulegen, die ich auf das Bett geworfen hatte. Der Koffer musste noch fertig gepackt werden. Ich machte alles, was ich tun musste, wie ein Automat. In meinem Kopf ging immer nur ein Gedanke herum: „Jetzt ist alles aus mit Martin!"

Die Verabredung

Bis jetzt hatte Martin mir gegenüber gesessen. Gerade war er hinausgegangen. Die ganze Zeit über hatten wir kaum ein Wort miteinander gewechselt, aber er hatte immer wieder meine Nähe gesucht. Gleich als wir mit unseren Koffern im Lastwagen zum Bahnhof fuhren. Er war auf einmal neben mir. Wir wurden durcheinandergerüttelt und er hielt mich fest …

„Du bist heute so ernst. Ihr habt euch gestritten, stimmts?", fragte Anja, die neben mir im Zug saß.

„Du hast recht", sagte ich unglücklich, „es ist aus. Dabei hat es noch nicht mal richtig angefangen." Anja blickte mich nachdenklich an. Sie strich sich eine widerspenstige, rote Locke aus der Stirn. „Ich wohne in derselben Straße wie Martin. Ich könnte es dir schreiben, wenn etwas Wichtiges passiert. Die Leute erzählen viel rum. Da kriegt man einiges mit, auch wenn man sich nicht mit seiner Mutter oder ihm unterhält."
„Das wäre schön, wenn du das tätest."

Anja lächelte. „Mach' ich gern. Wir wollten uns doch sowieso schreiben. Unsere Adressen haben wir deswegen doch schon längst getauscht."
„Mit Irene und Renate würde ich mich nicht so gern schreiben." Anja blickte zu den beiden Mädchen hinüber, die etwas weiter entfernt saßen und sich angeregt unterhielten. „Du bist mit ihnen eigentlich nie so richtig warm geworden." Ich nickte. „Das stimmt, aber es lag nicht nur an mir. Die hatten gleich eine Abneigung gegen mich. Weil ich aus dem Westen komme." „Aber später ging das einigermaßen, nicht?" „Ja, später war das besser. Aber so richtig war das nie was. Mit uns beiden ist es anders." „Ich mag Irene und Renate auch nicht besonders. Übrigens, sag mal, was hältst du davon, wenn du mich morgen Vormittag besuchst? Du hast doch bestimmt noch Zeit bis zu deiner Rückfahrt. Heute übernachtest du ja erst mal wieder in Magdeburg." „Wenn möglich, komme ich zu dir. Das heißt, wenn ich noch Zeit habe …" „Würde mich echt freuen. Wir könnten dann in die Stadt fahren und in den Zoo gehen."

Ich lächelte schmerzlich, als Martin zurückkam und sich zu uns setzte. Das Gespräch mit Anja verstummte.

Der Himmel war den ganzen Tag über bedeckt, die Luft schwül. Draußen begann es zu regnen.

Ralf stürmte ins Abteil: „Habt ihr es eben donnern gehört? Es gibt bestimmt ein Gewitter. Das finde ich toll! Hoffentlich fällt Irene dann vor Schreck von der Sitzbank!“, rief er mir zu.

Ich fasste ihn am Ärmel, als er weiter wollte. „Du darfst nicht so gehässig sein“, sagte ich. „Ich bin nun mal 'n jehässiger Vogel“, sagte Ralf lachend. Hab' keine Zeit. Muss zu Karin. Sitze mit ihr da ganz hinten! Tschüß bis nachher!“

Martin sah Ralf missmutig nach, strich über seine frisch frisierte Haartolle, wandte sich ab und sah durch das schmutzige Fenster nach draußen, wo der Regen niederprasselte, und schwieg.

Anja musterte mich nachdenklich, dann erhob sie sich vom Sitz. „Ich muss zu Marlene. Hab' ihr ein Buch geborgt. Das hat sie mir noch nicht zurückgegeben. Wenn ich's mir nicht hole, kriege ich's von der nie wieder.“

Ich saß jetzt mit Martin allein. Irene sah neugierig herüber, als Martin sich mir zuwandte. „Hast du morgen Vormittag Zeit?“, fragte er mit verhaltener Stimme. „Du bist morgen doch noch in Magdeburg, oder?“

„Wahrscheinlich.“ Er sah mich ernst an. „Überleg's dir. Ich muss mit dir reden.“

„Und hier geht das nicht?“ „Nein. Es sind zu viele Leute hier. Wenn du kannst, komm' um zehn morgen Vormittag.“ Ich sah ihm traurig in die Augen. „Und wohin?“

„An den alten Markt, wo die Ruine der Johanniskirche steht. Wirst du das finden?“

„Ich will es versuchen“, versprach ich und wagte ein zaghaftes Lächeln. „Wenn wir erst am Nachmittag zurückfahren, könnte das klappen.“

„Das wär' schön“, erklärte er, kam näher, pustete mir eine Strähne aus der Stirn, wie er es am Abend vorher gemacht hatte und erwiderte mein Lächeln. Draußen stahl sich ein Sonnenstrahl für einen Moment durch die dicken Wolken und blendete meine Augen.

Anja kam aufgeregt herein. Martin wandte sich ab und blickte schweigend aus dem Zugfenster. „Diese blöde Ziege will mir doch das Buch nicht zurückgeben!“, empörte sich Anja. Ihre Wangen waren hochrot. „Der Marlene borge ich nie wieder was. Die behauptet auch noch, ich hätte ihr das Buch nie gegeben!“

„Man lernt nie aus“, bemerkte ich sachlich. „Man muss sich tatsächlich die Leute aussuchen, denen man wertvolle Bücher leiht.“ „Wenigstens du verstehst mich“, erklärte Anja. „Manche sind richtig blöd. Schade, dass wir uns heute trennen. Aber vielleicht sehen wir uns ja morgen.“ Sie kramte in ihrer Umhängetasche, wickelte dann ihr Butterbrot aus, das sie mitbekommen hatte. „Hast du keinen Hunger?“ „Komisch, ich hab’ überhaupt keinen Appetit“, stellte ich fest. „Versteh’ ich nicht. Ich könnte immerzu essen“, erklärte Anja mit vollen Backen, „aber dicker werde ich trotzdem nicht.“

Über dem Wald, an dem wir vorbeifuhren, zuckte ein Blitz, der sich sofort darin verlor. Irene kreischte auf. Von ganz hinten konnte man Ralfs Lachen hören.

Martins Blick suchte meine Augen. Ich wich ihm nicht mehr aus. Wir schwiegen und sahen uns an. Ein Funke zündete zwischen uns.

Die Lüge

Über Magdeburg ging ein Gewitter nieder, als wir ankamen. Die Bahnsteige waren wie leergefegt. Das änderte sich, als sich die Türen des Zuges öffneten. Aus Ecken und Nischen traten Leute hervor, die dort vor dem Unwetter Schutz gesucht hatten.

„Renn nich so, Renate", jammerte Irene, „lass' mich doch nich alleene." Sie zuckte zusammen, als ganz in der Nähe der Blitz einschlug und hielt sich bei der Freundin am Jackenärmel fest.

Martin drehte sich nach mir um und winkte mir nach. Jetzt eilte er auf eine dunkelhaarige gepflegte Frau zu, die ihn strahlend begrüßte. Die Ähnlichkeit zwischen ihm und seiner Mutter war nicht zu übersehen. Herr Pilz gesellte sich zu ihnen. Beide fassten die Frau unter und gingen mit ihr davon.

In ein riesiges Regencape gehüllt eilte eine Gestalt den Bahnsteig entlang. Sie hatte einen feuerroten Schirm über ihr Wuschelhaar gespannt, der als bunter Fleck von dem tristen Einerlei der Umgegend abstach.

„Hallo Hanna", rief die Frau, „hier bin ich!" „Hallo Frau Groller! Beinahe hätte ich Sie nicht erkannt", sagte ich überrascht.

„Du hast ja ein Unwetter mitgebracht", stöhnte Frau Groller, „komm schnell mit unter meinen Schirm. Sonst bist du bei dem Platzregen gleich durch. Gib her, ich nehme deinen Koffer!" Ich stieß einen kleinen spitzen Schrei aus, als mir das Wasser vom Schirmrand in den Jackenkragen lief. Die Frau achtete in ihrem Eifer nicht darauf. „Müffelchen …, äh, ich meine Herr Groller wartet draußen vor dem Bahnhof im Wagen auf uns", erklärte sie. „Lass uns eilen." Mit schnellen Schritten verließen wir den Bahnhof. Ich schlug den Jackenkragen hoch und versuchte, mit ihr Schritt zu halten. Herr Groller strahlte und strich sich über sein Bärtchen. „Hallo Hanna! Rein ins Auto ihr beiden, und dann erst mal nichts wie weg!", rief er und startete den Wagen.

Auf der Straße klatschte das Regenwasser nieder. Ein Blitz machte für Sekunden die Umgebung grell. Herr Groller fuhr wegen der schlechten

Sicht äußerst vorsichtig. Als wir am Haus waren, hatte der Regen etwas nachgelassen. „Oh wie gut, dass wir im Trocknen sind", sagte Frau Groller erleichtert und schüttelte am Eingang ihr Regencape aus.

„Mach's dir gemütlich, Hanna. Ich muss gleich in die Küche. Ich habe zur Feier des Tages einen Braten in der Röhre." Ihr Mann ging mit mir ins Wohnzimmer. Dort steckte er sich sein gewohntes Pfeifchen an. „Unsere Mädchen sind leider noch nicht aus den Ferien zurückgekehrt. Schade, dass sich für dich nicht die Gelegenheit geboten hat, sie kennen zu lernen", sagte er gemütlich paffend.

Ich versank in die Polster des Schlaraffia-Sofas und nickte ihm verbindlich zu. Entgegen seiner Meinung fand ich das nicht schade. Im Moment hatte ich von Bekanntschaften genug. „Wann fahre ich morgen eigentlich zurück?", fragte ich interessiert.

Herr Groller sog an seiner Pfeife und sah mich nachdenklich an. „Soviel ich weiß, wollt ihr morgen erst noch Mittag essen. Hast du was vor?"

„Ich … wollte mit Anja in den Zoo", sagte ich hastig, „ich soll sie von zu Hause abholen.

Frau Groller kam mit einem Stapel buntbemalter Teller herein und stellte sie auf dem Tisch ab. „Klar, warum nicht?", mischte sie sich ein. „Du hast noch eine Verabredung? Ist in Ordnung."

„Verabredung?" fragte ich und spürte, dass ich im Gesicht rot anlief. Ich dachte an Martin. Anja würde ich einen Brief schreiben und mich bei ihr entschuldigen. Schließlich hatte ich die Absicht, sie morgen zu versetzen.

Seine Grübchen wurden sichtbar, als Herr Groller lachte: „Na, na, deswegen brauchst du nicht verlegen zu werden. Es sei denn, du würdest dich heimlich mit einem jungen Mann treffen."

„Na du machst ja Witze, Müffelchen", rief Frau Groller. „So was macht die Hanna doch nicht!" Sie begann den Tisch zu decken. „Sag mal, wirst du denn da überhaupt hinfinden? Ich könnte dich mit meinem Wagen hinbringen."

Ich winkte ab: „Kein Problem. Anja hat mir erklärt, wie ich fahren muss. Außerdem wird sie mich von der Straßenbahn abholen", log ich.

„Na, dann kann ja nichts schief gehen", sagte Frau Groller.

Herr Groller sog an seiner Pfeife und paffte Wölkchen in die Luft „Hanna ist sehr schüchtern", erklärte er amüsiert.

„Aber Müffelchen", sagte seine Frau vorwurfsvoll, „so was musst du nicht sagen." Sie nahm meine Hand und drückte sie. „Übrigens Mädchen, wenn du noch Geld übrig hast, kannst du doch morgen für deine Mutter etwas Schönes kaufen. Es gibt hier einige Porzellangeschäfte, die wunderhübsche Sachen anbieten. Lauter reizende Kleinigkeiten zum Verschenken. Drüben ist dein Ostgeld nicht viel wert." „Ich werde dran denken. Wenn ich mit Anja im Zoo war, mache ich das."

Nach dem Essen tranken wir ein Glas Wein. Frau Groller bekam davon rot angehauchte Wangen. Wir saßen nicht mehr lange zusammen und Herr Groller verabschiedete sich. Seine Frau holte frische Wäsche und bezog mit mir das Bett, das sie aus dem Sofa hervor holte. „Ich werde dich morgen früh wecken, damit du deine Verabredung nicht versäumst", versprach sie, kam heran und legte den Arm um mich. „Nun sag doch mal, wie war es denn *wirklich* so am Tollensesee?" „Gut war's." „Gut? War alles gut?" „Ja. Das Essen, die Gegend, der See und …", zählte ich ungeduldig auf, „einfach alles." „Und die sanitären Anlagen?" „Es ging. Ich fand's nicht ungewöhnlich." „Ich habe gehört, ihr hattet nur kaltes Wasser zum Waschen." Sie schüttelte sich. „Einfach grässlich muss das sein."

Die Grollers brauchten es nicht zu wissen, dass aus unserem Wasserhahn zu Hause nur kaltes Wasser floss. Wollte man es anders haben, musste man sich das kühle Nass im Topf warm machen. Ich fand das nicht so schlimm wie sie.

Frau Groller wandte sich empört ab und strich das Bett glatt. „Aber es ist doch unangenehm, wenn man seine Periode hat, das kalte Wasser. Oder hast du so was noch nicht?" „Doch. Schon", sagte ich gedehnt.

„Und dann nur mit kaltem Wasser waschen? Puh! Einfach grässlich!" „Ich bin entsetzlich müde", sagte ich ablenkend. „Dabei weiß ich nicht, ob ich einschlafen kann. Ich bin richtig aufgedreht. Morgen mit Anja zum Zoo und dann die Heimfahrt." Frau Groller strich mir übers Haar. „Gute Nacht, mein Mädchen. Morgen schläfst du wieder zu Hause in deinem eigenen Bett." Als es im Zimmer dunkel war, schloss ich die Augen. Es war mir, als würde ich noch immer im Zug sitzen. Und Martin neben mir. Was mochte er gerade tun? Ich sehnte mich so nach ihm. Was mochte er von mir denken? Und hoffentlich würde morgen alles klappen, was ich mir vorgenommen hatte.

Die trauernde Magdeburg

Die Wolken zogen sich zusammen. Schon wieder sah es nach Gewitter aus. Es schien in diesem Jahr keinen normalen Sommer mehr zu geben. Die Luft drückte schwül und schwer aufs Gemüt. Ich hatte mir meine blaue Strickjacke über den Arm gehängt und schlenderte über den Alten Markt. Schließlich gelangte ich zur Ruinenfassade des Rathauses. Davor befand sich ein großes Transparent mit der Aufschrift: „Es lebe der Weltfrieden". Überall lagen Steine und Trümmerhaufen, die ich umging. So erreichte ich die Ruine der Johanniskirche. Mein Herz schlug schneller, als ich *ihn* entdeckte.

Martin wartete an einem halb durchgebrochenen Pfeiler. Er trug dunkelblaue Hosen, ein weißes Hemd und stand mir abgewandt, mit untergeschlagenen Armen.

„Martin!"

Er musterte mich ernst. Förmlich gab er mir die Hand, ließ sie dann aber nicht los und zog mich mit sich. „Gleich gibt's einen Wolkenbruch. Komm ein Stück weiter!" Martin zeigte auf den unebenen Boden, der von Trümmern übersät war.

„Pass' auf. Da sind überall dicke Brocken. Sie versperren einem hier überall den Weg. Hast du gut hergefunden?"

„Ich habe ein paar Leute gefragt. War kein Problem", berichtete ich hastig. „Sieh mal, da steht Martin Luthers Denkmal", sagte er und ließ meine Hand los. „Hier in dieser Kirche hat er mal gepredigt. Das war vor fast dreihundert Jahren." „Aber die Kirche ist jetzt eine Ruine. Alles ist hier kaputt", stellte ich fest. „Dabei ist der Krieg doch schon seit elf Jahren vorbei. Bei uns siehst du solche Ruinen nicht. Die Bomben haben meine Heimatstadt fast verschont. Sie sind über Braunschweig niedergegangen. Aber auch da sieht es nicht mehr so schlimm aus wie hier. Vieles ist da schon wieder aufgebaut worden."

„Bei uns geht das eben nicht so schnell mit dem Wiederaufbau wie bei euch", sagte Martin und krauste die Stirn, „Am 16. Februar 1945 legte ein schwerer Bombenangriff innerhalb von vierzig Minuten ganz Magdeburg in Schutt und Asche."

„Du hast aber gut aufgepasst in der Schule."

Martin zuckte die Achseln. „So was weiß man doch von seiner Heimatstadt." Er sah besorgt zum Himmel, als ein Blitz zuckte. „Lass uns lieber reingehen. Unter den Torbogen da. Der wird uns schützen. Hier war mal die Hauptkirche der Altstadt. Ich kann mich noch erinnern, dass ich …" Er stockte, als hätte er vergessen, was er sagen wollte und legte beide Hände auf meine Schulter. Er sah mir in die Augen.

Eine heiße Welle stieg in mir auf. Ich spürte, dass sich mein Gesicht rot färbte. Verlegen wich ich seinem Blick aus und entdeckte eine sonderbare Figur. „Sieh mal, die Statue da! Die Frau ist so echt, als lebte sie inmitten der Trümmer dort. Soll sie die Maria darstellen?"

Er folgte meinem Blick und schüttelte den Kopf. „Das ist die trauernde Magdeburg. Sie hat schon mehrmals getrauert. Das erstemal 1631, als Graf Tilli mit den Kaiserlichen ganz Magdeburg in Schutt und Asche legte. Und dann, gute dreihundert Jahre später, der erste Weltkrieg. Da gab es Männer, die sich in dieser Zeit besonders verdient gemacht haben. Otto Guericke zum Beispiel. Hat die Magdeburger Halbkugel erfunden. Schon mal was davon gehört?"

„Nein", sagte ich und senkte den Kopf. Sein Blick wurde zu intensiv.

„Bitte sieh mich an, Hanna", bat er und strich mir zärtlich übers Haar. Mein rotgemustertes Chiffontuch löste sich daraus. „Du sollst mich ansehen, Hanna. Ich möchte es. Bitte!"

Es war fast dunkel geworden, als der Himmel alle Schleusen öffnete. Im Schein des Blitzes konnte ich ein Glitzern in seinen Augen erkennen. Er drückte mich sanft an sich. Ich fühlte eine Welle der Wärme und Geborgenheit, die sich wie eine schützende Hülle um uns breitete. Eine ganze Weile standen wir so. Ich hätte es hier mit ihm ewig ausgehalten. Doch dann hellte es sich wieder auf.

Jetzt wurde die trauernde Magdeburg mit einem Strahlenkranz versehen, weil die Sonne sie von hinten mit Licht überflutete. Doch ihre Augen waren tot wie vorher. Martin hielt mich noch immer fest. „Küss mich zum Abschied“, sagte er, „mach das von gestern Abend wieder gut!“ Ich löste mich von ihm. „Ich muss gehen.“ Er zerrte sein etwas zu knappes Hemdbündchen zurück und sah auf seine Armbanduhr. „Quatsch, du musst noch nicht gehen. So spät ist es noch nicht. Jetzt kannst du nicht mehr kneifen. Du musst ehrlich zu mir sein. Bedenke, dass wir uns heute zum letzten Mal sehen.“ „Ich kann nicht.“ „Was? Nicht ehrlich sein?“ „Quatsch, nicht küssen.“ „Und warum nicht in Gottes Namen? Warum nicht?“

„Ich … weiß nicht.“ „Du magst mich doch, oder? Warum bist du sonst zu unserer Verabredung gekommen?“ „Du verstehst das nicht“, sagte ich und blickte verzweifelt auf die helle Frauengestalt, die in ein langes Gewand gehüllt war, das bis zur Erde hinabreichte. Das Schwert in ihrer Hand hielt sie gesenkt.

Martin packte mich an den Schultern, dass es schmerzte. „Erinnere dich, dass du es schon mal konntest. Und da *wolltest* du es auch.“ Er sah mich unverwandt an. „Wir werden uns lange nicht mehr sehen. Vielleicht sehen wir uns nie mehr wieder.“

Ich senkte bestürzt die Lider. Er hatte recht. Dabei tat es so weh, daran zu denken, dass wir uns nie mehr wiedersehen sollten. Ich schwieg betreten und starrte zur trauernden Magdeburg hinüber. Plötzlich zog Martin mich zärtlich an sich und es war, als würde die Statue lächeln. Sein Gesicht war da. Ich spürte seinen Mund auf meinen Lippen. Das warme, feste Fleisch seines Rückens fühlte ich, an dem ich mich festhielt, als ich seinen Kuss erwiderte, trunken vor Glück. „Es hat mich wahnsinnig gemacht, dass du es nicht wolltest, meine Süße“, flüsterte er mir ins Ohr, „wahnsinnig! Ist doch egal, wer den Anfang macht, wenn wir uns lieb haben.“

Sanft strich er mir übers Haar, wie vorhin. „Was soll ich nur ohne dich machen. Jetzt, wo ich merke, wie sehr ich dich brauche. Ich will dich behalten. Übrigens hast du dein Tuch verloren. Es liegt da in der Wasserpfütze." Ich lachte glücklich. „Ich schenk' es der trauernden Magdeburg. Dann bleibt wenigstens *etwas* von mir hier." Martin stieß einen großen Steinbrocken zur Seite. „Ist doch alles Mist!" „Was ist Mist?" „Na, die Grenze, die zwischen uns liegt. Du könntest mich besuchen. Wir haben ein großes Haus. Da wär' auch für dich Platz. Was hältst du davon?" „Ich weiß nicht." „Meine Eltern hätten bestimmt nichts dagegen." „Ich würde es ganz gern machen, wenn es geht." „Du *musst* kommen! Meine Mutter wird dir noch eine Extra-Einladung schicken, wenn ich sie darum bitte. Aber besser, du bleibst gleich hier." „Das wird nicht gehen. Frau Groller wartet schon mit dem Essen. Ich wollte eigentlich für meine Mutter noch was kaufen. Dazu ist es zu spät. Aber das macht nichts. Außerdem weiß keiner, wo ich mich aufhalte. Ich habe zu Frau Groller gesagt, dass ich Anja besuche und mit ihr in den Zoo gehe."

Mit einer hastigen Bewegung strich sich Martin eine widerspenstige Haarlocke aus der Stirn. „Klar, dass das nicht geht, dass du gleich hier bleibst, aber es war eine schöne Idee", sagte er und sah mich liebevoll an. „Hast du schon wieder mal von mir und der Brücke geträumt?"

„Nein, bisher nicht."

„Bestimmt träumst du davon, wenn du zu Hause bist und ich an dich denke. Ich glaube wirklich, dass diese Brücke das ist, was uns verbindet. Uns beide. Schließlich reicht diese Brücke von Westdeutschland nach Ostdeutschland. Glaubst du auch, dass es so ist?"

„Ja! Das ist eine gute Deutung. Bloß im Traum bin ich am Schluss immer so traurig." „So traurig wie jetzt?", fragte er und ich nickte. Er zog mich erneut an sich. „Wenn wir uns wiedersehen, wirst du einen wunderschönen Traum von der Brücke haben. Und du wirst hinterher nicht mehr traurig sein. Das versprech ich dir. Du musst mir auch was versprechen." „Und was?" „Du sollst dich in keinen anderen Jungen verlieben. Wenn du willst, dann kannst du ausgehen. Aber du darfst dich nicht mehr so verlieben. Vergiss nie, dass ich dich will." „Ich werde mich nicht verlieben. Ich werde auch nicht ausgehen."

Martin strich mir übers wirre Haar und das erhitzte Gesicht. „Doch, du sollst weggehen. Meinetwegen auch mit Jungen. Aber du darfst nicht vergessen, dass ich dich will. Ich will dich wirklich."

„Ich werde es nicht vergessen", sagte ich. Ein kalter Luftzug kam vom Eingang her. Ich zog mir die Strickjacke über. „Ich muss gehen. Frau Groller wartet auf mich. Und dann muss ich nach Hause fahren. Zurück in den Westen."

‚Eigentlich will ich nicht. Ich will nicht …', dachte ich verzweifelt. ‚Ich will *hier bleiben.* Hier bei Martin!'

Eine Gruppe Schulkinder kam auf die Ruine zu. „Komm, ich bring' dich ein Stück", sagte er. Hand in Hand standen wir und warteten auf die Straßenbahn. „Das Wetter scheint noch schön zu werden", sagte Martin. „Gerade richtig, um zu verreisen. Aber du kommst und besuchst mich, ja? Am besten wäre es doch, wenn du hier bliebst." „Es geht nicht. Nicht jetzt", sagte ich bedrückt. Er kratzte sich das Kinn und starrte auf die Straßenbahn, die jetzt kam. „Du hast recht. Es geht nicht." „Ich werde dich besuchen. Im nächsten Sommer", sagte ich hastig, „wenn ich Urlaub bekomme." „Das ist viel zu lange hin. Es muss eher gehen." Er zog mich an sich und küsste mich hastig auf den Mund. Die herankommende Kinderschar sah neugierig zu. Im Moment störte mich das nicht. „Aber du kommst bald. Sonst komme ich zu dir. Wer weiß, vielleicht mache ich das", raunte er mir zu. „Eines Tages. Lass dich überraschen. Vielleicht …"

Ich machte mich frei von seinem harten Griff, weil die Straßenbahn kam. Hastig stolperte ich fort von ihm und stieg ein.

Er winkte, ich winkte.

Seine Gestalt suchte ich von drinnen her. Ja, er stand da, mit erhobener Hand und winkte noch eine ganze Weile, bis mir alles vor den Augen verschwamm …

Ede

Ich hatte meine Haare gelöst. Mit dem Gesicht nach unten lag ich auf dem gelben Badetuch. Das weiche Gras roch würzig, wie frisch gemäht. Der Lärm, der vom Nichtschwimmerbecken herüberkam, wurde von Musik aus dem Lautsprecher gedämpft. Sie wirkte entspannend und einschläfernd. Man konnte sich damit in die Wüste versetzen, von der das Lied handelte, das gerade gespielt wurde. In Gedanken schaukelte ich auf einem Kamelrücken durch den heißen Sand. Die Sonne brannte und brannte und entspannte mich total. Ach, das tat so gut.

Womöglich wäre es besser, ich ginge in den Schatten. Dann müsste ich mich allerdings erheben. Das war mir im Moment zu mühsam. Lieber faul sein und einfach liegen bleiben. Der Alltag drang nicht bis hierher. Der morgige erste Arbeitstag war weit entfernt, so weit …

Ganz deutlich sah ich in Gedanken Martins Gesicht vor mir. Braungebrannt von der Sonne war er. Seine dunklen Augen strahlten. Jetzt stand er in Magdeburg am Pfeiler der Marienkirche. Er lächelte zauberhaft. Und später, als er mich geküsst hatte …, einfach geküsst, und die trauernde Magdeburg uns zugesehen hatte … Warum konnte er nicht hier sein, warum nicht neben mir im Gras liegen, wo ich mich so danach sehnte, von ihm in den Arm genommen zu werden. Jeden Tag sah ich in den Briefkasten. Bisher hatte er noch nicht geschrieben. Heute war die Post noch nicht durch gewesen, als ich zum Schwimmen ging. Vielleicht heute …

Ich schreckte hoch. Jemand berührte meinen Rücken. Es kitzelte auf der Haut. Ich blinzelte.

Ede stand vor mir und kaute an einem Kaugummi. „Mensch Süße, is ja richtig scharf, dass ich dich hier treffe“, sagte er, grinste mich an und legte seine Hand auf meine Schulter.

„Bist du verrückt?“, fauchte ich ihn an. „Aber Süße.“ „Was bildest du dir ein?“ Ede grinste breit und fuhr sich über seine feuchte Schmalzlocke. „Süß bist du!“, rief er. „Wie süß du bist, wenn du dich aufregst!“

Er musterte mich von oben bis unten und schnalzte mit der Zunge. „Dass ich das noch erleben darf, dich hier im Badeanzug zu sehen, in so einem süßen Badeanzug." Ich betrachtete Ede abfällig, was ihn nicht davon abhielt, sich bei mir hinzusetzen. „Stell dich nicht so an Süße. Du magst mich doch auch. Gib's zu. Alle Mädchen mögen mich schließlich, so wie ich aussehe", sagte er und strich sich wieder über seine Schmalzlocke.

„Hau endlich ab." „Und was sagst du, wenn ich das nicht mache, weil ich bei dir sitzen will?" „Du bist ekelhaft. Was willst du überhaupt?" „Mich mit dir unterhalten. Warum bist du eigentlich so giftig?" „Ich bin nicht giftig", sagte ich und drehte mich von ihm weg. Mir kam der Gedanke, dass er vielleicht etwas von meiner Freundin berichten konnte, das ich nicht wusste. „Da fällt mir ein", sagte ich wie beiläufig „hast du mal was von Carla gehört?" „Wieso ich? Ich denke du bist ihre Freundin."

„Und ich denke, du gehst mit ihr?" Ede strahlte und sah mir ins Gesicht. „Verdammt Süße, du siehst noch schöner aus als neulich. Biste etwa verliebt oder son Scheiß?" Er streckte seinen gebräunten Körper in der Sonne. Sein Gesicht und Rücken glänzten ölig. „Sag's ehrlich. Biste etwa in mich verliebt? Sicher findest du mich unwiderstehlich. Ist ja auch kein Wunder, so wie ich aussehe."

„Du bist sehr eingebildet. Möchte wissen, auf was", sagte ich, um ihn zu verletzen. Mir fiel das Wort „Scheißerchen" ein, mit dem er mich sonst immer bedacht hatte. „Eigentlich finde ich dich hässlich", erklärte ich ihm ohne Umschweife. Er zuckte zusammen. Mit so harter Kritik hatte er nicht gerechnet. „Ach Gott, da bin ich aber beleidigt. Dass du das grade findest", sagte er theatralisch und verdrehte die Augen, „aber ich weiß, was ich wert bin. Du wirst es noch merken. Außerdem, um auf Carla zurückzukommen, weiß ich auch nicht, wo sie sich rumtreibt. Hab sie schon eine Weile nicht gesehen."

„Ich kann sie ja mal besuchen." sagte ich und begann damit, meine Sachen zusammen zu packen. Ede warf mir einen treuherzigen Blick zu. „Danke, dass du das für mich tun willst. Aber warum tust du es nicht sofort?"

„Weil ..., weil ich morgen meine Arbeit beginne. Da hab' ich nicht so viel Zeit." „Und wo arbeitest du?" „Ich sag's dir nicht." „Ich kriegs ja doch raus. Dann hole ich dich von der Arbeit ab. Das wird dann eine Überraschung." Bei seinen Worten zuckte ich zusammen. „Ich will aber nicht überrascht werden", rief ich ungehalten, „ich verzichte gern darauf." Ede hielt mich an der Schulter fest. „Verdammt noch mal, lass das!"

Ein hochaufgeschossener Blonder stakste über den Rasen. Seine mageren Beine waren stark behaart. Der junge Mann blieb stehen. Ich sah in sein Gesicht. Er ähnelte James Dean, fand ich. „Belästigt der Sie?", fragte er. Ich nickte und sah ihm in die Augen. Sie waren von einem tiefem Blau. Sommersprossen saßen auf seiner Nase, wie bei mir.

Ede verschwand in Richtung des Schwimmbeckens.

„Ist doch blöde, wenn einer so aufdringlich ist", sagte ich und tippte mich an die Stirn, „einfach zu blöd."

Der Blonde nickte. „Stimmt. Darf ich Sie nach Hause bringen?"

Ich klemmte mein zusammengerolltes Handtuch unter den Arm. „Nicht nötig. Ich finde allein nach Hause. Ich habe keine Angst vor dem da", sagte ich und zeigte in die Richtung, in die Ede gegangen war. „Ich hab' mich nur über ihn geärgert." „Schade", sagte der Blonde, „schade, ich hätte Sie gern noch begleitet."

Ein Brief

Mein Arbeitstag war beendet. Ich fühlte mich ausgelaugt und kaputt. Draußen wehte ein leichtes Lüftchen.

Ich brauchte nicht weit zu gehen, um von der Arbeit nach Hause zu gelangen. An der Hauptstraße bog ich rechts ab und erreichte kurz darauf die Rückseite des alten Hauses, in dem ich wohnte. Links war der Garten und die Waschküche. Ein schmaler Weg führte vom Tor aus, an dem die zwei hohen Birken standen, hinüber. Erstaunt blieb ich stehen. Das Gartentor war verschlossen. „Baustelle" stand dort auf einem großen Schild, und „Eltern haften für ihre Kinder". Ein mächtiger Kran fraß sich mit seiner Schaufel ins Erdreich. Er riss die herrlichen Rosenbüsche mit sich, unter denen ich mich, als ich noch klein war, beim Spielen versteckt hatte, und von denen ich jedes Jahr, wenn ich Geburtstag hatte, welche geschenkt bekam.

Die riesige Maschine, da hinter dem Zaun, setzte ohne Unterlass ihre Arbeit fort. Alles wurde anders. Immer wieder anders. Ich ging nicht mehr zur Schule, sondern zur Arbeit. Ich war nicht mehr in Mecklenburg, sondern in Wolfenbüttel. Ich sah Martin nicht mehr. Das Schlimmste von allem aber war, dass er noch immer nicht geschrieben hatte. Ich warf einen wehmütigen Blick auf die Baustelle im Garten. Es war mir, als zerstörte der Bagger mit seinem Eingreifen mit einem Schlag meine ganze Kindheit. Das tat weh. Meine Stimmung sank auf den Nullpunkt. Ich machte kehrt und ging zurück. Es gab noch den Weg von der anderen Straßenseite aus, um ins Haus zu gelangen.

Missmutig trat ich in den Flur. Das schöne Bild, das da hing, beachtete ich kaum, obwohl es mich an einen Hof in Mecklenburg erinnerte. Ich eilte weiter bis zum Briefkasten. Etwas Weißes schimmerte daraus hervor. Hastig schloss ich ihn auf und zog einen Brief heraus. Mir stockte der Atem. Ich las Martins Absender. Er hatte geschrieben!

Endlich!

Ich nahm immer zwei Stufen auf einmal, um nach oben zu gelangen.

Das hatte ich früher oft mit Doris zusammen gemacht, wenn etwas Aufregendes bevorstand und wir es nicht erwarten konnten, in der Wohnung zu sein.

Gott sei Dank war ich heute die Erste, die nach Hause kam. So würde ich mich dem Brief ungestört widmen können. Unterwegs riss ich den Umschlag auf. Kaum hatte ich die Tür hinter mir geschlossen, vertiefte ich mich in den Brief:

„Liebe Hanna! Wie geht es Dir? Hast Du schon wieder mal von unserer Brücke geträumt?

Eigentlich müsstest Du, denn ich habe oft an Dich gedacht. Seitdem wir uns nicht mehr sehen, merke ich, wie Du mir fehlst. Ich mochte es Dir nicht sagen. Jetzt schreibe ich es Dir. Ich glaube, ich liebe Dich, süße Hanna. Ich habe noch nie so viel Sehnsucht nach einem Mädchen gehabt, wie nach Dir. Ich hätte Dich doch nicht so einfach gehen lassen sollen! Wie bekommt Dir die neue Arbeit? Ich hoffe, dass Du Dich gut in Dein neues Leben hineinfindest. Das wird sicher nicht leicht sein, nachdem Du erst von der Schule bist.

Mir geht es gut. Ich lerne jetzt mehr denn je, selbst am Wochenende. Am Sonntag habe ich mal ausgespannt, war am Barleber See. Da habe ich zufällig Irene und Renate getroffen.“

Ich ließ den Brief sinken, erblickte die Unordnung, die im Wohnzimmer herrschte, registrierte sie aber nicht.

Er hatte also Renate und Irene getroffen. Da, wo er manchmal zum Schwimmen ging: Am Barleber See. Der lag im Osten von Deutschland. Ich konnte nicht so einfach dorthin zum Schwimmen gehen. Nicht so einfach wie Renate und Irene. Ich hätte erst die Grenze überwinden müssen, wollte ich dort baden …

Trotzdem, er hat geschrieben, dass er mich liebt und ich habe mich so wahnsinnig über den Brief gefreut und sicher mochte er Irene und Renate nicht so wie mich …

Im „Affenkaffee“

„Schade, dass der tot ist“, sagte Carla. Sie entnahm einem Päckchen Kaugummi einen Streifen und bot mir ebenfalls an. Ich lehnte ab. „Schade, dass der auf so tragische Weise ums Leben kam.“ „Wer?“ „Na, James Dean.“ „Ach so. Aber der starb doch schon im Jahre 1955“, protestierte ich. „Na und? Solche Leute sterben nie. Sag mal, woran dachtest du denn grade?“ Carla sah mich nachdenklich an. „Du warst wohl schon wieder in Gedanken bei Martin?“ Ich nickte unmerklich. „Der Film ‚Denn sie wissen nicht was sie tun‘ war beeindruckend, nicht?“

„Ja“, sagte Carla, „Aber in ‚Jenseits von Eden‘ fand ich James Dean noch besser.“ „Ich habe übrigens neulich mal einen Jungen gesehen, ich glaub beim Schwimmen war's. Der sah ihm sehr ähnlich.“ „Wem? Deinem Martin?“ „Nee, dem James Dean.“ „Sag bloß. Und? Hat er etwas zu dir gesagt?“ „Er wollte mich nach Hause bringen.“ „Und dann?“ „Ich wollte es nicht.“

Carla riss den Mund auf. „Du wolltest – nicht? Sie tippte sich an die Stirn. „Du bist ganz schön blöd“, sagte sie kauend. „Wieso das denn?“ „Na, weißt du, so ne Chance ließe ich mir nicht entgehen, wenn der so aussieht.“ „Wieso? Ich hab’ doch schon einen Freund.“

Carla fasste sich wieder an den Kopf. „Ach ja, hätte ich fast vergessen. Übrigens, ein schöner Tag heute, mein Geburtstag. Erst ins Kino, und jetzt sitzen wir im ‚Affenkaffee‘. Champignons, Spargel und Schnitzel, so was könnte ich jeden Tag vertilgen. Ist wahnsinnig nett von dir, mir zu meinem Ehrentage ein gemeinsames Essen zu schenken.“

Eine Weile waren wir mit unserer Mahlzeit beschäftigt und schwiegen. Carla trug zur Feier des Tages ihren neuen schillernden Glockenrock in Schwarz. Dazu eine weiße Batistbluse mit Spitzen. Ich hatte mir ein mittelblaues Taftkleid genäht. Einige Tage lang saß ich dafür nach jedem Arbeitstag zu Hause an der Nähmaschine. Es war gut gelungen. Die Anleitung dazu hatte ich dem neuesten Modeheft entnommen.

Carla beobachtete die lärmenden Affen im nahen Käfig, dann musterte sie mein neues Kleid. „Toll, wie du das hingekriegt hast. Das könnte ich nie. Aber bei dir ist das ja auch was anderes. Du lernst nähen."

„Ich fabriziere nur das, was von mir verlangt wird", protestierte ich. „Ich nähe nur irgendwelche Nähte am Fließband, von morgens bis abends, immer dasselbe. Da macht das Nähen nicht solchen Spaß wie zu Hause, wo ich meine Fantasie walten lassen kann."

„Wie willst du überhaupt die große Rechnung bezahlen? Hast du im Lotto gewonnen?" „Ich hatte noch Geld von meiner Tante Anna liegen, das sie mir mal schenkte." Carla lachte und legte ihr Besteck hin. „Und ich dachte, du wolltest das von deinen fünfundfünfzig Mark bezahlen, die du jeden Monat als Lohn bekommst." „Lass mal, das ist viel Geld. Meine Schwester bekam in der Lebensmittelbranche zu Anfang nur fünfunddreißig Mark im Monat. Sie denkt, dass ich ein schönes, faules Leben bei der Arbeit in Sellmanns Schuppen habe. Dabei ist das eine ganz miese Lehrstelle. Nur immer den ganzen Tag sitzen und bügeln oder nähen. Ich kann mir nichts Öderes vorstellen, als das zu tun. Wenn ich abends nach Hause komme, bin ich todmüde. Und jeden Tag dasselbe."

„In der Schule war es doch schöner", sagte Carla, „obwohl es mir im Büro ganz gut gefällt." Ich lachte. „Unser alter Otto war ja auch gut, aber ulkig war das oft im Zeichenunterricht. Wir hatten immer was zum Lachen beim Lehrer Münchhausen." „Ach ja, der Münchhausen, der spann immer soviel", sagte Carla grinsend. „Der Münchhausen war gut. Ich hab' ihn oft ganz schön auf die Palme gebracht, glaub' ich. Der hatte sicher so manche schlaflose Nacht wegen mir."

„Glaub' ich auch. Du sagtest jedes Mal zu Münchhausen, wenn der Unterricht begann, du hättest einen Papagei zu Hause, der immer ‚Scher dich raus, du Demel' sagt. Und er schrie dann immer: ‚Scher dich raus, du Demel!' Du gingst dann freudestrahlend nach draußen. Er war wütend, weil das sein eigener Spruch war, den du deinem Papagei beigebracht hattest."

„Die ganze Klasse brüllte immer vor Lachen und ich durfte vor die Tür und brauchte nicht an seinem blöden Zeichenunterricht teilnehmen." „Da steckten wir uns alle, anstatt zu zeichnen, bunte Schleifchen ins Haar, die wir uns bastelten." Carla nickte. „In der Schule war es viel lustiger als im Beruf. Wenn Münchhausen mich rauswarf, traf ich mich immer mit einem Jungen, den man auch ewig vor die Tür setzte. Wenn wir Zigaretten hatten, teilten wir die, rauchten, und unterhielten uns angeregt" Sie hielt mir ein Päckchen Glimmstängel vor die Nase. „Willst du eine?" „Nein danke. Ich kann mich für das Zeug nicht erwärmen." „Aber heute zur Feier des Tages kannst du doch mal eine probieren." Ich ließ mich überreden. Sobald ich einen Zug getan hatte, begann ich zu husten. „Siehst du, das Zeug ist nichts für mich. Hab' ich ja gleich gesagt."

„Nur Gewohnheitssache ist das", meinte Carla, „Reine Gewohnheitssache."

Ich drückte die angerauchte Zigarette aus. „Jedenfalls hätte ich es mir nicht so schlimm vorgestellt, wie es bei Sellmanns ist. Ich weiß nicht, wie lange ich das da noch aushalte."

Carla legte ihre Zigarette auf den Ascher, spielte mit einer Serviette und zerknüllte sie. „Ich muss auch den ganzen Tag im Zimmer sitzen, Mir macht das keine Probleme. Vielleicht solltest du mal was anderes ausprobieren. Was anderes lernen."

„Martin hat das auch gesagt", erinnerte ich mich. In Gedanken daran wurde meine Stimme leiser, „und ich war ganz schön sauer, weil er das sagte. Jetzt denke ich darüber nach. So verkehrt war sein Vorschlag nicht. Das Nähen ist mir einfach zu stupide. Dabei gehen mir tausend Gedanken durch den Kopf, die nichts damit zu tun haben."

Carla nahm ihre Zigarette wieder auf und machte einen tiefen Zug. „Du könntest auf die Handelsschule gehen oder so was und dich auf einen guten Beruf vorbereiten. Natürlich werden deine Eltern nicht gerade begeistert davon sein, wenn du deine Lehre abbrichst."

„Du hast recht. Ich lass' es mir noch mal durch den Kopf gehen. Das würde zu Hause großes Theater geben, wenn ich das täte."

Die Kellnerin in Schwarz, mit winziger weißer Schürze, kam an den Tisch, kassierte und wandte sich sofort dem nächsten Gast zu. „Ganz schön Betrieb hier." Ich steckte mein Portemonnaie weg, „was hältst du davon, wenn wir in den Keller gehen und uns ein Glas Wein bestellen?"

„Gute Idee", sagte Carla, „ich habe grade zwei tolle Boys nach unten gehen sehen. Das wär' bestimmt was für uns." Ich sah meine Freundin überrascht an. „Ich denke, du gehst mit Ede?" Carla lachte schrill. Die Leute am Nebentisch sahen herüber. „Ede? Das ist der Witz des Tages!" „Und warum?" Carla warf mit einer schnellen Kopfbewegung ihre Locken nach hinten. „Na, das mit dem Ede, das war doch nichts. Und außerdem, wo wir bald die ersten Soldaten vom Bund hier haben werden! Ich bin gespannt drauf." „Mit einem Soldaten würde ich nie gehen", erklärte ich. „Irgendwie find' ich die blöd. Die geben doch nur mit ihren Uniformen an." Mein Taftrock raschelte bei jedem Schritt, als ich die Treppe nach unten nahm. „Du hast ja keine Ahnung", erklärte Carla lachend und musterte die Anwesenden im Kellerraum. Die Tanzfläche war gedrängt voll. Die Musikbox spielte „Blue Moon of Kentucky" mit Elvis.

Carla zog mich durch das gut besuchte Lokal. Sie zeigte auf eine Nische, in der Tisch und Stühle aus braunem Holz standen. Auf dem weißen Spitzendeckchen prangte ein vollblumiges rosa Alpenveilchen.

„Da ist noch was frei", sagte sie, „und da sitzen die zwei Boys." Carla lächelte den Rothaarigen an. „Dürften wir hier bei Ihnen Platz nehmen?" „Bitte sehr", sagte der und lächelte zurück. „Gern."

Eigentlich wollte ich lieber mit meiner Freundin allein sein. Ich zupfte Carla am Blusenärmel. „Wir können doch mal sehen, ob wir woanders …", wand ich ein. „Da hinten vielleicht …" „Aber Sie werden sich doch jetzt nicht wieder anders entscheiden", sagte sein blonder Begleiter vorwurfsvoll, „wo wir hier noch zwei schöne Plätze haben."

„Na bitte", sagte Carla, raffte ihren weiten Rock zusammen und zwängte sich auf die schmale Sitzbank an der Wand. Die musste sie mit mir teilen.

„Irgendwie kommen Sie mir bekannt vor“, sagte der Blonde und musterte mich nachdenklich, „ich glaube, ich habe Sie schon irgendwo gesehen.“ „Dass ihr Jungs euch nicht mal ’nen anderen Spruch einfallen lassen könnt, versteh’ ich nicht“, protestierte Carla. „Jeder sagt das heutzutage. Ist doch ’ne alte Masche, das.“

Die Mundwinkel des Blonden zuckten: „Nein wirklich. Ich habe Ihre Freundin schon irgendwo gesehen.“ Er stützte sein markantes eckiges Kinn mit der Hand ab und musterte mich lächelnd. Ich wandte mich peinlich berührt ab und sah den tanzenden Paaren zu.

Der Rothaarige flüsterte seinem Freund etwas zu. Beide lachten verhalten. Ich stieß Carla an. „Den hab’ ich schon mal gesehen“, raunte ich ihr zu, „das ist der, der James Dean ähnlich sieht. Der ist zu eingebildet. Lass uns lieber gehen.“ Carla ging nicht auf meine Bitte ein. „Der Rothaarige?“, fragte sie interessiert. „Nee, der andere. Sieht man doch.“

„Ach so“, sagte Carla leise, „ja, stimmt. Du hast recht. Jetzt seh’ ich’s auch.“ „Darf ich Ihnen wenigstens ein Glas Wein bestellen?“, fragte der James-Dean-Typ etwas entmutigt. „Nein danke.“ Carla trat mir unter dem Tisch auf den Fuß. „Natürlich dürfen Sie uns einen Wein spendieren“, sagte sie zu dem Blonden, „das ist aber nett von Ihnen.“ Der Rothaarige wandte sich an Carla. „Tanzen Sie? Darf ich bitten?“ „Gern.“ Carla erhob sich sofort. Sie amüsierte sich mit dem Fremden auf der überfüllten Tanzfläche. Ich sah ihr zu, wie sie sich im Rhythmus wiegte und mit ihm lachte. Der Blonde beugte sich zu mir. „Möchten Sie auch tanzen?“ „Nein danke.“ „Ach, sie können nicht tanzen?“ „Doch, aber ich will nicht.“

Er nestelte nervös an seinem roten Schlips herum. „Ich würde sehr gern. Außerdem mag ich solche ernsten Mädchen wie Sie. Ihre Freundin ist ganz anders. Gerade das Richtige für Theo, denke ich.“ Ich warf ihm einen flüchtigen Blick zu. „Ich suche keinen Anschluss.“ Der Blonde lachte irritiert. „Himmel, so war das doch nicht gemeint. Ich würde nur gern mit Ihnen tanzen, weiter nichts. Ich finde Sie sehr nett.“ Ich schwieg, lauschte der Musik und blickte gedankenverloren auf mein

Weinglas, in dem es rubinrot funkelte. Eine Mädchenstimme sang aus der Musikbox: „Diese Nacht hat viele Lichter, diese Nacht hat viel Gesichter, aber ich suche nur dich."

Und ich suchte Martin, in Gedanken, – überall. Wenn er hier wäre, dann fühlte ich mich sicher nicht so einsam wie jetzt zwischen den vielen Menschen. Er hatte mir vor kurzem ein silbernes Kettchen mit vier Glückssymbolen geschickt. Das trug ich heute. Es passte zu dem großzügigen Ausschnitt meines Kleides. Außerdem hatte ich damit einen Teil von Martin bei mir. „Viele geh'n an mir vorüber, manchmal lächle ich hinüber, aber ich suche nur dich …", sang die Stimme wieder. Und ich suchte Martin überall. Immer wieder gingen meine Augen in die Runde. Kamen Fremde herein, blieb mein Blick am Eingang hängen. Obwohl, eigentlich war es unmöglich, dass er hierher kam. Unmöglich. Auch wenn er zum Abschied gesagt hatte: „Lass dich überraschen. Eines Tages vielleicht …"

„Ich habe mich Ihnen noch nicht vorgestellt. Das kommt nur daher, dass Sie mich so verwirrt haben vorhin, als Sie mich so ansahen", ließ der Blonde sich von seinem Platz vernehmen. „Ich heiße Martin." „Martin?" murmelte ich irritiert.

Er nickte. „Ja, Martin Obst heiß' ich. Jetzt fällt mir auch ein, wo ich Sie schon gesehen habe. Dass ich nicht gleich drauf gekommen bin. Im Schwimmbad natürlich. Na klar, im Schwimmbad! Stimmt's? Sie erkennen mich wieder. Oder?" „Ja", gab ich zu, „ich erinnere mich." „Da müssen Sie auch mit mir tanzen. Nur einen Tanz!" „Na gut, einen."

Wir erhoben uns beide. Die Musikbox spielte „Rock around the clock". Ich schloss die Augen, als Martin Obst mich im Kreis drehte. Ich musste an den Tag denken, als Martin mich im Keller küsste und wir dort dieses Lied hörten. Ich stieß gegen eine Frau, öffnete die Lider, schloss sie wieder. Als der Blonde mich beim Tanzen in die Arme nahm, glaubte ich, Martin zu fühlen. Für Sekunden taumelte ich im Glück. Plötzlich stieß Carla mich an und grinste … Nein, dies hier war nicht Martin. Nicht mein Martin. Der hier hieß nur so, sonst nichts. Ich wollte auch nicht mehr tanzen. Es machte keinen Spaß.

„Wir können uns doch wenigstens unterhalten, wenn Sie nicht tanzen wollen", schlug Martin Obst vor. „Das muss doch langweilig für Sie sein." „Ich langweile mich nicht", erklärte ich ihm, „weil ich der Musik zuhöre. Außerdem finde ich es hier ganz interessant." „Ich könnte Ihnen wenigstens noch ein Glas Wein bestellen. Sie haben ja kaum noch was drin." „Nein, danke."

Martin rückte näher zu mir und räusperte sich: „Ich habe heute etwas mehr getrunken als sonst", raunte er mir hinter vorgehaltener Hand zu. „Es ist sonst nicht meine Art, viel zu trinken. Aber es ist was Schreckliches passiert." „Und was?"

Er rückte auf Carlas Platz und sah mich durchdringend an. „Es war auf dem Hof der Firma, bei der ich beschäftigt bin. Ich sitze im Büro am Fenster, wissen Sie, und ich habe alles mit ansehen müssen!" „Was haben sie denn mit ansehen müssen?" „Ein betrunkener Baggerführer fuhr mitten in eine Kolonne Arbeiter hinein." „Und?" „Einem Mann mussten im Krankenhaus die Beine abgenommen werden." „Das ist schrecklich!", entfuhr es mir. Ich riss spielerisch meine bezahlte Rechnung in Streifen, „Ich glaub', ich würde nen Schock kriegen, wenn ich das sehen müsste." „Hat mich ganz schön mitgenommen, die Sache. Vielleicht verstehen Sie jetzt." Er hob sein Bierglas und trank den Rest mit einem Zuge aus. Die Kellnerin kam mit einem neuen Bier. Er nickte mir freundlich zu, die Musik setzte aus und Carla erschien erhitzt von der Tanzfläche. Ihr Partner ging nach draußen. Sie beugte sich zu mir und lächelte. „Bist du böse, wenn ich gleich mit Theo abhaue? Wir wollen noch *woanders* hin." Ihr Petticoat raschelte, als sie sich setzte. Sie deutete auf Martin. „Du hast ja Gesellschaft!" „Ja, aber." „Was aber?" „Wo wir doch beide heute zur Feier des Tages …", stotterte ich und fühlte mich allein gelassen. „Ich dachte …"

„Sei nicht böse", flüsterte Carla mir ins Ohr. „Schließlich lebt man nur einmal. Oder? Außerdem habe ich Geburtstag. Ich erzähl' dir später auch, wie's war."

Theo kam zurück und sie erhob sich. „Tschüß", rief sie und winkte. „Warte Theo, mein Mantel ist noch oben. Ich muss ihn erst holen!"

Ihr neuer Freund fasste sie um die Taille und Carla kicherte. „Bei dem Jungen da drinnen ist Hanna sicher gut aufgehoben“, sagte sie, als beide hinausgingen. Martin Obst musterte mich, wie ich meiner Freundin nachsah. Ich war enttäuscht von Carla. So hatte ich mir den Abend mit ihr nicht vorgestellt. „Gefällt es Ihnen hier nicht? Sie machen so ein trauriges Gesicht. Wenn es Ihnen hier nicht gefällt, würde ich Sie gern nach Hause bringen.“ Ich zögerte. Besser wäre es schon, mit Martin Obst zu gehen, als allein durch die verwaisten Straßen, wo Kälte und Dunkelheit herrschten. „Wenn Sie durchaus wollen“, sagte ich, „können Sie das machen.“

Der Himmel war bezogen, kein Stern zu sehen. Im Licht der Laterne glitzerte der Asphalt weiß. Ein eisiger Wind fuhr durch die leeren Gassen. Ich schlug meinen Mantelkragen hoch. „Oh, es schneit!“, rief ich überrascht. „Vorhin war der Boden noch ganz leer und schmutzig.“ Martin Obst stieß kräftige Atemzüge aus, die wie Rauch wirkten.

„Herrliche Luft, aber kalt“, stellte er fest. „Trotzdem hoffe ich, dass Sie ziemlich weit entfernt von hier wohnen. Es ist so schön, mit Ihnen zu gehen.“

Er kam näher und versuchte, seinen Arm um mich zu legen. Ich wich ihm aus. Die Nebenstraße, in die wir jetzt von der Langen Herzogstraße aus einbogen, ist um diese Zeit still und nicht genügend beleuchtet. Es gibt nur eine Laterne an der Ecke.

Die feine Schneedecke erhellte die Umgegend ein wenig. „Dürfte ich Sie mal von zu Hause abholen?“ „Ich weiß nicht“, wich ich aus und blieb stehen, „wir sind jetzt vor dem Haus, in dem ich wohne.“ Er blickte an dem alten Gebäude empor. „Oh, ein schöner Fachwerkbau. Da muss es sich herrlich drin leben lassen.“ Ich sah ihn nachdenklich an. Das Wasser, das aus der Leitung kam, würde wieder eiskalt sein. Manchmal war auch die Toilette eingefroren. „Ja, es ist sehr romantisch“, sagte ich spöttisch. „Warum sind Sie eigentlich immer so ruppig?“ „Ich und ruppig?“

„Ja, ich wundere mich über Sie. Wo Sie doch so ein hübsches Mädchen sind.“ Ich lachte lauthals. Seine Offenheit entwaffnete mich. „Ja, das ist ein schönes Haus in dem ich wohne, aber man lebt nicht sehr bequem darin", erklärte ich. Martin Obst stand mir gegenüber und musterte mich. „Ich würde Sie gern wiedersehen." „Sicher? Wo ich doch so ruppig bin? Es gibt so viele Mädchen. Warum?" „Weil … Sie sind unwiderstehlich", hauchte er in den eisigen Wind. „Ist nicht nötig." „Was ist nicht nötig?" „Na, dass Sie mich unwiderstehlich finden. Sie können mich auch *unausstehlich* finden. Das ändert nichts. Aber vielen Dank für das Heimbringen." „Bedanken Sie sich nicht. Ich meine es ehrlich, was ich sage. Das ist kein Flachs. Ich mag Sie wirklich."

Ich nestelte den großen eisernen Hausschlüssel aus meiner Handtasche. Er quietschte im Schloss, als ich ihn herumdrehte. Martin stand da und sah mir zu. „Sehen wir uns wieder? Darf ich Sie abholen? Wir könnten zusammen ins Kino …"

„Ich weiß nicht", sagte ich. „Wenn Sie unbedingt wollen, können sie ja mal vorbeikommen. Aber das wird nichts bringen." Er lächelte erfreut und winkte, als ich ins Haus ging. Bevor ich die Treppen nach oben nahm, hielt ich mich mit einer Hand am Geländer fest. Mit der anderen zog ich mir die Schuhe aus. Es sollte mich niemand hören. Die alten Holzstufen knarrten eh genug, wenn man darauf trat.

Oh, ich würde mich gleich hinsetzen, um an Martin nach Magdeburg zu schreiben. Ihm alles berichten, was ich heute erlebt hatte, so wie er es auch immer machte. Morgen war Sonntag, aber ich durfte nicht zu spät aufstehen. Gleich nach dem Frühstück wollte ich zum Briefkasten in der Hauptstraße gehen und den Brief dort einwerfen, damit Martin ihn bald bekam.

Mit meinen schwarzen Pumps in den Händen stand ich plötzlich vor Mutter. Sie trug ihren geblümten Morgenrock und zitterte vor Kälte. In der Küche hatte sie auf mich gewartet. „Du kommst aber spät", sagte sie vorwurfsvoll, „Ich konnte überhaupt nicht schlafen, weil du fort warst."

„Ist das denn so schlimm? Ich kann doch morgen länger schlafen. Außerdem: Carla hat Geburtstag, und wir waren im ‚Affenkaffee'."

„Ich hab' mir Sorgen um dich gemacht", sagte Mutter und fuhr sich übers helle Wuschelhaar. „Und dann macht mir der Rücken wieder zu schaffen. Muss wohl am Wetter liegen."

„Brauchst dir um mich keine Sorgen zu machen. Mir geht es gut. Ich habe nur ein Glas Wein getrunken. Es war ganz nett, aber ..." „Was aber?" Es hatte keinen Sinn, Mutter zu erzählen, dass mir nichts mehr so richtig Spaß machte. Ich hatte Sehnsucht nach Martin. „Ach nichts. Doris ist wohl auch noch nicht da?" „Sie bleibt heute bei Willi zu Hause. Sie schläft dort."

„Ach, siehst du. Die darf alles. Und ich?" Mutter nestelte am Gürtel ihres Morgenrockes und sah mir prüfend ins Gesicht. „Ich muss mich eben erst dran gewöhnen, dass du erwachsen wirst." Es klang wie eine Entschuldigung. „Schlaf schön." Sie ging nachdenklich über die knarrenden Dielen zurück ins Schlafzimmer, wo Papa laut schnarchte.

Ungewissheit

Von Sellmanns Fabrik aus führte eine kleine Gasse auf die Hauptstraße. Der Asphalt war dick mit Schneematsch angefüllt. Unter dem tauenden Weiß befand sich eine tückische Eisschicht, die vom letzten starken Frost herrührte. Beim Gehen konzentrierte ich mich auf den Boden und achtete kaum auf die Leute, die mir entgegenkamen. Ich dachte an den schönen Petticoat, den ich mir kaufen wollte. Er war aus Tüll und in vier Lagen gearbeitet. Jede Lage hatte eine andere Farbe. Darum schillerte dieser Traum von Petticoat wie ein Regenbogen, wenn man ihn bewegte. Den musste ich einfach haben, auch wenn er mich fast einen Monatslohn kostete.

Dort, wo die Gasse in die Lange Herzogstraße mündete, stand Ede plötzlich vor mir. „Hallo Süße, wo bleibst du denn? Ich warte schon auf dich!“, rief er mir lachend zu. „Toll dass ich dich abhole, was?“ „Find’ ich nicht.“ „Warum so abweisend, Süße?“ Er ging neben mir, während ich versuchte, ihm in dem immer dichter werdenden Menschengewühl zu entwischen.

Doch Ede hielt mit mir Schritt. Er klammerte sich am Ärmel meines blauen Wollmantels fest. „Warte doch Süße! Nu holt man dich schon ab und dann bist du so widerborstig. Hab’ ich das verdient?“ Er strich über seine dunkle Schmalzlocke, die er sich wie Elvis frisiert hatte. Dabei kam er aus dem Gleichgewicht, rutschte und riss mich mit sich.

Wir lagen beide am Boden. Die Leute machten einen großen Bogen um uns. Einige von ihnen blieben neugierig stehen. Wie peinlich. Ich fauchte ihn an. „Verdammt, was soll der Blödsinn!“

Jetzt rappelte ich mich auf und klopfte mir meinen Mantel ab. Er war durch den Sturz nass und schmutzig geworden. „Was willst du überhaupt von mir? Hängt wie Klebstoff an einem fest! Das gibt’s doch wohl nicht!“, schimpfte ich empört. Er erhob sich und befreite seine karierte Jacke vom Schneematsch, indem er sie abschüttelte. „Das kannst du nicht wissen, was ich will. Weil du mich nie ausreden lässt!“, herrschte er mich an. „Merkst du nicht, dass ich mit dir gehen will? Warum sollte ich dich wohl sonst von der Arbeit abholen, Süße, was glaubst du denn?"

„Woher soll ich das wissen, was du willst. Vielleicht will ich ja nicht mit dir gehen. Hast du da schon mal dran gedacht? Du bist vielleicht ein Tollpatsch! Wegen dir ist mein Mantel jetzt total verdreckt! Wie sehe ich denn jetzt aus?", fuhr ich ihn an. „Außerdem hab' ich jetzt keine Zeit!"

„Na, dann vielleicht ein anderes Mal", sagte Ede enttäuscht. „Ich hole dich demnächst wieder mal ab. Es muss ja nicht sein, dass wir wieder beide hinfallen. Vielleicht kann ich dir ja mein Anliegen auf andere Weise klarmachen. Werd' mir was überlegen."

Ich zuckte die Schulter und ging weiter, an Schrolls Laden vorbei. Ein Glück, dass ich jetzt, wo ich jeden Tag zur Arbeit ging, nicht auch noch einkaufen musste. Wegen der Saisonbeschäftigung ging Mutter gerade stempeln. Da kümmerte sie sich selbst um den Haushalt.

Manchmal bildete ich mir ein, Martin könnte bei Schrolls Lebensmittelladen um die Ecke kommen. Jemand, der mir entgegenkam, sah von weitem wie Martin aus. Mir stockte der Atem. Mein Herz schlug schneller. Er hatte dieselbe Figur, dieselbe Art zu gehen … Als die Gestalt näher kam, sah ich, dass es nicht Martin war. Möglich, dass ich mir schon was einbildete. ‚Weil ich wollte, dass es Martin war', dachte ich entmutigt.

Mutter hatte heute schlechte Laune, weil Papa von seiner Weihnachtsfeier erst heute Morgen nach Hause gekommen war. Jetzt saß er am Radio im Wohnzimmer und hörte Fußball. Sie hatte sich einen Strickstrumpf genommen, saß da, strickte, und zog ein Gesicht.

Ich fühlte mich im Wohnzimmer nicht wohl. Darum ging ich meinen Eltern nach dem Abendbrot lieber aus dem Weg. Ich nahm mir vor, früh schlafen zu gehen. Doris war mit Willi unterwegs. Womöglich blieb sie wieder über Nacht bei ihm. Mir sollte es recht sein. So war ich für mich und brauchte niemandem Rede und Antwort stehen. Wenn ich allein war, konnte ich ungestört nachdenken.

Ich saß im Nachthemd auf dem Bett und fühlte Martins Nähe. Das war unlogisch, weil er nicht da war, aber dieses gute Gefühl blieb. Es wurde kühl im Zimmer, weil das Fenster offen war. Am dunklen Himmel konnte man alle Sterne funkeln sehen. Unten ging eine Frau vorbei, deren Schritte im gefrierenden Schneematsch knirschten. Der Dackel, den sie mit sich führte, begann heftig zu bellen.

Bibbernd schloss ich die Fensterflügel und griff nach meiner Strickjacke. Ich setzte mich aufs Bett und blickte versonnen auf meinen kleinen schäbigen Schreibtisch. Da lag Papier, das beschrieben werden sollte. Manchmal verfasste ich ein Gedicht, wenn mir danach war. Heute hatte ich keinen Nerv dazu. Ich wartete auf Post von Martin. Seitdem ich ihm von Carlas Geburtstag erzählt hatte. Hoffentlich war er mir nicht böse wegen Martin Obst.

Vielleicht hätte ich ihm nicht alles so genau schreiben sollen. Vor allem, dass ich mit dem fremden Martin getanzt hatte. Und dass er mich mochte, mich wiedersehen und zum Kino oder Tanzen abholen wollte. Aber schließlich sollte ich Martin nichts verheimlichen.

Hoffentlich kam er nicht mal auf die Idee, schwarz über die Grenze zu gehen. Das war nicht ungefährlich und deshalb ein Risiko. Trotzdem: wenn er es täte, würde ich mich wahnsinnig darüber freuen, wenn er so einfach käme. Wenn ich mir ausmalte, er wäre zu Silvester hier, nicht auszudenken. In ein paar Tagen war Weihnachten. Da würden sie ihn sicher nicht von zu Hause weg lassen …

Das Grübeln hatte keinen Zweck. Ich war zu müde. Wenn ich die Augen zumachte, träumte ich vielleicht von ihm …

Die elektrischen Nähmaschinen surrten. Im Lichtbündel der Sonnenstrahlen, die durch das schmale Oberlicht hereinschienen, wirbelten Staubwolken. Zwischen bunten Stoffbergen saßen junge Frauen und Mädchen, emsig den Kopf über die Arbeit gebeugt.

Ich konnte mich heute schlecht auf meine neue Näharbeit konzentrieren, die mir meine Kollegin Dorothea gegeben hatte. Wie gut, dass gleich Mittagspause war. Dorothea kam zu mir, blickte über ihre dicken

Brillengläser hinweg und krauste die Stirn. „Was ist heute bloß los mit dir? Du hast ja die Ärmel total falsch rum angenäht! Das musst du sofort auftrennen. Steh' auf und mach' das. Ich setze mich so lange auf deinen Platz."

Ich saß neben dem Band auf einem alten Holzstuhl. Dorothea reichte mir die falsch genähten Hemden. Beim Trennen konnte man gut nachdenken. Womöglich machte ich mir wegen Martin umsonst Gedanken. Aber woher kam dieses unheimliche Gefühl, das ich nicht los wurde, obwohl ich den Traum der letzten Nacht vergessen hatte? Bevor ich ins Bett ging, war es mir noch gut gegangen.

Es klingelte zur Mittagspause. Die dicke Augustine stellte sofort ihre Maschine ab, schnaufte und raschelte mit ihrem Butterbrotpapier. Renate Germers, die eine modische Kurzhaarfrisur trug, saß mir gegenüber. Sie schlug die Zeitung auf, las und tippte mit dem Zeigefinger auf das Blatt. „Da kann man doch mal sehen. Das ist doch wieder typisch. Die werden immer dreister!" „Wer wird immer dreister?", fragte Augustine kauend.

„Na, die Vopos da drüben! Da ist doch schon wieder so ein Irrer über die Grenze gegangen", sagte sie und blickte selbstbewusst in die Runde. „Natürlich ist der schwarz über die Grenze gegangen, der Idiot. Die Vopos haben ihn entdeckt und gleich auf ihn geschossen. Es ist beobachtet worden, wie sie den Mann fortgetragen haben. Ich verstehe nicht, warum die drüben das immer wieder versuchen, hier rüber zu kommen, wo sie wissen, wie gefährlich das ist. Wo sie wissen, dass man sie wie die Hunde einfach abknallt."

Augustine schluckte. „Wo ist der denn über die Grenze gegangen? Zeig mal her", sagte sie und griff nach der Zeitung. Renate überließ ihr das Blatt bereitwillig, holte einen knackigen Apfel aus ihrer Tasche und biss hinein. „Ganz in unserer Nähe ist das passiert. Bei Magdeburg."

Meine Hand zitterte, als mir die dicke Augustine die Zeitung zum Lesen gab. Da war nur ein kurzer Artikel und kein Bild dabei. Das unheimliche Gefühl, das seit dem Morgen in mir steckte, verstärkte sich.

Ich fühlte mich krank und elend. „Ich will auch was lesen“, protestierte Dorothea. „Gib mir auch mal die Zeitung, Hanna.“

Renate Germers warf ihren halb verzehrten Apfel in den Abfalleimer. „Neulich erst habe ich was gelesen, da sträuben sich einem die Haare“, verkündete sie. „Zwei Bauern diesseits und jenseits der Zonengrenze unterhielten sich über die Grenze hinweg. Bei Göttingen war's in der Nähe. Da haben die von drüben gleich geschossen, obwohl die Bauern nichts gemacht haben, als sich zu unterhalten. Und auf der Seite vom Ostsektor kam ein Vopo und zwang den Bauern von da drüben mitzukommen. Er wurde einfach verhaftet, weil er sich mit dem Westdeutschen unterhalten hat. So was Blödes. Der Bauer aus dem Westen hat zugesehen, wie man den Mann abgeführt hat.“ „Die haben sich wirklich nur unterhalten?“, fragte ich zitternd. „Weiter nichts? Kann man sich nicht vorstellen.“ Renate Germers nickte. „Das ist aber wahr. Ich kann dir die Zeitung mitbringen, wenn du es nicht glaubst.“ Sie schwieg einen Moment und überlegte. „Ungefähr vor zwei Wochen war's, als es drin stand. Sogar auf der Titelseite stand es, wenn ich mich recht erinnere.“

Das Paket

Ich konnte von meinem Bett aus kahle schwarze Äste sehen, die ihre Arme starr gegen den grauen Himmel richteten. Von Baum und Strauch tropfte Feuchtigkeit, doch es regnete kaum. Unter meiner warmen Zudecke war mir kalt. Ich versuchte zu schlafen. Mein Magen schmerzte.

Weihnachten war längst vorbei und morgen schon Silvester. Martin hatte noch immer nichts von sich hören lassen. Womöglich war er auch krank. Wenn ich wenigstens noch mal von dem Paradies träumte, so wie früher; aber das war bisher nicht geschehen.

Mutter kam mit einer großen Tasse heißer Hühnersuppe herein, die sie auf dem alten Holztablett trug. Bittend sah sie mich an. Ich wehrte ab. „Nein, ich kann nicht", sagte ich, „ich krieg' nichts runter." Mutter krauste die Stirn. „Du musst aber essen!", sagte sie unwillig, „wenigstens ein bisschen. Ich habe dir extra …"

„Ich weiß, du hast mir extra Suppe gekocht", sagte ich genervt.

„Du hast in den letzten Tagen nur Kamillentee getrunken, damit dein Magen heilt. Jetzt *musst* du mal was essen, sagt die Frau Doktor. Wenigstens die Suppe und ein Brötchen." Schon bei dem Anblick der Suppe krampfte sich mir der Magen zusammen. „Nein." Mutter warf mir einen sorgenvollen Blick zu. Sie nahm das Tablett mit dem Essen vom Nachttisch und ging in die Küche zurück. Dort stellte sie ihre Last auf dem blank gescheuerten Holztisch ab. Sie nahm ein etwas ramponiertes, in braunes Packpapier gewickeltes Paket auf. Damit kam sie zu mir zurück. Gerade versuchte ich zu schlafen, als ich Mutter sprechen hörte.

„Das ist aus der DDR gekommen", sagte sie und legte mir das Paket aufs Bett. Ich fuhr hoch. „DDR? Warum hast du das nicht gleich gesagt? Der Paketwagen muss doch schon eine Weile durch sein!" Mutter holte eine Schere. Damit schnitt sie das dicke unansehnliche Band durch, das darum gebunden war. „Hatte viel zu tun." „Möglich. Aber du hättest es trotzdem sagen können." „Ich wollte, dass du erst mal deine Suppe isst, bevor du die Post in Augenschein nimmst. Wenn du so weitermachst, bist du bald so schwach, dass du überhaupt nicht mehr aufstehen kannst."

„Ach, ‚O+G KONSERVE' steht als Absender drauf. Von der Fabrik in Magdeburg ist das", sagte ich enttäuscht, „und ich dachte …" Mutter sah mir zu. Ich streifte das dicke braune Papier ab. Ein weißer Pappkarton kam zum Vorschein. „Warum *die* dir ein Paket schicken, möchte ich wissen", sagte sie befremdet. „Ach, was ist das denn? Mach' das mal auseinander." Ich hielt zartblauen Nylonstoff in den Händen. Er sah traumhaft aus.

„Oh, das ist ja ein Nachthemd", staunte Mutter. Sie rümpfte die Nase. „Warum nur schenken *die* dir denn ein Nachthemd? Es ist ja ganz durchsichtig!", rief sie empört. „So ein Ding zieh' ich ja nicht mal an! Die müssen ja Geld haben, wenn die dir solche Geschenke machen. Außerdem verstehe ich nicht, was das soll, so ein Nachthemd. Du bist doch erst knapp sechzehn! Sieh mal, und eine riesige Schachtel Pralinen. Die *wollen* doch was von dir!"

Mutter blickte in meinen Spiegel und zog ein Kämmchen aus ihrer Kitteltasche, das sie sich ins Haar steckte. Sie wandte sich zu mir um und sah mich streng an. „Ich verstehe nicht, warum die dir so was *Intimes* schicken! Ein durchsichtiges Nachthemd! Das darf doch nicht wahr sein!"

„Mutti!", empörte ich mich, aber sie war aufgebracht und hörte nicht hin. „Vielleicht sollst du Spitzel oder so was ähnliches für die da drüben spielen", sinnierte sie. „Pass auf, bald folgt ein Brief, in dem drinsteht, dass sie das von dir verlangen."

Ich sah meine Mutter entgeistert an. „Kann ich mir nicht vorstellen." „Könnte ja sein." „Wie kommst du denn auf diese Idee?"

„Jetzt, wo ich zu Hause bin, mach' ich mir so meine Gedanken. Die haben dich da drüben gut bewirtet, Taschengeld hast du auch noch bekommen. Ich frage mich, ob das wirklich aus Freundschaft zu unserer Fabrik geschah, aus Mitleid, weil das Unglück passiert ist. Vielleicht hat es damit auch was anderes auf sich. Du schreibst dich doch mit einem Jungen. Vielleicht ist der beauftragt …"

Sie griff nach der großen gefüllten Pralinenschachtel und sah mich mit geweiteten Augen an. „Womöglich ist der Inhalt davon sogar *vergiftet*!" Bei dem Gedanken daran drehte sich mir der Magen um. „Mutti, was du denkst!", rief ich empört. „Wie kannst du *so was* denken? So hast du doch noch nie geredet!"

Mutter strich mir über die wirren Haare. „Hab's nicht so gemeint. Hab' auch noch nie so gedacht. Zumindest früher nicht. Weißt du, als Post von dir aus Neubrandenburg kam, und die von der KPD aus der Firma deinen Brief gleich in der Zeitung veröffentlichten, hab' ich zum erstenmal an *so was* gedacht. Dabei hab' ich Rosa den Brief nur mal zeigen wollen und sie sagte: „Gib mal her, kriegst ihn morgen wieder." Ich möchte nicht, dass man dich für solche Zwecke missbraucht." „Für welche Zwecke denn?" Mutter strich verlegen über die Bettdecke. „Ach, vielleicht ist ja alles dummes Zeug, was ich denke. Aber du weißt, dass man die KPD neuerdings verboten hat. Ich will nichts damit zu tun haben."

„Ich verstehe deine ganze Aufregung nicht", sagte ich befremdet. „Wenn du es willst, legen wir die Geschenke weg. Das Nachthemd ziehe ich nicht an. Es gefällt mir sowieso nicht. Und das mit dem Jungen ist ganz harmlos. Du hast doch nie seine Briefe geöffnet. Also hast du mir vertraut. Und jetzt …, er schreibt nicht mehr."

„Er hat dich bestimmt schon vergessen", sagte Mutter. „Du bist auch noch viel zu jung für einen Freund. Hast ja noch das ganze Leben vor dir. So einen Brieffreund kannst du doch nicht ernst nehmen." Es hatte keinen Zweck, weiter darüber zu reden. Ich schwieg enttäuscht von ihren Worten. Mutter ging zur Tür. „Ich will mal sehen, ob der Postbote schon durch ist. Tante Anna hat zum Fest nicht geschrieben. Das ist doch sonst nicht ihre Art." Ich ließ mich in die Kissen zurücksinken. Vielleicht war ja heute Post von Martin da. Anja hatte sich auch nicht gemeldet, obwohl ich beiden einen Weihnachtsgruß geschickt hatte.

Der Albtraum

Ich erhob mich und tapste mit nackten Füßen zum Schreibtisch. Daraus entnahm ich Martins letzten Brief. Das Foto zog ich heraus. Mutters Schritte waren von draußen zu hören. Schnell flüchtete ich ins Bett zurück. Martins Bild steckte ich unter mein Kopfkissen. Erwartungsvoll sah ich Mutter entgegen. „Stell dir vor, Onkel Arthur hat sich den Arm gebrochen!", erzählte sie aufgeregt, „ausgerechnet den rechten, den man doch für alles braucht. Es gab viel Aufregung bei Tante Anna. Deswegen konnte sie nicht pünktlich zu Weihnachten schreiben. Sie hat auch wieder zehn Dollar für das Weihnachtsfest geschickt. Nett, nicht? Wir können es gut brauchen."

„Ja", sagte ich und strich mein Kissen glatt. „Sag bloß, du hast für mich auch Post?" „Wie kommst du darauf?" Mutter zog einen dünnen Brief aus ihrer Kitteltasche, in die sie stets alles hineinsteckte, was ihr im Wege war. „Der hier ist von Tante Anna", sagte sie lachend. „Ein Glück, dass sie geschrieben hat. Wo ich mir solche Sorgen um sie machte. Außer diesem Brief haben wir keine Post bekommen." Sie trat ans Bett. „Ich habe für morgen Scherzartikel gekauft. Ich dachte, ich mache dir eine Freude, weil du doch krank bist." Ich sah sie ernst an. „Nett von dir." „Goldregen magst du doch, Goldregen und so weiter", fuhr Mutter fort und lachte verschmitzt. „Sicher wird sich Papa wegen dem Gestank, der dann entsteht, wieder aufregen, aber das macht nichts. Wir haben außerdem noch eine Überraschung morgen. Aber das wird noch nicht verraten. Ich muss jetzt was tun", erklärte Mutter. „Du willst sicher deine Ruhe haben. In der Küche wartet noch 'ne Menge Arbeit. Alles für morgen."

Ich sah Mutter nach und drehte am Volksempfänger. Ich hatte ihn mir aus dem Wohnzimmer herübergeholt. Es knackte darin, wie üblich. Ich schlug auf den Kasten. Darin schnarrte es. Jetzt wurde der Ton besser.

Die Wettervorhersage kündigte leichten Nachtfrost und für morgen drei bis fünf Grad über null an. Danach folgte die Ansage für den Hit „Tutti Frutti". Ich zog Martins Bild unter meinem Kopfkissen hervor und betrachtete sein vertrautes Gesicht. Martin war auf dem Foto blass und ernst. Der Spott in seinen Augen, mit dem er mich so manchmal aus der Reserve gelockt hatte, war nicht zu erkennen. Eine Welle von Wärme flog von meinem Herzen zu ihm. Es war mehr darin als Freundschaft. Es war Liebe.

Aber er meldete sich nicht mehr. Vielleicht würde er nie mehr schreiben. Wenn er mich sogar zu Weihnachten vergaß, sogar zu Weihnachten hatte er nicht geschrieben … Plötzlich hasste ich das Lied, das aus dem Radio klang! Wie ich es hasste! Er schrieb nicht mehr und ich hasste das Lied, das gespielt wurde, als er mich küsste. Ich schaltete das Radio ab und starrte nach draußen auf die nackten dunklen Bäume. Ihre Äste, so schien es mir, streckten ihre Arme hilflos dem grauen Himmel entgegen. Ich fühlte mich ebenso so schwach und hilflos wie sie. Vielleicht lag das am Warten, warten auf Post, warten auf Martin. Schlafen wollte ich, nichts als schlafen …

Da war sie endlich, die weiße Brücke! Wie sie im Sonnenlicht glitzerte, blinkte und lockte! Ganz nah sperrte ein Riesenkrokodil seinen Rachen auf und schnappte nach mir. Drüben im Urwald sangen die Vögel ein süßes Lied dazu. Schnell sprang ich auf den Weg, der dorthin führte. Da war Martin! Ich rief nach ihm. „Martin!“ Endlich, nach so langer Zeit, würden wir uns wieder treffen. Endlich! Er lachte und kam mir entgegen. Gleich würde er mich in die Arme nehmen und küssen. Gleich. Wie liebevoll er mich ansah! Endlos schien der Weg zu werden, aber ich sprang meinem Liebsten leichtfüßig entgegen. Immer näher. Er hob die Arme und strahlte. Da – ein Knall! War das ein Schuss? Ich lauschte entsetzt. Jetzt wieder. Ein entsetzlicher Schrei. Krachen und Bersten! Die Brücke brach! Das Schreien nahm kein Ende, während das Paradies da drüben im Staub versank. Wo war Martin? Ich konnte ihn nirgendwo finden. Die Paradiesblumen, die buntschillernd in den Sträuchern gehangen hatten, lagen verdorrt in der Einöde. Auf ihnen hatte sich grüner Schimmel gebildet. Ich wich dem Krokodil aus, das den Rachen aufsperrte, um mich zu fressen. Das Schreien steckte in mir, brach erneut aus mir heraus, und ich lief und lief. Dann fiel ich. Ich fiel und fiel …

Die Verlobung

Doris trug den buntgeblümten langen Rock, den Willi ihr geschenkt hatte. Dazu eine weiße Spitzenbluse. Ihr feuerroter Lippenstift war ein wenig verschmiert, weil Willi sie gerade geküsst hatte, bevor sie zu mir ging.

„Komm ins Wohnzimmer. Bitte! Eigentlich wollte ich dir's nicht verraten, aber weil du so störrisch bist, sage ich es dir jetzt schon. Ich verlobe mich heute mit Willi." Sie machte eine Denkpause, die für mich gedacht war. Ich sollte mich von der großen Überraschung erholen, die sie mir mit ihrer Eröffnung machte. Doris strahlte. „Nun, was sagst du jetzt? Da musst du doch aufstehen. Zur Feier des Tages sozusagen." Ihr Lächeln erstarb, als sie mich anblickte. Immer noch steckte in mir seit gestern die Nachwirkung meines Traumes. Alles erschien mir ziemlich hoffnungslos, was mein Leben anging. „Himmel, was ist denn los? Du machst ja ein Gesicht!", rief sie enttäuscht, dass ihre Überraschung bei mir nicht gewirkt hatte. „Ich bin krank. Kapierst du das nicht?"

„Nein", sagte Doris böse, „das kapier' ich nicht, wo ich dir grade erzählt habe, dass ich mich mit Willi verlobe. Wo ich Esel dir das schon erzählt habe, obwohl es geheim bleiben sollte, bis wir uns die Ringe anstecken! Entweder bist du taub, oder so arrogant, dass du noch nicht mal ins Wohnzimmer kommen willst. Also steh auf!" „Nein." „Na warte, das werde ich dir nie vergessen. Nie! Noch kannst du es dir ja überlegen und kommen." Sie zögerte, drehte sich an der Schwelle zu mir um. „Hast du übrigens den Sissi-Film gesehen? Die Leute standen wieder mal Schlange vor der Kasse, bis hin zum Bankgebäude." „Du weißt, dass ich ihn nicht gesehen habe, weil ich im Bett gelegen habe" „Es hätte ja sein können, dass du denen was abgeguckt hast; weil du dich genauso borniert benimmst, wie die olle Kaiserin im Film." Mit ihren hochhackigen Schuhen stolzierte Doris zurück ins Wohnzimmer, wo Willi sehnsüchtig auf sie wartete.

„Du bist wach und es ist dunkel bei dir", sagte Mutter und knipste den Lichtschalter an. „Warum brennt bei dir die Lampe nicht?“ Ich gab keine Antwort. Mir war die Kehle wie zugeschnürt. Mein Magen schmerzte. „Sag mal, was ist los mit dir?“ „Nichts. Was soll los sein?“ Mutter ließ nicht locker. Sie machte sich Sorgen um mich. „Aber irgendwas muss doch sein.“ „Es ist nichts“, sagte ich ungeduldig. Es hatte keinen Zweck, es ihr zu erklären. Sie verstand es ja doch nicht, dass ich mich nach Martin sehnte. Und dann der Traum von gestern, über den ich immer wieder nachgrübelte.

Mutter brachte die Tüte mit den Scherzartikeln. „Ich hab’ sie extra für dich gekauft. Heute ist doch Silvester. Doris ist auch beleidigt. Wenigstens zum Abendbrot kannst du aufstehen. Ich habe eine Gans im Bratofen. Willi hat sie mitgebracht. Sie wiegt fast zehn Pfund.“

Mutter strich sich gedankenverloren über die vom Friseur gepflegte Frisur. Seit dem Unfall in der Fabrik waren ihre Haare weiß geworden. Sie wirkte seitdem älter, als sie war. In ihrem schlichten blauen Wollkleid wirkte sie elegant. Eine große goldene Brosche hielt den etwas zu tiefen Ausschnitt zusammen. Das Schmuckstück hatte sie von ihrer Schwester Anna aus Amerika bekommen. Nur zu Feierlichkeiten trug sie es.

„Na, ist gut. Ich komme“, entschied ich, um Frieden zu haben. Dabei wurde es mir übel, wenn ich an den fetten Gänsebraten dachte. „Es dauert allerdings bei mir noch eine Weile. Ich weiß nicht, was ich anziehen soll.“ „Du hast doch noch dein Blaues, das mit dem karierten Kragen, und den Knöpfen im Rücken, die von oben bis unten gehen. Das ist doch hübsch. Weißt du, das von der Prüfung.“ Ich stimmte ihr zu und erhob mich endlich. Kurze Zeit später kam Mutter zurück. Sie setzte sich auf den abgenutzten Holzstuhl, der neben meinem Bett stand. Jetzt faltete sie die Hände und blickte mich nachdenklich an.

„Ich wollte grade aufstehen“, sagte ich, „ist noch was?“ „Ein junger Mann sitzt bei uns im Wohnzimmer. Er will dich abholen.“ Ich holte tief Luft. „Mich? Wie heißt er denn?“ „Er sagt, er heißt Martin. Martin Obst.“

„Ach, du Scheiß …“, entfuhr es mir. Mutter krauste die Stirn. „Wie bitte? Ich habe dich eben nicht verstanden. Der sieht ganz nett aus“, fuhr sie fort. „Ich wusste gar nicht, dass du jemanden kennst, der mit dir ausgehen will.“ „Schick ihn weg.“ „Das kannst du nicht machen. Komm wenigstens und begrüße ihn.“

„Nein, sag' ihm, er soll gehen. Sag ihm, dass ich krank bin und nicht aufstehen kann.“

Meine Mutter verzog verärgert das Gesicht. Sie erhob sich vom Stuhl und stöhnte. „Oh, mein Kreuz. Mein Kreuz macht mir wieder zu schaffen.“ „Von dem Unfall noch, oder?“ Sie fasste sich an den Rücken und gab mir keine Antwort. Unbeirrt fuhr sie fort. „Da kommt einer, so'n netter Bursche, wie der“, sagte sie, „der kommt und fragt nach dir, und was sagst du? ‚Schick ihn weg.‘ Damit verdirbst du dir jede Sympathie. Jede, sag' ich dir. Ich werde ihm ein Bier anbieten. Er unterhält sich grade mit Willi über Fußball.“

„Mach was du willst“, sagte ich, „wenn der Martin Obst weg ist, komm ich zu euch rüber.“

„Meine Tochter kann leider nicht aufstehen, weil sie krank ist“, erklärte Mutter verbindlich. „Sie schläft im Moment. Ich möchte sie nicht stören.“ „Das tut mir leid, dass sie krank ist“, sagte Martin, der heute seinen dunklen Anzug trug. „Ich wollte ihr was sagen. Aber vielleicht hat das Zeit. Richten sie ihr auf jeden Fall aus, dass ich ihr gute Besserung wünsche.“ Martin Obst wollte sich erheben und gehen. „Bleiben Sie doch noch ein Weilchen. Sie brauchen nicht sofort wieder zu gehen“, sagte Mutter zu ihm.

Sie nahm einen der großen Glaskrüge, aus denen Erich so gern trank und schenkte Martin Bier ein. „Mein Mann muss auch jeden Augenblick kommen.“ Mutter nickte Martin Obst freundlich zu, an den sich jetzt Willi wandte. Er zog die neuesten Fotos seines Fußballvereins aus der Brieftasche und zeigte sie ihm. Danach trank Martin sein Bier aus und verabschiedete sich. „Ich würde gern noch einmal wiederkommen“, erklärte er. „Es kann allerdings eine Weile dauern. Falls Sie nichts dagegen haben …“

„Machen Sie das. Sie sind jederzeit willkommen", erklärte Mutter. Unruhig sah sie auf die Uhr, weil Papa wieder mal viel zu lange wegblieb. Hoffentlich war er nicht zu sehr angeheitert, wenn er von seiner Zechtour zurückkehrte. Das würde peinlich sein. Vielleicht hätte sie ihm was von Doris und Willis Verlobung erzählen sollen, wo er doch damit einverstanden war, dass beide mal heiraten wollten.

„Also, Junge, was ist aber, wenn du zur Bundeswehr eingezogen wirst?", fragte Papa später. „Wie willst du dann eine Familie gründen?" „Dann heiraten wir eben vorher", sagte Willi, rückte seine Brille zurecht und beugte sich über den Tisch. Vor ihm lag eine Fotografie von Mutti und Papa von dem Tag, als sie zum Standesamt gegangen waren. Willi fand, sein angehender Schwiegervater Erich sah darauf so richtig aufgeschlossen aus. So wie heute, wo er nicht mehr ganz nüchtern war. Willi tippte auf das Bild. „Schöne Aufnahme", sagte er. „So was haben wir auch bald." Er drückte Doris, die neben ihm saß. Sie schmiegte sich an ihn und lächelte. „Dann bekommst du aber auch nicht viel Geld", meinte Erich, „und was dann?" Willi zuckte die Schulter. „Wird schon gehen. Momentan arbeitet ja Doris noch mit." „Und wenn sie ein Kind bekommt?" Doris sah verlegen weg und Willi drückte sie noch fester an sich. Er schwieg dazu. „Soweit denken wir heute noch nicht. Es wird für alles eine Lösung geben", sagte Mutter. Sie musterte ihre Kollegin Leni, die vor kurzem gekommen war und an einem Glas Wein nippte.

Leni bekam vom Wein hochrote Wangen. „Dass ihr euch heute verlobt", staunte sie zu Doris hinüber, „das hätte ich doch nicht gedacht, als ich gerade so mal bei euch reinschauen wollte. Die Gans war übrigens prächtig. Hast du gut hingekriegt, Anita. Wie geht es denn so?" Mutter saß neben ihr und strich übers Tischtuch, um ein paar Krümel fortzuwischen. „Ach, es geht. Was soll man machen? Der Rücken ist eben nicht mehr so wie früher, bevor ich ihn mir angeknackst habe." Leni nickte. „Du hast aber auch ein Pech gehabt, dass es dich erwischen musste bei dem Unglück. Andere dagegen haben nichts abgekriegt. Es trifft immer die Falschen." Sie nahm noch einen Schluck Wein und blickte versonnen auf Doris und Willi, die sich umschlungen hielten. „Meine Schwester hat sich auch verlobt", erklärte sie. „Ist noch nicht lange her. Mit einem Bekannten von mir. Er trägt Kohlen aus. Hätt ich nicht gedacht." „Was hättest du dir nicht gedacht?" „Na, dass die sich mal vor mir verlobt, wo sie doch jünger ist. Sie ist ja schließlich erst achtzehn. „So alt wie Doris", sagte Mutter. Bisher hatte ich still in der Ecke gesessen und zugehört. „Ich geh mal runter", verkündete ich, „ich bleib' nicht lange." „Nimm dir aber ne Jacke mit, oder nen Mantel", riet mir Leni. „Es ist ziemlich kühl draußen. Heute Nacht gibt es Frost."

„Wenn sie friert, wird sie es schon merken, und sich was überziehen", sagte Mutter. Sie warf Papa einen vorwurfsvollen Blick zu, weil er sich schon wieder von dem Bier nachschenkte.

Ich holte meinen Mantel und nahm die Silvesterknaller vom Tisch, bevor ich die Treppen hinabstieg. Eigentlich hatte ich zu gar nichts Lust. Wie langweilig solche Feste waren! Dieses Geschmuse und Getue von Doris und Willi fand ich widerwärtig. So was konnte ich nicht sehen. Jetzt schon gar nicht. Da war es schon besser, draußen an der Luft zu sein.

Unten, als ich die Tür nach draußen öffnete, kam Hans. Er war außer Atem vom schnellen Laufen. Sorgenvoll krauste er die Stirn. „Eigentlich hätte ich nicht so lange wegbleiben sollen. Wird sicher wieder Ärger geben deswegen." Ein kalter Luftzug wehte durch die geöffnete Haustür. Ich knöpfte mir den Mantel zu. „Und wo bist du gewesen?" Er kam näher. „Aber nicht weitersagen. Meine Mutter stellt sich immer so an. Hab' ein Mädchen kennen gelernt. Die ist vielleicht toll." Seine Augen leuchteten. „Die ist vielleicht Klasse! Susi heißt sie, hat so einen braunen Pferdeschwanz wie du, aber ganz lange Haare", sagte er. „Und ..." Er sah nach oben zur Treppe, wo die Tür aufging.

„Hans, bist du es?", rief Frau Lorenzen in den Flur, dann war es still. „Komm ja gleich", murrte er, „bin ja gleich oben", rief er, dann ging seine Stimme in Flüstern über. „Wird wieder ein schönes Theater geben, weil ich zu spät komme. Wie immer. Meine Mutter geht ja noch, aber mein großer Bruder!“ Er schüttelte seine Hand, als ob er sich verbrannt hätte und sah mich ernst an. Ich erinnerte mich, wie er früher auf dem Dachboden „Hanna Peters und Hans Lorenzen“ geschrieben und mich gefragt hatte, wie ich das fände. Ich war dann immer verlegen gewesen, wenn er mir das gezeigt hatte. Es gab mir einen Stich, als ich daran dachte, dass er ein Mädchen gefunden hatte, obwohl ich nicht mit ihm gehen wollte.

Das Päckchen mit den Silvesterknallern hatte ich noch in der Manteltasche. Ich zog es heraus und hielt es ihm vor die Nase. „Willst du um zwölf ein bisschen draußen rumballern?“, fragte ich und drückte es ihm in die Hand. „Wenn du es nicht brauchst, nehm ich es“, sagte er gedehnt. „Aber du kannst doch runterkommen und wir könnten gemeinsam, sowie früher …“ „Ich weiß nicht. Wahrscheinlich schlafe ich dann schon.“ Er strich sich über die lockigen schwarzen Haare. „Wär aber ganz toll, find ich. Überleg dir's. Weißt du noch, wie wir meinem alten Onkel Heinrich die Tür zu Silvester verbaut haben? Und er konnte nicht mehr nach draußen! Und was wir ihm da alles vor die Tür gelegt haben! Und was wir für einen Spaß dabei hatten!“ „Das war schon toll, damals“, stimmte ich ihm wehmütig zu. „Du sprichst wie 'ne alte Tante. Als ob das alles schon Jahre zurück liegt“, lachte Hans. „Dabei ist es noch nicht lange her.“ „Hans, nun komm doch endlich rein!“, rief Frau Lorenzen wieder durch den Flur. Er hob die Hand und lächelte. „Ich muss. Vielleicht kommst du nachher doch noch.“ Ich sah ihm traurig hinterher und wusste, dass ich nicht kommen würde.

Die Entscheidung

Wegen der zarten Farben nähte ich die „Non-iron-Hemden“ lieber als andere. Beim Bügeln der zusammengenähten Teile war das anders. Das Bügeleisen erzeugte mit seiner Hitze einen unangenehmen scharfen Geruch. Das kam von den darin enthaltenden Fasern aus Synthetik.

Überhaupt waren bügelfreie Hemden momentan der große Knüller auf dem Markt. Die Hausfrauen waren davon begeistert, dass sie nicht mehr alles bügeln mussten. Die gute alte Baumwolle wurde wegen ihrer Knitterfreudigkeit missachtet. Immer mehr Aufträge enthielten entweder Bestellungen reiner Synthetikhemden oder solche aus Mischgewebe. „Sie träumt schon wieder“, sagte die dicke Dorothea zu Renate Germers, die zusammenzuckte. Gerade betrachtete sie im Spiegel, den sie unter dem Tisch versteckt hielt, ihre frische Dauerwelle. „Möchte wissen, was mit der los ist. Und ein Gesicht macht die immer, einfach schauderhaft.“ Dorothea schüttelte sich, wobei ihr großer Busen wackelte. Renate verstaute ihren Spiegel in der Schublade ihres Nähtisches und sah auf. „Du hast recht, Dorchen, sie hat sich sehr zu ihrem Nachteil verändert. Anfangs redete sie noch mit uns, jetzt kriegt sie kaum ihre Zähne auseinander.“

„Sprecht ihr von Hanna?“, fragte Irene Willers, die neben Renate saß. „Meint ihr die Peters?“ „Klar doch“, sagte Dorothea und klopfte sich ein paar Krümel vom mausgrauen Rock, „klar doch, von wem denn sonst?“ Irene Willers hatte ein hübsches gebräuntes Gesicht, war ebenso wie ich im ersten Lehrjahr und ging mit mir in dieselbe Berufschulklasse. Sie sah zu mir hinüber. Ich bügelte eifrig. Mein Gehör ist gut. Ich vernahm alles, was über mich gesagt wurde und bekam eine Gänsehaut. „Du hast recht, Dorchen. Sie ist eine richtige Traumsuse geworden.“

Dorothea drückte Irene ein Knäuel Stoff in die Hand. „Hier, bring’ ihr mal die nächsten Kragen zum Ausbügeln. Und dann sag ihr, dass Karin Meiners sie ablöst. Aber erst um zwei. Die Annette kommt bestimmt nicht wieder. Da brauchen wir jemanden, der die Ärmel einnäht.“ „Ja“, sagte Renate Germers, „die Annette ist schon zu lange weg.

Die Hanna brauchen wir hier." „Warte mal, Irene, ich will dir noch was sagen!", rief Renate. „So warte doch!" Sie lachte schelmisch. „Bestell' ihr, dass sie nicht so viel träumen soll. Früher konnten wir die Hanna wenigstens noch gebrauchen, wenn wir was vom Chef wollten. Er hat nie ‚nein' gesagt, wenn sie ihn um was bat. Aber …, sie ist in letzter Zeit so komisch." Dorothea biss in einen Keks. Die Krümel fielen ihr auf die graue Schürze. „Man könnte es doch mal drauf ankommen lassen. Man könnte sie doch einfach mal fragen." Renate nickte. „Du weißt, dass wir am Freitag zu Annelieses Hochzeit wollen. Da könnten wir gut zwei Stunden eher mit der Arbeit aufhören. Falls der Chef auftauchen sollte, könnte ihn Hanna darum bitten. Bei uns sagt er immer nur ‚nein'."

„Ich kann Hanna ja mal fragen, ob sie das macht", bot sich Irene an. Sie kam mit den angefertigten Kragen zu mir hinüber. „Na du Traumsuse, woran denkst du schon wieder?" Ich zuckte zusammen. „Selber Traumsuse."

„Soll dir von Renate Germers bestellen, dass du nicht so viel träumen sollst", sagte Irene grinsend. „Stell' dich nicht so an. Ist doch nur Spaß." Sie legte das Stoffknäuel auf den Tisch, „Blöde Arbeit, was? Mach' ich auch nicht gern. Lieber schneide ich die überflüssigen Fäden von den Hemden ab."

„Kann ich mir vorstellen. Alle werden bevorzugt. Nur ich kriege immer die Arbeit die Ausgelernte machen", beschwerte ich mich. „Das riecht so ekelhaft vom Bügeln", sagte Irene und zog die Nase kraus. „Man riecht's bis hinten. Sag' mal, was ist eigentlich los mit dir?" Ich verbrannte mir die Finger, steckte sie in den Mund und zog sie wieder heraus. „Was soll denn los sein?" Ich musterte Irene. Sie sah hübsch aus, fand ich, und kam mir selbst noch weniger liebenswert vor. „Nichts ist los", erklärte ich unfreundlich und schwieg darauf. Mit wem sollte ich reden? Vermutlich lachte man sogar über mich, wenn ich von meinem Kummer erzählte, den ich wegen Martin hatte. Ich wartete auf einen Brief von ihm. Bis Anja mir schrieb. Es war nur das übliche Gerede der Leute, das sie an mich weitergab. Man erzählte, er hätte versucht, über die Grenze zu gehen. Seitdem war er wie vom Erdboden verschwunden. Möglich, dass er im Gefängnis saß ..., oder tot war. Seine Familie schwieg sich über ihn aus und Anja mochte niemanden direkt fragen. Ich musste dauernd an Martin denken. Wie das war, als wir uns in Magdeburg geküsst hatten. Wie er mit mir geredet hatte. Alles fiel mir immer wieder ein, wenn ich hier saß und meine Arbeit tat.

Ein Sonnenstrahl, der sich durch das Oberlicht gestohlen hatte, blendete meine Augen. Ich dachte an den kommenden Sommer, in dem ich bei Martin Urlaub machen sollte. Jetzt schien mir diese Aussicht unwahrscheinlich. Ich zweifelte daran, dass er bis dahin zu Hause wieder auftauchte. Möglich war auch, dass er nach dem neuesten Stand der Dinge sich überhaupt nicht mehr bei mir meldete. Einen ziehenden Schmerz spürte ich, der mir vom Bauch bis hinunter in die Beine ging. Wenn ich meine Tage hatte, fiel mir das Stehen besonders schwer. Aber danach fragte niemand, wie es mir ging.

Irene stand noch immer bei mir. Sie blickte verlegen auf ihre rot lackierten Fingernägel. „Sie wollen, dass du den Chef bittest, Renate und Dorothea eher gehen zu lassen. Wegen der Hochzeitsfeier von Anneliese." „Warum fragen sie ihn nicht selber?" „Du weißt doch, dass er bei denen immer ‚nein' sagt. Zu dir ist er immer so nett." „Mal sehen", sagte ich. „Ich sollte es dir nur bestellen." Irene blickte ratlos zu Renate hinüber und zuckte die Schulter. „Außerdem sollst du ab zwei am Band sitzen. Annette ist beim Doktor."

Ich bügelte eifrig und sah nicht auf. „Danke", sagte ich kurz. Als Irene an das Band zurückkehrte, kam die Direktrice Fräulein Baier mit einem blonden Mechaniker herein. „Die Baier ist männertoll!", flüsterte Dorothea. „Guck mal, Renate, wie die den umgarnt. Das ist nicht normal. Und wie sie dann immer gleich so hektisch errötet, wenn ein Mann sie ansieht. Und zu uns ist sie immer so gehässig."

Renate nickte zustimmend und beobachtete Fräulein Baier, die sich über ihre schmalen Hüften strich, dann über das gut frisierte, dunkle Haar. Unentwegt sprach sie auf den gutaussehenden Blonden ein, der sich jetzt einer Näherin zuwandte. Ihre Maschine funktionierte nicht.

Die Direktrice klatschte in die Hände. „Saubande! Wollt ihr wohl mal ruhig sein?", rief sie durch den Saal. „Ich werde euch helfen! Ran an die Arbeit! Hanna, warum sitzt du noch nicht am Band? Siehst du den Berg Hemden nicht, der auf dich wartet? Renate, habt ihr Hanna nicht Bescheid gesagt?" „Doch. Haben wir", sagte Renate Germers und nickte dazu. Fräulein Baier klatschte wieder in die Hände. „Dann aber dalli, dalli, Hanna, aber ein bisschen zack, zack!"

Ich warf ihr einen verächtlichen Blick zu und zog den Stecker meines Bügeleisens aus der Wand. Es war halb zwei. Ich sollte erst um zwei an das Band, hatte man mir gesagt. Die Vierfadenmaschine streikte wieder einmal. Sie hatte ihre Mucken, wie Annette immer sagte, die ständig daran arbeitete. „Du musst dich ranhalten", erklärte mir Dorothea, „wenn du deine Arbeit nicht schaffst, kriegst du 'nen Anschnauzer vom Chef." „Die doch nicht", protestierte Regine Herbst, eine schmalwangige Hausfrau. „Doch nicht Hanna. Die darf doch alles. Die hat doch einen Stein im Brett beim Chef." Fräulein Baier stellte sich neben mich und sah mir beim Nähen auf die Finger. „Sei nicht so lahmarschig. Ein bisschen zack, zack, Hanna", tadelte sie. „Wenn du deine Prüfung bestehen willst, musst du dich ranhalten. Und wenn du deine Arbeit nicht schaffst, wirst du entlassen!" „Aber Baierlein", meldete sich hinter ihr eine tiefe Stimme. „Mach doch das arme Mädchen nicht verrückt. Dann hilft ihr eben jemand, wenn sie es nicht schafft. Sie lernt doch noch."

Herr Sellmann stand am Band und sah mir gütig zu. Ich fädelte alle vier Nadeln der Maschine neu ein. Die Fäden waren gerissen. Die Unterspannung war sicher zu stark. Bevor ich weiter nähte, wollte ich das kontrollieren. Fräulein Baier zuckte die Schulter, wandte sich wieder an den Mechaniker und zog sich mit ihm in eine ruhige Ecke zurück. Ich blickte verzweifelt auf den Berg „Non-iron-Hemden", der immer größer wurde und begann zu nähen. Herr Sellmann zog sich einen Stuhl heran und setzte sich neben mich. Es machte mich immer verlegen, wenn der Chef mir zusah. Ich versuchte seine Anwesenheit zu ignorieren. Es gelang mir nicht, weil er mich musterte. Er strich sich über seine spärlichen Haare und schnaufte. „Ich kannte mal ein Mädchen“, flüsterte er mir zu, „das sah genauso aus wie du. Natürlich war ich da etwas jünger als heute. Ich sah auch etwas anziehender aus.“

Mein Chef lächelte und sah mir schweigend bei der Arbeit zu, bis er wieder zu reden begann. „Sie war meine erste Liebe, weißt du?“ Er lachte leise vor sich hin, wobei sein Bauch, der einen beträchtlichen Umfang hatte, ein wenig in Bewegung geriet. „Ein süßes Mädchen mit Pferdeschwanz“, fuhr er fort, „und mit niedlichen Sommersprossen auf der Nase. Wenn die Sonne auf ihre Haare schien, waren sie wie Gold. Es ist mir so, als säße sie neben mir“, sinnierte er. Ich fühlte seinen Blick. Ich spürte, dass mir das Blut ins Gesicht schoss.

„Wo ist denn das Mädchen heute?“, fragte ich schüchtern. Es interessierte mich plötzlich, wie das ausgegangen war mit Herrn Sellmann und dem Mädchen. Weil er ihr immer noch nachtrauerte. So wie ich Martin nachtrauerte. „Ich weiß nicht“, sagte Herr Sellmann dumpf. „Ich weiß nicht, wo sie ist. Vielleicht ist sie tot, vielleicht auch nicht. Krieg war's, und dann kamen die Bomben. Wir waren mitten in Berlin. Da herrschte ein ganz schönes Durcheinander. Und dann kam Emma. Du weißt ja, Emma Sellmann“, flüsterte er, „meine Frau.“ Er legte den Zeigefinger an den Mund. „Aber nicht weiter erzählen, mein Mädchen.“ Ich sah ihn ernst an und lächelte verschwörerisch. Herr Sellmann war mir jetzt direkt sympathisch, wo er mir das mit dem Mädchen erzählt hatte. Der Chef räusperte sich und begann zu singen: „Johanna, du bist schöner als der Sonnenschein …“ Die Mädchen und Frauen sahen herüber und lächelten. „Sie hieß Johanna“, flüsterte er mir zu. „Hanna!“, rief Renate und zwinkerte mir zu, „du wolltest doch …, du könntest doch eigentlich …“ Sie räusperte sich.

„Was willst du denn? Ich hab' zu tun“, sagte ich und vertiefte mich wieder in meine Näharbeit. Herr Sellmann erhob sich, nickte mir freundlich zu und ging fort. „Guck dir das an“, sagte Dorothea aufgebracht zu Renate, „der Ärmel da ist nicht exakt eingenäht. Das hat Schlingen gegeben beim Nähen. Wo die Maschine vorher schon defekt war. Egal, sie hätte es merken müssen. Am besten lernt Hanna, anstatt Hemden Säcke zu nähen." „Die kann alles noch mal auftrennen, was nicht exakt ist", triumphierte Renate Germers, „aber erst nach Feierabend." „Ich finde es schäbig, dass sie den Chef nicht gefragt hat, ob wir wegen der Hochzeit eher gehen können", erklärte Dorothea, „Oder hast du ihr nicht Bescheid gesagt, Irene?" „Doch hab' ich." „Dann ist es nicht deine Schuld, dass es nicht geklappt hat", sagte Dorothea inbrünstig. „Sie hätte es wirklich tun können, wo es der Chef so gut mit ihr meint." „Ja, das hätte sie", sagte Renate Germers. „Das hätte sie wirklich können. Sie ist eine richtige Niete. Sieh dir die Hemden an. Man kann ihr keine wichtige Arbeit anvertrauen. Ich helfe ihr jedenfalls nicht beim Trennen."

„Fragt den Chef doch selbst, wenn ihr was von ihm wollt. Wenn ich zum Nähen zu blöde bin, warum sollte ich dann zum Fragen taugen?", schimpfte ich. „Da hat sie recht", meinte die hohlwangige Regine, „warum fragt ihr nicht selbst." „Jedenfalls bleibt die heute länger. Sie muss den ganzen Mist noch mal auftrennen. Und ich gebe ihr auch noch was von den anderen dazu. Damit sich's lohnt. Und keiner wird ihr dabei helfen", sagte Dorothea. „Ihr könnt mich doch alle mal gern haben!", rief ich empört. „Ich hau' sowieso hier ab. Ich kündige!" Dorothea starrte mich mit offenem Mund an. „In diesem Saftladen bleibe ich keinen Tag länger", erklärte ich aufgebracht. „Das wirst du dir sicher noch überlegen", meinte Renate Germers, „denk an Herrn Sellmann. Der wird dann traurig sein." „Ist mir egal." „Aber die Hemden muss sie noch auftrennen", protestierte Dorothea. „Das muss sie noch machen, bevor sie geht. Ich mach' das jedenfalls nicht."

Das Trennen der Ärmelnähte nahm nicht allzu viel Zeit in Anspruch. Wichtig war nur, dass man den richtigen Faden erwischte; dann konnte man sie in Windeseile aufräufeln. Das war ein Vorteil der Vierfadenmaschine, dass sich die Nähte so gut trennen ließen. Ich warf die zartfarbenen Hemdteile auf das Band, erhob mich und packte meine Schürze und die Schere in die schwarze Umhängetasche. Noch ein Blick auf die verwaisten Arbeitsplätze. Es tat mir nicht leid. Ich seufzte erleichtert, als ich mir den

Mantel anzog. Hierher würde ich nicht mehr zurückkommen. Ich wollte in Zukunft etwas ganz anders machen. Etwas, wo ich bei der Arbeit denken musste und mit Menschen zu tun hatte. Etwas, das mehr von mir forderte, als ein paar Nähte zu nähen. Dann würde ich eben noch mal in die Schule gehen und lernen. Martin hatte Recht gehabt, als er mir das vorschlug. Ich hatte den falschen Beruf gewählt und das jetzt erkannt.

Der frische Frühlingswind fuhr mir durch die Haare, die ich übermütig schüttelte. Jetzt, nachdem ich mich entschlossen hatte, mein Leben zu ändern, fühlte ich mich wie von einer Last befreit. In Zukunft würde ich versuchen, alles anders zu machen.

In dünnen Rinnsalen floss das Tauwasser aus einer undichten Stelle vom Dach. Die Gasse war von zahlreichen Pfützen übersät, die ich leichtfüßig übersprang. Meine Schuhe hatten einen Riss; deswegen musste ich mich vor der dem Wasser hüten, wollte ich keine nassen Füße bekommen. Vom letzten Lohn, den ich noch zu bekommen hatte, würde ich mir ein paar neue, leichte Schuhe kaufen. „Hallo“, rief jemand hinter mir. Bestimmt wieder der blöde Ede, dachte ich. Ich vermied es, mich umzudrehen. Mein Schritt wurde schneller. „Hallo, so warten Sie doch.“

Es war nicht Ede. Ein Fremder ging neben mir her. Ich kannte ihn. Im Moment fiel es mir nicht ein, wer er war. Er strich sich über seine blonden Haare und lachte verschmitzt. „Ich habe auf Sie gewartet“, sagte er. Er hatte große Ähnlichkeit mit James Dean …

„Ich war bei Ihnen zu Hause. Ihre Mutter verriet mir, wo Sie arbeiten. Ich dachte schon, Sie kommen nicht mehr, weil schon so viele Frauen eine Weile weg sind. Ich dachte, warte noch ein wenig …“

Ich blickte betreten zu Boden. „Ich musste etwas länger arbeiten …“

„Gut, dass ich noch gewartet habe“, sagte er und griff nach meiner Hand. „Ich wollte Sie unbedingt wiedersehen.“ Ich sah ihn verlegen an und zog die Hand zurück. „Sie sind Martin Obst nicht?“ Er sah mich unverwandt an. „Ich wurde von meiner Firma in eine andere Stadt geschickt. Wissen Sie, die Firma gehört meinem Onkel.“ Martin Obst sah mich stolz an. „Ich habe meine Gesellenprüfung bestanden. Mit der Note „Gut." Wir bogen in die Lange Herzogstraße ein, die um diese Zeit ziemlich belebt war. „Da gratulier' ich auch", sagte ich förmlich. Er musste sich beeilen, um mit mir Schritt zu halten. „Ich würde mich gern noch ein bisschen mit Ihnen unterhalten. Oder darf ich Sie nach Hause bringen?" Mir fiel ein, dass Mutter entsetzt sein würde, wenn sie davon hörte, dass ich die Arbeit bei den Sellmanns hingeschmissen hatte. Sie meinte, man müsse im Leben alles erdulden. Den Weg weiter gehen, den man eingeschlagen hatte. Selbst wenn es der falsche war. Natürlich würde sie versuchen, mir alles wieder auszureden, was ich mir für die Zukunft vorgenommen hatte. Damit würde sie kein Glück haben. Diesmal nicht. „Eigentlich habe ich keine Lust, nach Hause zu gehen", sagte ich.

Er strich sich über seine blonde Schmalzlocke. „Man merkt, dass es Frühling ist. Da hinten an der Bibliothek sind die Bänke wieder aufgestellt worden. Wie wär's, wenn wir da hingehen?"

Vor uns lag das Schloss, dahinter die Bibliothek. Sie wurde von großen Rasenflächen gesäumt, die mit bunten Krokussen übersät waren. Uralte Kastanienbäume standen hier, und am Rande des schmalen Weges Bänke, die mit frischem Grün gestrichen waren. Martin wischte die nächste Bank mit seinem Taschentuch ab. „So machen Sie sich Ihren Mantel nicht schmutzig", sagte er, steckte das Tuch ein und setzte sich. Er sah mich ernst mit seinen blauen Augen an. Ich nahm neben ihm Platz, stützte gedankenverloren das Kinn auf und sah von ihm fort, nach unten. Da war ein nasser Fleck an meinem Schuh, wo er einen Riss hatte. „Was machen Sie eigentlich bei Sellmanns? Lernen Sie da nähen?" „Ja", sagte ich, zögernd, „und mir gehen da immer so viele Gedanken im Kopf rum. Ich denk', ich hatte die falsche Arbeit. Ich werd' in Zukunft was anderes machen."

Martin setzte sich seitlich, damit er mich besser betrachten konnte. Sein Blick berührte mich peinlich. Ich war es nicht gewohnt, von jungen Männern betrachtet zu werden. Verlegen blickte ich zum Schlossturm hinauf. Ich konnte die Uhr mit den goldenen Ziffern erkennen. Es war gleich sechs Uhr.

Martin rückte etwas näher zu mir. „Sie haben Mut, so einfach Ihre Arbeit abzubrechen. Aber wahrscheinlich ist es das Beste für Sie. Mir macht meine Beschäftigung Spaß. Hab' nicht viel Zeit zum Träumen. Leider hab' ich Bescheid, dass ich demnächst zum Bund komme. Aber das sollte mich nicht daran hindern, meine Freundin so oft wie möglich zu besuchen." Ich starrte ihn an: „Was? Sie werden Soldat?" Er nickte und verzog den Mund zu einem breiten Grinsen. „Mir gefällt's zwar nicht besonders, aber die Mädchen sollen ganz verrückt nach Uniformen sein, hab' ich gehört." „Ich nicht", sagte ich steif, „ich find' Soldaten widerlich."

Er betrachtete mich fasziniert: „Sie sehen süß aus, wenn Sie die Nase so kraus machen. Sagen Sie, warum um Himmels Willen mögen Sie keine Soldaten?" Martin versuchte, nach meiner Hand zu greifen, aber es gelang ihm nicht, weil ich sie fort zog. „Ich mag eben keine." „Mich aber hoffentlich. Ich hatte mit ‚Freundin besuchen' eigentlich dich gemeint", erklärte Martin gerade heraus. „Dich wollte ich besuchen, wenn ich frei habe. Wir könnten doch das blöde „Sie" lassen, oder? Außer Martin heiße ich auch noch Ralf. Eigentlich heiße ich Ralf-Martin Obst. Sie können mich gern Ralf rennen, wenn Sie den Namen ‚Martin' nicht mögen." Ich sah ihm fest in die Augen. „Keinen Soldaten mag ich. Ob Martin oder Ralf. Hören Sie? Keinen. Und ich will auch keinen zum Freund. Außerdem muss ich jetzt gehen." Die Turmuhr schlug sechsmal. Ich musste nach Hause zum Abendbrot. Sonst gab's Ärger. Ich erhob mich abrupt von der Bank, und ohne mich noch einmal umzudrehen, entfernte ich mich und überhörte Martins Rufe. Es reizte ihn, dass ich mich so sehr sträubte. Er folgte mir. Es begann, dicke Flocken zu schneien, die auf dem zu warmen Asphalt sofort wieder schmolzen. Als ich mich in der Stadtmitte befand, begann ich zu rennen, als liefe ich vor etwas davon, und je weiter ich mich entfernte, desto befreiter fühlte ich mich. Der Schnee fiel so dicht, dass man die Leute, die sich auf der Straße befanden, kaum noch erkennen konnte …

Was ist mit Martin

Ich spüre wie Thorsten mich umfangen hält. Ich kehre in die Gegenwart zurück. Jetzt bin ich wieder da. Wir haben heute den 31. Dezember 1989.

Ich reiße mich von Thorsten los. Einen kräftigen Schluck aus seiner Flasche brauche ich. Erneut hoch kommende Gefühle will ich betäuben. Ach, wenn man einfach das Denken abschalten könnte.

Als ich ihm den Alkohol zurückgebe, merke ich seine Wirkung im Kopf. Das Getränk hat reichlich Prozente. Wenn ich nicht aufpasse, werde ich schnell betrunken.

„Ist nicht gut, wenn du allein bist", erklärt mir Thorsten, „Wer weiß, was dann noch passiert. Ist wirklich besser, wir gehen zusammen. Ich beschütze dich ein bisschen ..." „Wenn du willst", sage ich gefügig. Thorstens fürsorgliche Art gefällt mir. Sein Ärmel bietet sich zum Festhalten an. Ich mache Gebrauch davon. „Und halt' deine Tasche fest", mahnt mein Begleiter. „Ich glaub nicht, dass mir einer was klaut. Mir hat noch nie einer was geklaut", sage ich vor mich hin. Wir gehen durch eine Menschenansammlung hindurch und Thorsten legt seinen Arm um mich, bis wir weiter sind. „Det jibt nich nur jute Menschen, Hanna. Ooch bei uns jibts schlechte Leute. Halt immer deine Tasche fest." Der Potsdamer Platz ist jetzt fast leer. Er wirkt trostlos. „So langsam muss ick mal", sagt Torsten, „und nirgendwo ein Klo zu sehen", überlegt er. „Ick piss gegen die Mauer. Ick mach' das. Ick mach' das glatt."

Ich finde seine Idee lustig. Der Weinbrand wirkt. Ich lache amüsiert. „Du machst lustige Scherze", sage ich und bleibe stehen.

Thorsten entfernt sich von mir und geht zur Mauer. Auf ihr stehen noch immer eine Menge Leute. Unter ihren anerkennenden Blicken pisst er gegen die buntbemalte Mauer. Dabei wende ich mich diskret ab. Die jungen Leute, die zugesehen haben, klatschen ihm Beifall. Thorsten macht sich den Hosenstall zu, dann winkt er ihnen loyal zu wie ein Prominenter.

„Dass du das wirklich gemacht hast", sage ich als er zu mir zurück kommt, „das hätte ich nicht gedacht. Aber ich find's großartig. Einfach symbolisch ist das! Was kann man Besseres tun, als gegen diese Mauer zu pissen."

Eine Gruppe schwarz Gekleideter kommt uns entgegen. „Ein frohes neues Jahr!", rufen sie uns zu. Plötzlich werde ich von einem Glatzköpfigen in hautengen Lederjeans gepackt. Sein Gesicht ist feuerrot.

„Ich lass' dich erst los, wenn du mich geküsst hast", herrscht er mich grinsend an. Sein Griff ist hart. Die Wirkung des Cognacs macht mich benommen, doch ich bin empört. Auf keinen Fall will ich diesen Fiesling küssen. Auf keinen Fall! Kurz entschlossen ziehe ich Thorsten an mich, drücke ihn zärtlich und küsse ihn auf den Mund. Seine Lippen sind weich und warm; aber jäh löse ich mich von ihm. Triumphierend sehe ich dem aufdringlichen Ledermann in die Augen. Der Glatzkopf lässt mich endlich los. Er klopft Thorsten anerkennend die Schulter. „Hast du Glück, dass du so'ne Frau hast", sagt er, „hast du Glück!" Er wirft mir einen bedauernden Blick zu und geht mit den anderen weiter.

„Gut, dass wir den los sind", sage ich und sehe den jungen Leuten nach, die den Aufdringlichen in die Mitte nehmen. „Ja, die waren nich jrade anjenehm", sagt Thorsten und lacht, „du hast mich so jut jeküsst, det hat mir jefallen. Ick würde mir noch eenen Kuss von dir wünschen, wenn's dir möglich is!" Was mir gerade leicht fiel, weil ich es tat, um den Fiesling abzuwehren, ist mir plötzlich peinlich. Ich lache verschämt und wende mich Thorsten erneut zu. „Erst mal wollen wir uns stärken."

Thorsten ist das recht und wir trinken beide vom Cognac. Vor mir dreht sich jetzt alles im Kreis. Thorsten legt seinen Arm um mich und küsst meine Lippen. „Hanna, du hast so große Nasenlöcher", sagt er dann atemlos. „Ziemlich große Nasenlöcher hast du."

Eine Weile sehe ich ihn entgeistert an. In das Gelächter, das folgt, stimmt Thorsten ein. „Aber du küsst anders als die anderen", sagt er atemlos, „das ist wunderbar, wie du mich küsst." Ich ziehe ihn mit mir fort. „Wieso ist es anders?“ „Na, die anderen …, die anderen … Natürlich hab ick schon jeküsst. Ick bin immerhin zweiundzwanzig. Im Februar werd ick dreiundzwanzig. Die Mädchen, die ick kenne, die sind nicht so zärtlich, eher kälter, weeßte, was ick meene?“

Ich nicke und betrachte nachdenklich seinen warmen weichen Mund. Er hebt die Cognacflasche und trinkt einen Schluck. „Willste was davon?“, fragt er.

„Nein danke, es reicht.“ Ich sehe zur Quadriga hinauf, wo es jetzt ruhig geworden ist. „Von dem Zeug werde ich betrunken. Ich will das nicht mehr.“ Thorsten hebt die noch halbvolle Flasche hoch. „Dann verschenken wir den Rest. Soll ick das Zeug verschenken? Ick mach’ das.“

„Sag’ bloß, das würdest du tun?“, sage ich begeistert, „ja, verschenk’ den Rest.“ Niemals hätte Ralf dergleichen getan, wenn ich ihn darum gebeten hätte. Dass Thorsten sich so leicht vom Alkohol trennen kann, zeigt, dass er ihn nicht unbedingt zum Leben braucht, wie einige andere Leute.

Wir gehen an einem Seiteneingang neben dem Brandenburger Tor über die Grenze. Gleich als wir durch sind, verschenkt Thorsten seinen Cognac an eine Gruppe lustiger Leute. Ein junges Mädchen nimmt ihn begeistert entgegen.

„Mein Zug fährt um sechs“, sage ich, „ich muss in Richtung Bahnhof Zoo. Kennst du dich hier aus?“ Thorsten nickt. „Klar, ick führ’ dich hin. Aber eigentlich kannste ooch bei mir schlafen. Das heißt, ick wohn bei meener Mutter. Ick könnte nich einfach alleine wohnen und meene Mutter im Stich lassen. Meene Mutter freut sich bestimmt, wenn se dich sieht. Die is’ vierundvierzig, also in deinem Alter. Du bist höchstens vierundvierzig. Hab’ ick recht?“ Er ist ein halbes Kind mit seinen zweiundzwanzig. ‚Die Mutter ist sogar noch jünger als ich’, denke ich, ‚er braucht nicht wissen, dass ich achtundvierzig bin. Er ist ein so netter Junge. Und ich, ich sollte nicht mit ihm durch Berlin gehen. Ich bin doch viel zu alt … Er könnte der Sohn von …, von Martin sein. Aber was ist mit Martin, wenn Thorsten bei seiner Mutter wohnt? „Ja, das hast du gut geschätzt. Ich bin vierundvierzig“, lüge ich, „So alt wie deine Mutter.“ Thorsten sieht mich an, lacht und nimmt mich bei der Hand wie ein Kind. „Na und? Was spielt das für eine Rolle?“ „Das geht nicht. Deine Mutter würde sich schön bedanken, wenn ich so einfach mitkommen würde.“ ‚Was willst du denn mit dieser alten Schnepfe, würde sie zu ihm sagen‘, denke ich. ‚Die ist ja doppelt so alt wie du.‘

„Ick find dich wahnsinnig sympathisch. Was is schon der Alterunterschied. Als ob's darauf ankommt!“, sagt Thorsten.

Mein Herz klopft schneller, bis es zu rasen beginnt. Es ist die Aufregung. „Was …, was macht eigentlich dein Vater? Lebt er auch bei euch?“ Thorsten hält erstaunt inne. „Wieso fragst du?“

„Ach, nur so. Ich wollte es nur so wissen. Einfach, weil ich dich mag“, erkläre ich so ruhig wie möglich.

„Der …“, sagt er gedehnt, „… eigentlich möchte ich nicht drüber reden. Im Moment nicht. Vielleicht später.“ Wir gehen durch die im fahlen Licht unscheinbar wirkenden Straßen, die sich endlos lang hinziehen. Ich werde wieder ruhiger.

„Frierste ooch nich, Hanna?“, fragt Thorsten plötzlich und bleibt stehen, „ick frier nich, weil ick von innen einjeheizt hab. Du ooch?“ „Es geht“, sage ich. Er nimmt mich plötzlich in die Arme. Ganz eng stehen wir zusammen. Er küsst mich auf den Mund. Jetzt ist alles warm. Ich fühle mich bei ihm geborgen. Schade, dass ich nicht so stehen bleiben kann.

Thorsten löst sich von mir und weist auf ein hohes Gebäude, das vor uns liegt. „Mensch, da ist ja der Fernsehturm! Wir sind am Alex. Mensch ick werd verrückt. Wir sind am Alex! Und ick dachte, wir sind im Westen. Dabei sind wir im Osten! Wie kommen wir denn in den Osten?“ Ich kann ihm diese Frage nicht beantworten. Die Gegend ist mir fremd. Am Alex ist noch allerhand los. Draußen an einem exklusiven Hotel wird der Einzug des neuen Jahres gefeiert und es gibt Freibier. Thorsten und ich werden von einer Gruppe, die im Kreis tanzt, in die Mitte genommen. Zwischendurch bleiben die Pärchen stehen und küssen sich.

„Es ist sehr lustig hier", sage ich. „Eigentlich wollte ich mit dem ersten Zug nach Hause zu fahren, der heute früh vom Bahnhof abfährt. Der wird fort sein, ehe ich dort bin; aber macht nichts. Dann nehme ich eben einen anderen. Es fahren noch mehr Züge."

„Ick hab mein Bier gleich aus," sagt Thorsten, „wir jehn gleich. Zuerst müssen wir über die Grenze in den Westen." Ich sehe ihn mit leuchtenden Augen an. „Es ist alles so schön mit dir." Wir gehen Hand in Hand durch die verwaisten Straßen. Vor uns erhebt sich ein Gebäude, das zu dieser Stunde schon beleuchtet ist. „Da ist der Übergang zum Westen!", ruft Thorsten, „Da geh ick immer rüber." Ich zücke meinen Pass. Der Beamte am Kontrollpunkt schüttelt den Kopf. „Hier können Sie nicht rüber. Das ist kein Übergang für Westdeutsche." Ich erstarre vor Schreck und halte mich bei Thorsten am Arm fest. „Aber ick jeh immer hier rüber", sagt Thorsten. „Ja, sie", sagt der Beamte, „aber die Frau darf nicht rüber. Das ist gegen unsere Vorschriften." „Aber was soll ich denn da machen", frage ich ratlos, „Ich weiß nicht, wo ich sonst rüber soll. Ich kenn mich doch hier nicht aus." Der Mann, der übernächtigt wirkt, wiegt bedächtig den Kopf. „Na ja, weil heute Neujahr ist, wollen wir mal 'ne Ausnahme machen. Aber für das nächste Mal merken sie sich das bitte, dass dies kein Übergang für Westdeutsche ist." Thorsten lächelt und hebt die Hand. „Danke, das ist sehr freundlich", sagt er, als wir weitergehen.

Noch einmal müssen wir an einem Grenzbeamten vorbei. „Das ist kein Übergang für Westdeutsche", höre ich erneut von dem Mann am Schalter. „Ihr Kollege hat eben ein Auge zugedrückt. Weil heute Neujahr ist", sage ich keck. Der Beamte setzt eine säuerliche Mine auf. „Dann will ich mal nicht so sein." Endlich sind wir draußen und im Westen. „Mensch", sagt Thorsten, „hier jeh ick sonst immer rüber. Hab nie Schwierigkeiten jehabt."

Oben am Gebäude schaut ein Vopo aus dem Fenster. Der Raum in dem er sich aufhält, ist hell erleuchtet. „Wer wird denn schon im neuen Jahr diskutieren? Das ist jetzt noch verboten!“, ruft er herunter.

Thorsten hebt die Hand. „Ein gutes neues Jahr!“, ruft er dem Vopo zu. Ich schweige bis wir außer Hörweite sind. „Ich finde, du bist ziemlich freundlich zu denen. Muss das sein?“ „Es is besser so“, sagt Thorsten, „Man weiß nicht, wozu das gut sein kann. Nützlich is es auf jeden Fall.“ „Und nun“, frage ich. „Was jetzt?“ „Jetzt sind wir im Westen“, sagt Thorsten. „Mir ist auf einmal so kalt. Meine Finger sind so kalt“, stelle ich fest. „Soll ich dich wärmen?“

Thorsten wartet die Antwort nicht ab, kommt näher, nimmt mich in die Arme und küsst mich. Ein altes Ehepaar schlendert die Straße entlang. Plötzlich bleiben die Leute stehen und sehen uns neugierig zu. „Ich dachte, die Menschen in Berlin sind humaner“, protestiere ich, als wir uns wieder voneinander lösen. „Die sind ja richtig neugierig. Als wenn wir Marsmenschen wären, betrachten sie uns.“

Thorsten und ich gehen weiter. Das alte Ehepaar sieht uns nach. Am Nollendorfplatz sind wir angekommen. In dem Gebäude vor uns sind noch einige Fenster erhellt. „Lass uns da mal reingehen“, schlage ich vor, „ich könnte einen schönen heißen Kaffee gebrauchen. Ich bin richtig durchgefroren. Jetzt spüre ich die Kälte. Geht es dir auch so?“ „Ich friere zwar nicht in meiner warmen Jacke, aber einen Kaffee könnte ich trotzdem gut gebrauchen“, sagt Thorsten und steuert auf den Eingang des Lokals zu. Es hat geöffnet. In der Schankstube ist es wohlig warm. Rotes Licht und grelle Farben herrschen vor. Einige Männer mit Smokings und weißen langen Schals sehen zu uns herüber. Das Lokal ist nur mäßig besetzt zu dieser frühen Morgenstunde. Einige Tische sind frei.

„Hier ist es warm und gemütlich. Hier möchte ich bleiben“, sage ich zu Thorsten, der sich mit gerunzelter Stirn umsieht. „Ein bisschen merkwürdig sind die Leute allerdings gekleidet“, stelle ich fest. „Findest du es hier nicht auch ein wenig ungewöhnlich? Interessant ist es auf jeden Fall. Wo setzen wir uns hin?“ „Ich frage den Kellner mal, wo Platz ist. Vielleicht sind einige der Tische reserviert. Ich bin gleich wieder bei dir."

Ich stehe allein an dem freien Tisch an der Tür. Niemand nimmt Notiz von mir. Warum muss Thorsten erst fragen, wohin man sich setzen kann? Sicher macht ihn die ungewöhnliche Atmosphäre dieses Lokals ein wenig unsicher. Das ist verständlich. Die Ausstattung des Raumes wirkt ungewöhnlich.

Thorsten kommt zurück und zieht mich sanft mit sich, bis wir draußen sind. Irritiert bleibe ich mit ihm vor der Eingangstür stehen. „Was ist los? Warum um alles in der Welt gehen wir jetzt, wo es da drinnen so schön mollig warm war. Schade, das wäre wirklich interessant für mich gewesen, herauszufinden, was das für Typen sind, die da rumlaufen. Außerdem: ich schreibe kleine Geschichten. Schon das wäre eine Anregung für mich gewesen. Eine Inspiration, wenn du verstehst, was ich meine. Am besten gehen wir da wieder rein." Thorsten schüttelt den Kopf. „Hast du nichts gemerkt?"

„Ich hab dir doch gesagt, dass ich es da interessant finde. Das war da so anders als **sonst wo.**"

„Siehst du, und das ist es. Genau das. Der Kellner sagte, ich solle meine Braut nach Hause bringen und ohne sie zurückkommen. Sie wollten sich mit mir ein paar nette Stunden machen!" Verblüfft starre ich ihn an und hole tief Luft. „Ach so", sage ich, „die da drinnen sind anders rum." „Du hast es erfasst", sagt Thorsten und schmunzelt. Dich wollen die da drinnen nicht. Ich hätte eine schmucke Braut abgegeben."

Die Kälte spüre ich umso stärker, je mehr mich die Wirkung des Alkohols verlässt. Immerhin sind wir schon seit Stunden unterwegs. Es ist knapp unter null Grad draußen. Der Gedanke an einen heißen Kaffee ist fast so stark wie bei jemanden, der in der Wüste an ein Glas Wasser denkt.

„Da drüben auf der anderen Straßenseite ist eine Disco", erklärt mir Thorsten, „ich war mal vor kurzem mit meinem Bruder da. Willst du, dass wir da hingehen?“ Meine Augen leuchten. „Ich wollte schon immer mal in eine Disco.“

„Du kommst aus Westdeutschland und warst noch nie in einer Disco? Ich fasse es nicht. Ich komme aus Lichterfelde, was in Ostberlin liegt und war schon ein paar mal in einer Disco.“ „Ich bin zu alt für ’ne Disco“, erkläre ich Thorsten. „Vielleicht sagen die da ‚Oma‘ zu mir.“ „Quatsch, das ist doch Blödsinn. Komm, ich werd’s dir beweisen, dass du nicht zu alt dazu bist.“ Die Garderobe des „Metropol“ ist eine Etage tiefer als die Tanzfläche. Wir bekommen einen roten Stempel auf die Handfläche, nachdem wir zehn Mark gezahlt haben. Den Mantel gebe ich ab. Meine schwarze Umhängetasche habe ich fest unter den Arm geklemmt. Eine große Tanzfläche liegt vor uns. Hier bewegen sich junge Menschen mehr oder weniger apathisch im wechselnden Licht. Als Thorsten davor steht, bekommt er plötzlich glasige Augen. Ich betrachte ihn besorgt, weil er so verändert ist. Möglich, dass es so was wie einen Disco-Virus gibt. Das würde alles erklären. Thorsten bewegt sich vor mir wie in Trance.

„Willst du tanzen?“, frage ich. Er antwortet nicht, nickt nur.

Irgendwo im Dunkel stelle ich meine Tasche an die Seite. Während ich ihm folge, beobachte ich seine Bewegungen. Er ist ein hoch aufgeschossener, junger Mann mit dunklem lockigem Haar und kräftigen Armen. Er trägt nur ein leichtes T-Shirt über seiner muskulösen Brust. Mit einem Muster, das mir nur allzu gut bekannt ist. Nie werde ich diesen Anblick vergessen, wie mein Sohn Michael … Warum muss ich gerade jetzt daran denken? An Michael, der älter ist als Thorsten?

Ach, es ist das T-Shirt. Das T-Shirt mit den schwarzen Sternen auf dunkelgrünem Untergrund. Genau derselbe Stoff wie der Stoff von Michaels Unterhose, als Michael nach einem Unfall in seinem Blut lag. Um ein Haar hätte er es damals nicht mehr geschafft, am Leben zu bleiben. Um ein Haar.

Warum muss ich jetzt gerade daran denken?

Und dann sehe ich Thorsten ins Antlitz. Es ist Martin wie aus dem

Gesicht geschnitten. Ist er sein Sohn? Ich mache die Bewegungen nach, die ich Thorsten abgucke, aber diese Art zu tanzen ist mir nicht ganz geheuer. Es ist ein beziehungsloses Sich-in-sich-selbst-hineinversenken. Thorsten wirkt fremd auf mich. Er ist nicht Martin. Vielleicht sein Sohn. Ich werde ihn nachher fragen …

Bleich ist er, bewegt sich wie in Trance und sieht durch mich hindurch, als sei ich nicht vorhanden. Ich kann ihn nicht aufhalten, glaube ich, doch als ich ihn fest an den Armen packe, steht er still. Er erwacht aus der Trance. „Willst du dich setzen?", fragt er und starrt auf ein Pärchen, das aus zwei Männern in mittleren Jahren besteht. Einer ist blond und braungebrannt. Der andere, klein und älter, ist elegant gekleidet. „Oh ja, da hinten an der Theke glitzert es so schön. Lass uns da hingehen. An den Tischen ist es zu dunkel. Ich bin sehr durstig."

„Gut", sagt er, „dann komm."

Wir sitzen an der Theke. Hier blinkt und blitzt alles. Die Preise sind dementsprechend. Thorsten bezahlt zwei Cola, obwohl ich protestiere. „Es sind Westpreise. Denk dran. Für dich ist es wahnsinnig teuer, wenn du es von Ost- in Westgeld umrechnest."

„Heute ist heute", sagt Thorsten, wendet seinen Blick ab und schaut der Frau an der Bar auf die schlanken langen Beine, die im schwarzen Minikleid stecken. Ich verfolge seine Blicke und spüre einen Stich im Herzen. Thorsten ist jung. Es wird noch viele Mädchen geben, die er begehrenswert findet.

Einschmeichelnde Musik, die „It was last in France" spielt, ein Lied, das Gefühle in mir aufleben lässt. Wunderbare Gefühle aus der Zeit, als das Lied modern war, Gefühle, die ich nicht definieren kann. Ich betrachte mich in der Spiegelwand gegenüber, mit roten Wangen. Mein Haar, gestern frisch gewaschen, sitzt noch gut. In meinem rosa Pullover aus Wolle und Angora sehe ich hübsch aus. Wenn es mir darin nur nicht so warm wäre. Hier drinnen herrscht eine überheizte Temperatur. Was würde ich jetzt für ein luftiges T-Shirt, wie es Thorsten trägt, geben. Plötzlich erklingt „Rock around the clock". Thorsten sieht mir in die

Augen. Ein Funke springt über. Ich spüre den Schauer, der mich überfällt. Mir wird warm.

Thorsten beugt sich zu mir und küsst mich auf den Mund. Seine Lippen sind weich und voll. Es geht mir durch und durch, das Gefühl. Es ist wie damals bei Martin. Jahre liegen dazwischen – und doch.

Ich will mich nicht so gehen lassen. Er ist jünger als mein Sohn. Auch wenn er wie Martin aussieht. Was ist mit Martin … Ich löse mich von ihm und schiebe ihn sanft beiseite. Ja, an seinen Augen kann ich es sehen, dass auch er verliebt ist. Ich fühle es. Das darf nicht sein. Und ich fühle eine Menge für ihn. Das darf nicht sein. Ich darf erst recht keine Adresse mit ihm tauschen. Ich will verschwinden, wie ich gekommen bin, einfach so, als wäre ich nie hier gewesen. Er ist noch nicht mal so alt wie Michael, noch nicht mal so alt … Etwas schmerzt in mir. Thorsten lächelt, ich erwidere sein Lächeln. Wir sehen uns in die Augen. Ich reiße mich los. „Wollen wir gehen? Ich muss nach Hause." Thorsten runzelt die Stirn. „Hanna, bist du berufstätig?" Ich senke den Blick zum dunklen Fußboden. Er wirkt schwarz und undefinierbar. „Momentan bin ich arbeitslos und schreibe ein wenig. Das ist mein Lebenselixier, das Schreiben." „Wenn dich die Arbeit nicht ruft, dann kannst du doch noch hier bleiben. Bitte bleib hier. Meene Mutter freut sich bestimmt, wenn ich dich mitbringe." „Es geht nicht", sage ich, „es geht wirklich nicht." Die Luft legt sich nass und kalt auf die Stadt, die Straßen sind grau in grau.

„Es ist ja hell draußen", rufe ich verwundert, „das erste Mal ist es hell draußen, seitdem ich hier bin." „Na, sicher ist es hell draußen", sagt Thorsten nüchtern, „irgendwann muss es ja mal hell werden."

Die Glocken läuten. Thorsten und ich gehen durch das stille, noch im Halbschlaf liegende Berlin. Vereinzelte Fußgänger sind schon oder noch immer unterwegs. Müllmänner in orangefarbenen Anzügen kehren den Unrat der letzten Nacht fort. Thorsten weist auf einen Sexshop, der sich in einem grellbunten langgezogenen Schuppen befindet.

„So was jips bei uns im Osten nicht", sagt er. „Wir können uns keine

Sexfilme und Sexzubehör kaufen. So was wien Puff jips bei uns ooch nich."

„Mir ist das egal, ob es so was gibt. Wenn du so was immer siehst, machst du dir nicht viel draus. Vielleicht ist es bei dir anders, weil es neu ist, das du in so was gehen kannst."

Thorsten sieht mich treuherzig an und nimmt meine Hand. „Aber wenn so'n Alter Frust zu Hause hat, der is doch froh, wenn er dann in den Puff gehen kann, oder? Wenn ich mir vorstelle, ick hab' mal Zoff mit dir … wenn wir mal verheiratet sind …"

Ich lache belustigt bei der Vorstellung, mit Thorsten verheiratet zu sein.

„Es gibt solche und solche", sage ich, „manch einer macht das, manch einer hat damit nichts im Sinn. Nicht alle Männer in Westdeutschland gehen in den Puff. Mache sehen sich das mal aus Neugier an und dann finden sie keinen Reiz dran, mit leichten Mädchen zu schlafen. Die Menschen sind eben verschieden."

Thorsten sieht mich nachdenklich an. „Vielleicht hast du recht. Meener Mutter ist das egal. Sie is ja geschieden von meinem Alten. Der hat das mit dem Puff bestimmt schon ausprobiert. Wollte mal, als er jung war, in den Westen rüber. Da ham se 'n an der Grenze jeschnappt – und er hat Bau jekricht. Aber das ist schon lange her. Da wurde er anjeschossen. Meene Mutter ist Krankenschwester. Die hat ihm jeholfen jesund zu werden. Dann musste er in den Bau. Meene Mutter hat auf ihn jewartet. Später kam ich dann an. Aber vielleicht interessiert dich das alles nicht so."

„Doch, es interessiert mich sehr", beeilte ich mich aufgeregt zu versichern. Thorsten betrachtet die Auslagen eines Obstgeschäftes, an dem wir vorbeischlendern. „Sieh mal, da jips jede Menge Apfelsinen. Meene Mutter hat die wie verrückt jekauft, als sie über die Grenze konnte. Ne ganze Kiste hat se anjeschleppt. Bis se sich damit überfressen hat …"

Er deutet auf die bunte Neonreklame. „Det jipt et bei uns noch nich, diese bunten Geschäfte. Warum jips das bei uns nich? Ick würd' gern in den Westen gehn und arbeiten. Arbeiten kann ick da ooch. Und krank machen tu ick nie. Wenn ick dran denke, wie bei uns alles ist …", stöhnt er. „Es ist bestimmt bald möglich, im Westen zu arbeiten", ermutige ich Thorsten, aber er winkt ab.

„Ick kann meene Mutter nich allein lassen. Sie braucht mich. Meen Bruder is schon weg. Er is frisch jeschieden. Hat heute Nacht ne Party gegeben. Ick bin abjehaun davon. Die jungen Dinger, die er dabei hatte – da mach ick mir nischt draus, aus dem grünen Jemüse. Ick bin froh, dass ick dich jetroffen hab."

Ich lache und hake mich bei ihm unter. „Du bist lustig. ‚Junges Gemüse' sagst du, dabei bist du doch selber erst zweiundzwanzig." „Ist schon ein ganz schönes Alter, das ich habe. So alberne Gänse, da kann ich einfach nicht drauf. Die sind so blöd. Stell dir vor, bei uns in Lichterfelde gab es einen Schwarzen und diese blöden Weiber waren ganz verrückt darauf, mit ihm zu schlafen."

Ich sehe ihn entgeistert an und bleibe stehen. „Wie kannst du so was sagen?"

„Ist doch wahr. Diese blöden Weiber! Du kannst dir nich vorstellen, wie schlecht die sind. Es is die Wahrheit. Ick hab's selbst erlebt. Am Beispiel meines Bruders. Seine Frau war auch verrückt auf den Dunkelhäutigen und hat meinen Bruder damit betrogen. Das war'n Theater mit ihm und ihr. Erst wollte er sich umbringen, jetzt is er geschieden. Dabei is er erst neunzehn. Und heute hat er die Bude voll mit diesem jungen Gemüse. Ick versteh ihn nich. Wenn du willst, können wir mal bei ihm vorbeifahren."

„Da ist Bahnhof Zoo", stelle ich fest. „Sieh mal an, wir sind schon da. Mal sehen, wann mein Zug fährt." Wir stehen in der Bahnhofshalle vor der Leuchttafel. Um elf Uhr vierzig fährt der nächste Zug, wie wir sehen können. „Ich habe noch eine Stunde Zeit", sage ich. „Was machen wir in der Stunde?" „Komm mit zu mir nach Hause. Du musst jetzt doch nicht unbedingt fahren." „Deine Mutter wird sich schön bedanken, wenn ich da auftauche."

Thorsten steht an der Wand in der Bahnhofshalle und beugt sich etwas nach vorn, dann bückt er sich. Ein bärtiger junger Mann tritt interessiert näher. „Was machen Sie denn da Schönes“, fragt er. „Ick trag Haftschalen. Die eine is verrutscht und ick hab’ se verloren.“ Ich trete zu Thorsten und bringe ihm meinen Taschenspiegel, den er dankbar annimmt. „Ick hab se schon wieder“, sagt er nach einer Weile und richtet sich auf. Der Bärtige geht kopfschüttelnd seines Weges. „Is alles wieder in Ordnung.“ „Kannst du dir keine neuen besorgen“, frage ich mitleidig. „Ach, ich krieg doch von der SV welche.“ „Was ist denn SV?“ „Na, die Sozialversicherung.“

„Ach so. Aber du kannst doch auch deine Brille benutzen.“ „Nee, bei der Arbeit muss ick Haftschalen tragen. Ick fahr’ Jetränke aus, vom VEB. Dann seh ick besser.“

Wir gehen in ein Café, das in der Nähe ist. An den Wänden hängen Bilder westdeutscher Politiker. „Ick kann da gar nich hinsehen“, sagt Thorsten. „Warum?“ Er gibt keine Antwort und kramt in seiner Brusttasche nach dem Portemonnaie, dann zieht er die Jacke aus und hängt sie über den Stuhl. Sie verrutscht und ein Ärmel hängt auf dem Parkettfußboden.

„Es ist hier überheizt“, stöhne ich, „außerdem habe ich ganz schönen Hunger. Schade, dass es hier keine warmen Speisen gibt. Wir können Kaffee trinken und dann gehen. Ich habe nicht mehr viel Zeit.“

Thorsten legt seinen Ausweis auf den Tisch und ein Bild von seinem Bruder. Er zeigt auf das Foto. „Das is meen Atze“, sagt er. „Und das meen Ausweis.“

Ich lese seinen Nachnamen „Thorsten Pilz.“ Die Schrift verschwimmt mir vor den Augen. Mein Herz klopft stärker und meine Wangen glühen.

Thorsten legt mir zwei Passbilder neben die Kaffeetasse. Auf einem hat er einen Schnäuzer und lange Haare, das andere zeigt ihn so, wie er gerade aussieht. Ohne Bart und mit kurzer, welliger Frisur. „Die schenk’ ich dir beide“, sagt er. Verlegen blicke ich ihn an, dann suche ich ein Passbild von mir heraus. Es steckt in der Brieftasche. Ich lege es ihm hin.

Thorsten nimmt das Bild und betrachtet es eine Weile. „Das is' jetzt meine Atze", sagt er andächtig. „Was heißt überhaupt Atze?". „Atze heißt Bruder. Und meine Atze heißt Schwester. Kann auch Freundin heißen." „Ach so."

Ich sehe ihn an, dann senke ich den Blick. Nur keine Adresse tauschen, denke ich, es geht nicht, es geht nicht. Wir stecken unsere geschenkten Fotos weg und bezahlen den Kaffee.

Ich gehe hinaus, um mich frisch zu machen. Im Spiegel sehe ich mein Gesicht. Es wirkt müde und alt auf mich. Und mein Kreislauf macht mir zu schaffen. Kein Wunder nach der durchwachten Nacht.

Unterwegs zum Bahnhof kaufen wir uns eine Pita. Thorsten nimmt Knoblauchsoße dazu. „Die ess ick so gern", sagt er und ich lache. In der Bahnhofshalle küssen wir uns vor der Fahrtentabelle. Egal, ob es jemand sieht, egal. Thorstens Knoblauchgeruch stört dabei nicht im geringsten.

Ich erkenne einen Redakteur aus Wolfenbüttel, als ich kurz aufsehe. Er eilt an uns vorbei. Ich ziehe Thorsten an mich und presse meinen kleinen Mund auf seine warmen sinnlichen Lippen. Er sieht mir innig in die Augen. „Erzähl' deiner Mutter, dass du jetzt einen zweiundzwanzigjährigen Freund hast", sagt Thorsten atemlos, „du hättest aber wirklich noch hierbleiben können. Wo du morgen nich arbeiten brauchst. Wir hätten …"

„Aber ich bin doch zu alt." „Is doch egal, wie alt man ist, wenn man sich versteht. Was sollte ich mit so einem Kind", erklärt mir Thorsten und sieht mich traurig an. „Ist doch egal, wie alt du bist, wenn wir uns verstehen, verdammt noch mal, ist doch egal."

Die große Bahnhofsuhr zeigt an, dass es höchste Zeit wird.

„Ich muss gehen. Mein Zug."

Ich sehe ihn an und bin verlegen. „Es war sehr schön mit dir", sage ich innig. Meine Stimme klingt unnatürlich. Ich blicke auf die Fahrplantafel, dann senke ich die Lider, starre sekundenlang auf meine schmutzigen Stiefel und stoße damit gegen eine Treppenstufe. „Ach, es ist alles blöd, so wie es ist. Mach's gut, mein Zug fährt mir sonst weg."

Ich küsse ihn noch einmal auf seine weichen Lippen, dann löse ich mich schnell aus seiner Umarmung. Sie ist wie eine Umklammerung. Ich springe auf die Rolltreppe, die nach oben fährt.

Thorsten steht unten und wirkt geknickt. Er hebt die Hand, ich hebe die Hand, und dann, als ich noch einmal zu ihm sehe, weiß ich es: Ich habe einen Fehler gemacht. Und doch gehe ich meinen Weg, wie ich ihn immer ging, ohne Rücksicht auf meine Gefühle. Ich habe nie Rücksicht auf meine Gefühle genommen.

Thorsten hat noch nicht mal meine Adresse. Warum, verdammt noch mal, habe ich ihm nicht meine Adresse gegeben? Ganz von oben sehe ich den grauen Morgenhimmel und dann ihn auf seinem Bahnsteig stehen. Der Zug soll ihn nach Lichterfelde bringen.

Thorsten steht da, hat den Kopf gesenkt. Seine graue Jacke verbirgt einen kräftigen Jungmännerkörper, doch er wirkt verloren wie ein Kind.

Einfach zu ihm laufen, ihn festhalten; aber der Zug, mein Zug …, fährt jetzt ein …, verdammt noch mal. Warum mache ich immer nur das, was ich mir vorgenommen habe?

Ich reiße mich von seinem Anblick los und steige ein. Verdammt, warum habe ich ihm nicht meine Adresse gegeben? Verdammt noch mal. Warum …

Ich sitze im Zug. Mit mir übernächtigte und verkaterte junge Leute, die ebenfalls wie ich nach Hause wollen, die ebenfalls wie ich das „Fest in Berlin" erlebt haben. Jeder auf seine Weise, und jeder anders. Alle sind müde und froh, wenn sie beim Schlafen nicht gestört werden.

Ich schließe die Augen. Ich wollte nach Berlin fahren, um zu vergessen. Vergessen, dass all die Jahre mit Ralf mit einer Scheidung endeten. Ich habe erreicht, was ich wollte. Ich habe vergessen, was vorher war. Nur die Zeit, in der ich Martin kennen lernte, ist nun frisch, als sei alles gestern gewesen.

Ich weiß jetzt, dass er an der verbotenen Grenze verwundet wurde.

Möglich, dass er zu mir kommen wollte, als es schief ging. Sicher hat er viel Schlimmes durchgemacht. Und da war dann die Andere, die er zur Frau nahm.

Trotz allem werde ich ihn nie vergessen. Wo mag er sich heute aufhalten? Werde ich ihn jemals wiedersehen?

Und Thorsten – ich muss immer an ihn denken. Er geht mir einfach nicht aus dem Kopf. Ach, hätte ich ihm doch meine Adresse gegeben. Im Halbschlaf spüre ich das Rattern des Zuges. Er schuckelt über Bahnschwellen, immer wieder, immer wieder, im gleichmäßigen Takt. Ich bin müde, so müde.

Ich sehe die kleine Kneipe vor mir, in der Thorsten und ich uns aufhielten und einen Kaffee tranken. Ich sehe im Geiste vor mir, wie er seine Fotos auf den Tisch legt und ich meines. Ich erinnere mich, als würde es gerade geschehen. Ich erinnere mich. Auf der Rückseite des Passbildes, das ich Thorsten gab, steht meine Adresse. Das hatte ich vergessen. Ich habe sie neulich selbst aufgeschrieben, weil ich mir einen neuen Ausweis bestellen wollte. Glühend heiß geht mir die Gewißheit durch und durch. Thorsten kann mich also finden, wenn er es will. Vielleicht auch Martin.

Während ich total übernächtigt in die Traumwelt hinübergleite, höre ich es von irgendwoher flüstern:

Lass dich überraschen. Eines Tages – vielleicht …